HEYNE BÜCHER

W0210276

SCIENCE FICTION

Herausgegeben
von Wolfgang Jeschke

Ein Verzeichnis dieser Serie finden Sie am Schluß des Bandes

PETER DAVID

STAR TREK
CLASSIC

DER RISS IM KONTINUUM

Star Trek™ Classic
Band 64

Deutsche Erstausgabe

WILHELM HEYNE VERLAG
MÜNCHEN

HEYNE SCIENCE FICTION & FANTASY
Band 06/5464

Titel der Originalausgabe
THE RIFT
Übersetzung aus dem Amerikanischen von
RONALD M. HAHN

Umwelthinweis:
Dieses Buch wurde auf
chlor- und säurefreiem Papier gedruckt.

Redaktion: Rainer Michael Rahn

Printed in Germany 1996
Umschlagbild: Pocket Books/Simon & Schuster, Inc.
Umschlaggestaltung: Atelier Ingrid Schütz, München
Technische Betreuung: M. Spinola
Satz: Schaber Satz- und Datentechnik, Wels
Druck und Bindung: Ebner Ulm

ISBN 3-453-10920-1

Shana, Guinevere, Emily, Michael
und dem Braten in der Röhre gewidmet,
der wahren ›nächsten Generation‹.

Das Manuskript dieses Buches wurde zu hundert Prozent auf wiederverwertetem Papier ausgedruckt. Falls dies Sie dazu verleiten sollte, Kommentare über wiederverwertete Ideen abzugeben, behalten Sie sie bitte für sich.

BITTE BEACHTEN: Rauchen und Trinken untersagt. Greinende Säuglinge bitte im Foyer abgeben.

Vielen Dank
Die Geschäftsleitung

ERSTE BEGEGNUNG

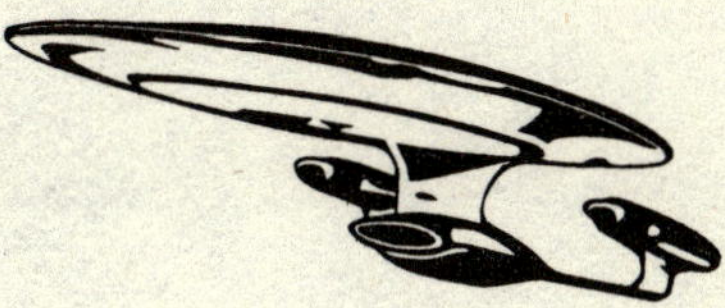

»Die meisten Menschen sind auf *der Welt, nicht in ihr – sie haben keine bewußte Sympathie für oder Beziehung zu ihrer Umgebung. Sie dringen nicht in sie ein, sie sondern sich ab, sie sind auf dieser Welt allein, wie Murmeln aus poliertem Gestein, die sich zwar berühren, aber für sich bleiben.«*

John Muir

1

Der Captain der *Enterprise* schaute zu dem schimmernden Bildschirm hinauf und sagte nachdenklich: »Was meinen Sie, Nummer Eins?«

Nach einem bedächtigen Moment erwiderte die Erste Offizierin: »Ich weiß nicht genau, Captain. Mr. Spock ... Was glauben Sie denn?«

Mr. Spock blickte nicht mal von der wissenschaftlichen Station auf. »Es ist schwierig, Lieutenant, ohne vollständige Computeranalyse präzise zu sein. Moment. Da kommt sie gerade.«

Der dünne Papierstreifen glitt lautlos aus dem Drucker und fiel in Spocks Hände. Er studierte ihn eine Weile.

Dann setzte er zu einem Stirnrunzeln an. Zum Glück fiel es ihm vor den anderen auf. Und er ermahnte sich lautlos – seine geistige Disziplin hatte er in letzter Zeit stark vernachlässigt. Wenn er wollte, daß sein Verhalten eines Vulkaniers würdig war, mußte er in Zukunft besser darauf achten ... Für einen Vulkanier in der höchsten Position der Raumflotte, die je ein Bewohner seines Heimatplaneten erreicht hatte, war es besonders wichtig.

»Die Computeranalyse zeigt eine Vielzahl uns schon bekannter Messungen«, sagte er. »Eine Häufung mehrerer unterschiedlicher Energiemuster.«

Nummer Eins schaute ihn mit ihren dunklen Augen an. »Spezifizieren Sie«, lautete ihre Antwort.

»Sie zeigt die räumlichen Verdrängungscharakteristika eines Wurmloches«, erwiderte Spock, der den Ausdruck noch immer studierte. »Es gibt jedoch einen Subraumfluß, der überraschend dem ähnelt, den die Warpgeneratoren unseres Hypertriebwerkes erzeugen.«

»Warp?« sagte der Captain.

Nummer Eins beugte sich am Ruder über ihren Arbeitsplatz und musterte das Bild auf dem Schirm. »Faszinierend.«

»Ein äußerst passender Begriff«, erwiderte Spock. »Es ist in der Tat ... faszinierend.« Er schien das Wort förmlich zu zerkauen. Ein einfaches, elegantes Wort. Deskriptiv. Es deutete in menschlichen Begriffen auf die Verlockung eines Rätsels hin, ohne in Emotionen zu verfallen. *Faszinierend.* Er würde es nicht vergessen.

Das faszinierende Objekt, dem ihr Interesse galt, lag genau vor ihnen. Das Raumschiff schwebte mehrere tausend Kilometer von ihm entfernt im All.

Die Mannschaft der *Enterprise* war schon zuvor vielen anders gearteten Weltraumphänomenen begegnet – Quarks, Quasaren, Schwarzen Löchern, Wurmlöchern sowie allen nur vorstellbaren sonstigen Löchern. Aber hier ging es um etwas ... Einmaliges.

Es befand sich in bezug zu ihrem Raumschiff auf einer vertikalen Achse. Rein äußerlich glich es am meisten einem großen Riß, aber es war nicht stabil. Seine Länge variierte zwischen drei und sieben Kilometern, und so stark es auch zu fluktuieren schien, war seine Länge stets größer als seine Breite. Das Zentrum war schmal und finster – so dunkel, daß es kein Licht abzugeben schien. Die äußeren Ränder waren dünner. Sterne schienen hindurch. Ob der Riß künstlicher Natur war oder sich aufgrund irgendeiner physikalischen Anomalie gebildet hatte, konnte keiner der Beobachter einschätzen.

»Ein Riß«, sagte Spock nach kurzem Nachdenken. »Ein Riß im Raumgefüge. So, wie die Realität rings um ihn verzerrt ist, können unsere Sensoren nicht tiefer in ihn eindringen. Ein Riß oder ...«

»Oder was?« Die Worte des Captains kamen mit einer Schärfe, die offenbar von Ungeduld kündete. Für einen Menschen, der das All erforscht, dachte Spock, ist er außerordentlich reizbar, wenn er nicht sofort auf alles eine Antwort erhält.

»Ein Portal«, sagte Spock.

Dies ließ sämtliche Anwesenden auf der Brücke für eine beträchtliche Weile in Schweigen verfallen. Die Warntöne der Alarmstufe Rot erfüllten die Umgebung, und zwar seit dem Moment, in dem die *Enterprise* dem Riß – oder was es auch sein mochte – begegnet war.

Es ging dem Captain eindeutig auf die Nerven, denn nun fauchte er: »Navigator – schalten Sie den verdammten Lärm ab.«

José Tyler streckte wortlos die Hand aus und schaltete die Sirene aus. Das Rotalarm-Dreieck vor ihm erlosch sofort, und auf der Brücke breitete sich wohltuende Stille aus.

Der Captain lehnte sich in seinen Sessel zurück. Er wirkte nachdenklich. »Ein Portal«, sagte er langsam. »Und wohin?« Er richtete seine durchdringenden blauen Augen auf Spock. »Nun, Wissenschaftsoffizier?«

»Unbekannt«, sagte Spock. »Ungenügende Daten.«

»Spekulieren Sie doch mal.« Bei einem anderen Captain hätte es vielleicht leicht höhnisch geklungen, aber beim Captain der *Enterprise* hörte es sich ziemlich deutlich als direkter Befehl an.

Spock kämpfte das humane Verlangen nieder, die Achseln zu zucken. Er sagte nur: »Es führt auf die andere Seite.«

Der Captain seufzte und wandte sich Nummer Eins wieder auf eine Weise zu, die Spock so ablehnend erschien, daß er es als persönliche Beleidigung empfunden hätte, wäre er eines solchen Gefühls fähig gewesen. »Nummer Eins, Sie haben von uns allen die meiste Erfahrung. Was meinen Sie dazu?«

Nummer Eins warf Spock einen kurzen Blick zu.

Dann trommelte sie mit den Fingernägeln. Schließlich sagte sie: »Mr. Spock hat recht. Es führt auf die andere Seite. Jede weitere Spekulation wäre sinnlos.«

»Es sei denn, wir gehen hindurch«, sagte der Captain.

»Jawohl, Sir.«

»Ist es möglich?«

Spock, der die Anzeigen musterte, meldete sich zu Wort. »Es wäre möglich, Sir. Es wäre jedoch äußerst gewagt. Die physikalische Beschaffenheit des Raumrisses befindet sich im Fluß. Sie reicht in der Breite von drei Kilometern bis zu nur fünf Metern. Wir könnten entzweigeschnitten werden, wenn wir es durchfliegen und ihm zur falschen Zeit zu nahe kommen.«

Der Captain erhob sich aus seinem Sessel und umkreiste ihn gedankenverloren. »Subraum-Funkkanal öffnen.«

»Geöffnet«, sagte Kom-Offizier Vincent.

Der Captain reckte die Schultern noch höher als üblich und sprach mit etwas lauterer Stimme. Spock fragte sich, welcher eigenartige menschliche Charakterzug ihn glauben ließ, man werde, wenn man durch den Subraum lauter sprach, auch besser empfangen.

»Hier ist Captain Christopher Pike von der U.S.S. *Enterprise*«, sagte der Captain. »Falls irgend jemand diese Botschaft hört: Wir befinden uns genau vor einer Art Riß im Raum-Zeit-Kontinuum. Seine fluktuierende Beschaffenheit macht es uns unmöglich, ihn zu passieren. Wir möchten in Erfahrung bringen, ob auf der anderen Seite der räumlichen Verwerfung intelligentes Leben existiert. Wenn Sie uns hören, antworten Sie bitte.« Er hielt inne, dann fügte er hinzu: »Senden Sie es auf allen Frequenzen, Lieutenant.«

»Jawohl, Sir«, sagte Vincent.

Pike nahm wieder im Kommandosessel Platz und rieb sich nachdenklich das Kinn. »Es waren doch schon vor uns Schiffe in dieser Gegend, oder?«

Spock befragte die Computeraufzeichnungen, aber bevor er Zugang zu den Informationen bekam, meldete sich Nummer Eins zu Wort. »In den letzten drei Jahren waren zwei Forschungsschiffe und die *Potemkin* in diesem Sektor«, sagte sie. »Sie haben aber nichts von Rissen dieser Art erwähnt.«

Pike musterte sie mit dem unbestimmtesten Anflug von Heiterkeit, den er sich zugestand. »Sie schleppen die Berichte sämtlicher Schiffe aller Sektoren während der letzten drei Jahre mit sich im Kopf herum, Lieutenant?«

»Nein, Sir«, erwiderte Nummer Eins gelassen. »Der letzten *fünf* Jahre.«

»Ach so«, sagte Pike. Falls er es eigenartig fand, ließ er sich jedenfalls nichts anmerken. »Dann war er also vorher nicht da?«

»Entweder war er nicht da«, sagte Spock, »oder er war zeitlich asynchron mit unserem Universum.«

»Was?« fragte Pike.

»Im wesentlichen hat er ein paar Sekunden vor oder nach dem natürlichen Zeitverlauf unseres Universums existiert. Deswegen hätten normale Instrumente seine Existenz nie nachweisen können. Aber irgendein Ereignis, ob natürlich oder nicht, hat es möglicherweise verlangsamt oder schneller werden lassen – und deswegen aufspürbar.«

Sie warteten weiter. Sie hingen eine geraume Weile im All herum, aber niemand antwortete ihnen. Dann schüttelte Pike langsam den Kopf. »Na schön«, sagte er. »Fassen wir also zusammen: Hier existiert ein Raum-Zeit-Riß, der eventuell schon früher hier war – oder auch nicht. Es könnte sein, daß auf der anderen Seite jemand existiert – oder auch nicht. Wir könnten es überleben, wenn wir den Riß durchqueren – oder auch nicht. Stimmt das so ungefähr?«

Spock und Nummer Eins drückten nickend ihr Einverständnis aus.

Pike rieb sich mit Daumen und Zeigefinger den Nasenrücken. Dann schaute er seufzend auf. »So spannend die ganze Sache auch ist«, sagte er dann, »wir sind nach Vega IX unterwegs, um unsere Verletzten und Verwundeten abzuliefern. Wir haben schon einen Tag verloren, und da mir diese Sache zu viele Unbekannte enthält, will ich unsere Mission nicht noch einen Tag aufschieben. Nummer Eins, nehmen Sie erneut Kurs nach Vega. Warpfaktor fünf.«

»Kurs berechnet und eingegeben, Sir«, sagte Nummer Eins.

Pike nickte und sagte: »Energie.«

Die *Enterprise* entfernte sich von dem Riß und schoß Vega IX entgegen.

Pike begab sich zur Tür des Turbolifts und schaute zu, wie der Riß kleiner wurde. Als er die Liftkabine betreten wollte, trat Unteroffizier Colt heraus, und es hätte nicht viel gefehlt, daß Pike sie umgeworfen hätte.

»Colt«, sagte er wütend, »wie oft soll ich Ihnen noch sagen ...«

»Treibstoffverbrauchsmeldung, Sir«, erwiderte sie schnell und hielt eine Schreibunterlage vor sich, als sei sie ein Schild. »Sie haben gesagt, Sie möchten ...«

»Ja, ja«, fiel er ihr ungeduldig ins Wort. Als er die Unterlagen musterte, schenkte er ihr kaum einen Blick. Er nahm sich vor, mit dem Ingenieur über das Tempo zu reden, mit dem sie ihr Dilithium verbrauchten – er hatte den Eindruck, daß die Energiekurve ein bißchen sehr hoch war. Vielleicht hatte sich irgendwo ein Prallblech verzogen. Wenn dies der Fall war, drohte ihnen eine ernste Gefahr. Pike hatte einst einen Raumfahrer gesehen, der von den ausströmenden Deltastrahlen eines verzogenen Prallblechs in Mitleidenschaft gezogen worden war; er wollte nicht, daß einem Angehörigen seiner Mannschaft ein solch unerfreuliches Schicksal drohte.

Er unterschrieb die Meldung, kreuzte das Kästchen

an, in dem ›Dem Captain vorlegen‹ stand, und gab Colt die Unterlage zurück. Sie lächelte ihn kurz an und schaute dann wie verlegen zu Boden. Pike seufzte lautlos.

Starke weibliche Triebe. Der Satz hallte in seinem Kopf wider. Er trat beiseite und ging in den offenen Turbolift. Als die Tür sich zischend schloß, gab er sich alle Mühe, Colt nicht anzusehen.

Doch als die *Enterprise* in den Weltraum hinausschoß, fing der Riß etwas gleichmäßiger an zu pulsieren …

2

Als Pike den Punchingball bearbeitete, waren seine Fäuste ein Schauer aus rechten und linken Geraden. Bei jedem Treffer stöhnte er leise, und er dachte an eine Zeit, in der er Salven dieser Art eine halbe Stunde lang ohne Pause hatte abfeuern können. Doch jetzt, nach kaum zehn Minuten, spürte er schon, daß ihm das Atmen schwerer fiel.

In der Sporthalle hielten sich mehrere Angehörige der Besatzung auf. Sie fochten, stemmten Gewichte oder waren anderweitig beschäftigt, sich fit zu halten, aber sie musterten den Captain auch mit verstohlenen Blicken und bewunderten ihn.

Wenn Pike in der Sporthalle war, unterhielt er sich nie mit anderen. Er nickte den Leuten höchstens einmal anerkennend zu, mehr nicht. Er war stets hundertprozentig auf sein Vorhaben konzentriert und machte keine Sache zweimal. Fechten, Schwimmen, Laufen, Selbstverteidigung – was er auch übte, er betrieb es mit einer Intensität, die ihresgleichen suchte.

Und nun, als er auf den Punchingball einschlug und seine Hiebe immer schneller wurden, wirkte er dermaßen auf sein Ziel konzentriert, daß jeder, der zufällig zwischen ihn und den Ball geraten wäre, seine Fäuste zu spüren bekommen hätte.

Drei Minuten später trat Pike zurück. Sein Gesicht war schweißbedeckt, das dünne Hemd klebte an seiner Brust. Er schlug die Boxhandschuhe mehrmals aneinander und schüttelte seine Muskeln aus, aber sein Herz klopfte noch immer heftig.

Er wandte sich um und warf einen Blick in die Runde. Das Adrenalin raste durch seinen Körper. Aber es war niemand da, der Boxhandschuhe trug. Als er sich wieder umdrehen wollte, trat José Tyler ein. Er hielt Boxhandschuhe in der Hand und schaute in Richtung Punchingball. Als er Pike in seiner Nähe stehen sah, hielt er an und warf unwillkürlich einen Blick über seine Schulter. Er fragte sich wohl, ob er eine Chance hatte, den Raum unbemerkt wieder zu verlassen.

»Mr. Tyler«, sagte Pike und winkte ihm mit der behandschuhten Rechten zu, »ich könnte einen Sparringspartner gebrauchen.«

»Nun ... äh ... hm, Sir«, sagte Tyler und schaute sich schnell bei den anderen Besatzungsmitgliedern nach Unterstützung um. »Ich ... äh ... Eigentlich wollte ich gar nicht boxen ...«

Pike deutete mit dem Kinn auf die Handschuhe, die Tyler in den Händen hielt. »Und warum das da?«

»Ich habe kalte Finger, Sir.«

»Also bitte, Tyler«, sagte Pike und deutete auf die Matten in der Mitte der Sporthalle. Man hatte zwar keinen Boxring aufgebaut, aber in diesem Bereich konnte man gut Zweikämpfe jeder Art austragen. »Es wird uns beiden guttun.«

Tyler seufzte und bemühte sich, das Grinsen der anderen Männer zu übersehen. »Wenn Sie meinen, Sir ...«

Sie begaben sich in das Zentrum der Matten. Die restlichen Anwesenden taten nun nicht mehr so, als interessiere sie nicht, was dort vor sich ging. Einer der Männer trat an den Wandschrank und reichte ihnen den Mundschutz. Dann legten sie auch einen Kopfschutz an.

Pikes taxierender Blick huschte über Tyler hinweg und schätzte den jungen, gelenkigen südamerikanischen Navigator ab – nicht als Besatzungsmitglied, sondern als Gegner. Tyler wippte auf den Fußballen leicht auf und ab. Pike sah echte Sorge in seinem Blick.

»Na schön, Tyler«, sagte er, wobei er sich Mühe gab,

daß man ihn trotz des Mundschutzes richtig verstand. »Entspannen Sie sich einfach. Achten Sie auf Ihre Beinarbeit. Wir üben doch nur; wir sind nur zwei Jungs in der Sporthalle. So was kommt doch alle Tage vor. Sie haben keinen Grund zur Sorge, es sei denn, Sie vergessen, daß ich ... der Captain bin.«

Ob Pike scherzte, war schwer zu sagen, weil er nur selten Spaß machte. Selbst wenn er ulkig wurde, setzte er sehr oft eine todernste Miene auf. Tyler seufzte erneut und ging auf Pike zu. Er bemühte sich, seitlich von ihm zu bleiben und Deckung zu behalten.

Der taktische Computer, aus dem Pikes Bewußtsein bestand, spulte rasch Informationen über Tyler ab: Der Mann war lockerer als er, und natürlich jünger. Er hüpfte schon jetzt viel schneller umher, als es ihm selbst je gelingen würde. Pike neigte dazu, in Stellung zu gehen und dann loszudreschen. Er war Tyler erfahrungsmäßig voraus und hatte außerdem eine gefürchtete Rechte. Er konnte mit ihm fertig werden.

Als Tyler plötzlich zum Angriff überging, ging Pike in Deckung. Tyler versetzte ihm ein paar schnelle Hiebe mit der Rechten und dann einen Schlag mit der Linken. Pike spürte sie kaum. »Also wirklich, Mr. Tyler«, sagte er verärgert und versetzte dem Navigator einen schnellen Haken, der ihn zur Seite fliegen ließ. »Das können Sie doch besser.«

Tyler zog sich aus Pikes Reichweite zurück und tänzelte an der Umgrenzungslinie entlang. Er behielt den Captain sorgfältig im Auge, ging jedoch nicht wieder zum Angriff über. Nach dreißig Sekunden wurde Pike leicht sauer. Er legte los und brachte mehrere schnelle, harte Treffer an, die Tyler spüren mußte. Die Schläge klatschten laut. »Es ist wahrlich zum Heulen, Mr. Tyler«, sagte Pike, »wir betreiben hier Boxtraining, keine Tanzveran ...«

Er sah den Schwinger nicht einmal, der seinen Kopf nach hinten fliegen ließ. Er bemerkte auch nicht, daß er zu Boden ging. Er wußte nur eins: Die Welt schien zu kippen, dann lag er auf dem Rücken.

Zu seiner Überraschung stellte er fest, daß ihm die Farbe der Decke nicht gefiel. Dann schaute José Tyler auf ihn hinab, und in seinen Augen war das blanke Entsetzen. Er sagte verblüfft: »Verdammte Sch...«, und Pike fragte sich, was er damit meinte.

Dann wurde die Welt für einen Augenblick neblig, und als sie wieder klar wurde, beugte sich Dr. Philip Boyce über ihn und schüttelte den Kopf. Der Mann in den mittleren Jahren mit dem dünnen blonden Haar schien nicht sonderlich erfreut zu sein, daß Pike die Lippen bewegte, ohne einen Ton zu sagen. Der aufgeregte Tyler stand neben ihm. »Was war's noch mal?« fragte Boyce.

»Ein linker Haken«, sagte Tyler. »Doktor... Was soll ich denn jetzt machen?«

»Wenn Sie mich so fragen, würde ich sagen: Üben Sie rechte Haken. Ich glaube kaum, daß Ihr linker noch mehr Entwicklung braucht.« Boyce schüttelte den Kopf, dann hob er die Hand und spreizte Daumen, Zeige- und Mittelfinger ab. »Chris... Wie viele Finger sehen Sie?«

»Ich weiß nicht genau«, sagte Pike mit belegter Stimme. »Zählen Daumen als Finger?«

»Das kriegen wir schon wieder hin«, sagte Boyce. Er legte einen Arm unter Pikes Unterarm und hievte den benebelten Captain mit der Hilfe Tylers und eines weiteren Besatzungsmitglieds auf die Beine. Die Kraft des Arztes überraschte Pike.

»Tut mir leid, Captain...«, sagte Tyler.

Pike schüttelte den Kopf, dann ermahnte er sich, dies nicht wieder zu tun, denn die Bewegung machte ihn schwindlig. »Ist schon in Ordnung, Mr. Tyler. Ist schon in Ordnung. Es ist beruhigend, wenn man weiß, daß Sie auf *unserer* Seite sind.« Pike betastete kurz sein Kinn und bewegte es hin und her. »Es würde mir nicht gefallen, Sie zum Feind zu haben.«

»Jawohl, Sir«, sagte Tyler und atmete sichtlich erleichtert aus.

Pike stützte sich fester auf Boyce, als er wollte, und ließ zu, daß man ihn in den Gang hinaus und zu seiner Kabine brachte. Boyce war so taktvoll, erst dann etwas zu sagen, als sich die Tür der Kapitänskabine hinter ihm geschlossen hatte.

»Können Sie mir mal sagen, wozu das gut sein sollte?« fragte er dann.

Pike musterte sich im Spiegel. Auf seinem Kinn bildete sich bereits ein blauer Fleck. »Training, Doktor. Eine Methode, um in Form zu bleiben.«

Boyce verschränkte die Arme und schaute Pike skeptisch an. »Die meisten Methoden, die einen in Form bleiben lassen«, sagte er dann, »verlangen aber nicht, daß man die Besinnung verliert.«

»Das war doch nur ein Glückstreffer.«

»Ein Glückstreffer!« schnaubte Boyce. »Ich werd' verrückt! Nach allem, was ich gehört habe, hat er sie voll erwischt. Sie sind der Glückspilz. Weil Sie nämlich von Glück reden können, daß er Ihnen nicht den Kiefer ausgerenkt hat.«

»Ach…« Pike machte eine nachlässige Handbewegung. »Sie machen sich einfach zu viele Gedanken, Phil. Tyler ist nur zehn Jahre jünger als ich. Er hätte mir nicht allzuviel antun können.«

»Wenn Sie sich beim Nachdenken etwas mehr Mühe geben würden, Chris«, erwiderte Boyce, »müßte Ihnen klar sein, daß Sie von Glück reden können, daß er Ihnen aufgrund dieser zehn Jahre Unterschied nicht den Kopf abgeschlagen hat.« Er schüttelte weiterhin den Kopf, öffnete seine Tasche und entnahm ihr seine Mixturen.

Pike drehte sich um und musterte kommentarlos die schnell ausgepackte Minibar. Boyce schaute ihn nicht einmal an, als er sagte: »Das Übliche?«

»Irgendwann«, sagte Pike, »zücken Sie womöglich eine Spritze, und ich kriege einen Herzanfall.«

»Danken Sie Gott, daß in diesem Fall ein Arzt in Ihrer Nähe ist.« Boyce nahm einen Martini für Pike in Angriff. »Es ist doch gar nicht Ihre Art, Chris. Mit jüngeren Offizieren zu boxen … Sich mit ihnen abzugeben. Sie waren doch sonst immer so …«

»Hochnäsig?« beendete Pike den Satz für ihn.

»Ich wollte ›reserviert‹ sagen«, erwiderte Boyce und reichte ihm das Getränk.

»Zimmer werden reserviert«, sagte Pike. »Oder Tische in Restaurants. Ich bin hochnäsig. Ich stehe abseits von meinen Leuten. Von ihren Empfindungen. Vielleicht sogar von meinen eigenen.«

»Ach, Quatsch«, sagte Boyce. »Vor ein paar Tagen haben Sie noch auf dem Bett da gesessen und mir erzählt, daß Sie sich mit dem Gedanken tragen, den Dienst zu quittieren. Sie haben gesagt, Sie seien müde, ausgelaugt und hätten es satt, Entscheidungen zu treffen. Jetzt sagen Sie, Sie sind empfindungslos. Vorher haben Sie dann wohl zuviel empfunden, wie? Sie fragen sich, wie Sie mit der Mannschaft umgehen sollen? Jeder Captain hat seine eigene Methode, Chris. Wenn es zwischen Ihnen und Ihrer Mannschaft klappt, liegt das an einer großen Menge Förmlichkeit und ›Hochnäsigkeit‹, falls Sie es unbedingt so nennen wollen. Ist Ihnen aufgefallen, daß Sie, speziell auf der Brücke, dazu neigen, die Angehörigen der Besatzung öfter mit ihrem Dienstgrad als mit ihrem Namen anzusprechen?«

Pike runzelte leicht die Stirn. »Nein. Ist mir nicht aufgefallen.«

»Sie sprechen – mit Ausnahme meiner Wenigkeit – alle als Mister Sowieso an«, fuhr Boyce mit einer leichten, sittsamen Neigung des Kopfes fort. »Aber manche Leute nennen Sie nicht einmal so. Nummer Eins ist der Erste Offizier, also kann man sie natürlich auch so nennen. Aber Sie haben sie noch nie anders genannt. Warum eigentlich nicht?«

»Ich kann ihren Namen nicht aussprechen.«

»Was? Ja, aber …« Boyce' Stimme brach ab. Dann runzelte er die Stirn. Er hatte den Namen zwar in den Akten gelesen, aber noch nie versucht, ihn auszusprechen. Die Frau war, wenn eine reguläre Untersuchung anstand, einfach keine von denen, mit denen man tratschen konnte – bei ihr genügte ein einfaches Nicken. Er versuchte, die Silben ihres Namens zu bilden. »Verflixt …«

»Sehen Sie? Nicht alles hat eine tiefere Bedeutung«, sagte Pike. Er musterte seine Stiefel. »Wollen Sie wissen, wie ich zur Mannschaft stehe?«

»Klar.«

»Wir haben gerade über Nummer Eins gesprochen. Nun, sie …« Pike nippte an seinem Martini, als wappne er sich für eine schwere Prüfung. »Sie hat sexuelle Phantasien, in denen ich eine Rolle spiele.«

Boyce' Kinnlade fiel herunter. Er brauchte einen Moment, um zu erkennen, daß der Martini an seinem Kinn herablief. Er wischte ihn schnell ab und sagte: »Darf ich … äh … fragen …, woher Sie davon wissen?«

»Die Talosianer haben es gesagt.«

»Ach. Und wie haben Sie darauf reagiert?«

»Ihr gegenüber? Gar nicht. Die Talosianer habe ich damals gerade bedroht.«

»Haben Sie seit Ihrer Rückkehr mit ihr darüber gesprochen?«

Pike schürzte die Lippen. »Nein.«

»Wie … äh … Was sind Ihre Gefühle in dieser Sache? Haben Sie … äh … in dieser Angelegenheit die gleichen Gefühle wie sie?«

»Ich weiß nicht«, gab Pike zu. »Es hat auch mit dem zu tun, was ich schon gesagt habe. Ich fühle mich von den Gefühlen der Mannschaft entfernt, aber auch von meinen eigenen. Nummer Eins war für mich immer eine kalte, methodische, völlig leidenschaftslose Frau. Die ideale Frau.«

»Ach, wirklich?« sagte Boyce erheitert.

»Natürlich. Das Problem der meisten Frauen ist, daß sie sich vom Herzen statt vom Verstand regieren lassen. Das Treffen von Entscheidungen ist ein geistiger Prozeß. Frauen sind ...«

»Eine Ablenkung?« schlug Boyce vor.

Pike hob triumphierend einen Finger. »Ja! Genau. Sie lenken einen mit ihren gefühlsmäßigen Reaktionen ab. Und auch mit ...«

»Mit ihrem Aussehen? Und wie sie riechen?«

»So ist es.«

Boyce lehnte sich nachdenklich zurück. »Der Schwung eines Frauenhalses, wenn sie das Haar hochgesteckt trägt? Wie ihr Haar ihre Schultern umschmeichelt, wenn sie es offen trägt?« Seine Stimme wurde leiser, und er lächelte. »Und die Luft scheint sich aufzuladen, wenn eine Frau nur einen Raum betritt? Wenn man sie seufzen hört, verliert man da nicht geistig den Faden?«

Pike starrte in den Raum hinaus. »Wie ihre Augen glitzerten, wenn sie mich ansah. Sie kam sich so schrecklich im Stich gelassen vor ...«

Dann fing er sich jedoch wieder und sah, daß Boyce ihn – nicht ohne Mitgefühl – anschaute. Pike blickte in sein Glas und musterte die darin schwimmende Olive.

»Vina hatte schon etwas, nicht wahr?« sagte Boyce.

Pike zuckte die Achseln. »Sie haben doch meine Logbucheinträge gelesen.«

»Haben Sie nichts ausgelassen? Steht alles drin, was Sie erlebt haben? Alles, was Sie empfunden haben?«

»Alles, was wichtig war«, sagte Pike fest.

»Ah, und das ist der Teil, über den man diskutieren könnte, nicht wahr?« erwiderte Boyce. »Ich meine, das, was interessant ist. Und was werden Sie hinsichtlich Nummer Eins unternehmen?«

»Nichts. Würde sie wollen, daß ich von ihren Gefühlen weiß, hätte sie mir davon erzählt. Die Talosianer sind in ihre Intimsphäre eingedrungen. Ich habe nicht vor, davon zu profitieren.« Der kleine Bildschirm auf Pikes Schreibtisch ließ plötzlich ein Piepsen erklingen. Er stand auf, ging zu ihm hin und drückte einen Knopf. Das kleine Bild zeigte Nummer Eins. »Captain«, sagte sie, »jemand nimmt Kontakt mit uns auf.«

»Starfleet?«

»Nein, Sir. Der Riß.«

Pike zuckte zusammen. »Der Riß?«

»Jawohl, Sir. Der Riß im Kontinuum.«

»Ich bin gleich oben.«

Er wandte sich der Tür zu, und Boyce fing an, seine tragbare Bar zu verschließen. »Ruft die Pflicht?«

»Ziemlich laut sogar.«

»Lassen Sie sich nicht allzusehr von Nummer Eins ablenken.«

»Ich werd' mein Bestes geben.«

Pike verließ sein Quartier, ging zum Turbolift und betrat die Kabine, doch bevor die Tür sich schloß, hörte er jemanden rufen. »Moment, bitte!«

Pike drehte sich um. Der vulkanische Wissenschaftsoffizier eilte durch den Korridor. Auch er war offenbar von Nummer Eins gerufen worden. Er hinkte noch immer leicht – ein Ergebnis der Konfrontationen auf Rigel. Gott im Himmel, wann würden sie endlich Vega erreichen, um die Verletzten abzuladen?

»Brücke«, sagte Pike. Dann, nach kurzem Nachdenken, wandte er sich Spock zu und sagte: »Sagen Sie, mal, Wis … Mr. Spock … Ich habe den Eindruck, Sie machen sich in letzter Zeit ziemlich rar.«

»Sir?«

»Sie sind nicht mehr so oft mit der Mannschaft zusammen wie früher.«

Spock sah ihn an, als sei er Luft. »Es verstößt gegen keine Vorschrift, Sir.«

»Nein. Natürlich nicht. Aber als Ihr Vorgesetzter

möchte ich gern darüber informiert sein, falls Sie irgendwelche Probleme haben sollten. Ich bin sehr am Wohlergehen der Mannschaft interessiert.«

»Tatsächlich, Sir?«

»Natürlich«, sagte Pike leicht gereizt. »Solche Dinge interessieren mich immer. Interesse ist sozusagen mein zweiter Vorname.«

»Nein, Sir, Ihr zweiter Vorname ist ...«

»Das sagt man nur so, Mr. Spock. Ich war nur ... neugierig. Mehr nicht.«

»Neugier«, sagte Spock, als hätte er im Zoo gerade ein interessantes Tier erblickt. »Ach, ja. Eine menschliche Emotion. Vielleicht bin ich von den menschlichen Emotionen nur leicht... überwältigt, Captain. Wenn man mit Menschen zusammen ist, kann die Luft manchmal ziemlich dick werden.«

In diesem Augenblick öffnete sich die Lifttür mit einem Zischen. Pike betrat die Brücke. Er war nun völlig dienstlich.

»In Ordnung«, sagte er munter, als er zu seinem Kommandosessel hinunterging. »Was liegt an?«

»Kontakt, direkt aus dem Riß«, sagte Nummer Eins und drehte sich auf ihrem Sitz, um Pike anzusehen. Sie hielt ein Blatt Papier mit dem Text der Botschaft hoch. »Hier steht: ›Zweiundsiebzig Stunden Kontaktfenster. Was wollt ihr?‹«

»Das ist alles?«

Nummer Eins nickte.

Pike stützte sich mit einem Arm auf dem Kommandosessel ab. »Dann ist jemand auf der anderen Seite.«

»So sieht es aus«, stimmte Spock ihm zu.

»Aber auf der anderen Seite von was? Von einem anderen Teil unserer Galaxis? Einer völlig anderen Galaxis? Vielleicht sogar einem anderen Universum?«

»Das erfahren wir erst, wenn wir versuchen, es herauszukriegen«, sagte Nummer Eins.

»Und wenn wir, wie ursprünglich geplant, nach Vega

weiterfliegen, kommen wir innerhalb der zweiundsiebzig Stunden, von denen die Unbekannten auf der anderen Seite des Risses behaupten, daß wir sie haben, nie zurück.« Pike dachte zwar kurz nach, aber er hatte sich längst entschieden. »Bordsprechanlage aktivieren«, sagte er flink.

»Aktiviert, Captain«, erwiderte Nummer Eins.

»Hier spricht der Captain«, gab Pike bekannt. Im ganzen Schiff wurde die Arbeit eingestellt, und man hörte ihm zu. »Bedauerlicherweise müssen wir die Reise noch etwas länger unterbrechen. Die seltene Gelegenheit, derentwegen wir hier sind, hat sich unerwartet präsentiert. Da dies unserer Aufgabe entspricht, erwarte ich, daß Sie in der Lage sind, Ihre persönlichen Bedürfnisse zurückzustellen, solange es nötig ist, um diese Mission zu beenden. Unsere Mission besteht darin, Kontakt mit einer neuen Spezies aufzunehmen, der wir nur durch einen bisher unentdeckten Riß im Raum-Zeit-Kontinuum begegnen können. Sie werden über den Fortschritt des Unternehmens auf dem laufenden gehalten. Brücke – Ende.«

Pike wandte sich Navigator Tyler zu, der – falls er darüber nachdachte, wie er den Captain zuvor k. o. geschlagen hatte – viel zu sehr Profi war, um Einspruch zu erheben. »Mr. Tyler, bringen Sie uns zum Riß zurück. Warpfaktor sieben.«

»Eingeschaltet, Sir.«

»Energie.«

Pike nahm in seinem Sessel Platz, und ihm fiel auf, wie das Haar von Nummer Eins über ihre Schultern fiel. Mit einer Empfindsamkeit, die schon an Hellsehen grenzte, drehte Nummer Eins sich um und schaute ihn neugierig aus hellen Augen an. »Sir?«

Pike runzelte die Stirn und schüttelte den Kopf. »Ja, Nummer Eins?«

Sie zuckte leicht die Achseln. »Nichts, Sir.« Und sie wandte sich wieder ihrer Tätigkeit zu.

Pike spürte, daß die große Kluft zwischen ihren beiden Positionen sie trennte, aber er weigerte sich, zu lange darüber nachzudenken. Statt dessen schaute er angestrengt auf den Bildschirm. Die Sterne flogen an ihnen vorbei. Und er konnte nichts dagegen machen, als er feststellte, daß die Streifenmuster an Frauentränen erinnerten...

3

»Er ist offen, Sir.« Spock wandte sich von der wissenschaftlichen Station ab und bemühte sich, nicht allzu überrascht zu klingen. »Die Anzeigen sind unmißverständlich. Der Riß ist nun stabil. Die gefährlichen Fluktuationen, die das Schiff hätten vernichten können, haben aufgehört und machen eine Passage möglich.«

Pike musterte die vor ihnen befindliche Raumanomalie. Sie gab nicht den kleinsten Hinweis auf das, was sie auf der anderen Seite erwartete. Falls sie dort überhaupt etwas erwartete. Er sah nur Tintenschwärze. »Schlagen Sie vor, daß wir hineinfliegen?«

»Nein, Sir«, sagte Spock. »Ich sage nur, daß es möglich ist.«

Pike nickte und stand auf. »Was empfehlen Sie, Nummer Eins?«

»Vorsicht, Sir.«

»Das empfehlen Sie doch immer.«

»Ist auch immer angeraten«, erwiderte sie steif.

»Funkspruch absenden«, sagte Pike. »Sagen Sie ihnen, daß wir hier sind und ihren Rat erwarten.«

Die Antwort kam kurz darauf. Spock las sie überrascht vor. »Hier steht: ›Kommt rein. Das Wasser ist herrlich.‹«

Die Brückenmannschaft tauschte Blicke.

»Tja, was soll man davon halten?« sagte Pike.

Nummer Eins trommelte kurz mit den Fingern auf ihrer Konsole herum. »Wir können davon ausgehen, daß es sich entweder um ein Volk mit gewissen telepathischen Fähigkeiten handelt, oder sie können ... unsere Computerunterlagen anzapfen, ohne einen Alarm auszulösen, der uns sagt, daß wir angezapft werden. Also sind sie uns entweder geistig oder technisch überlegen.«

»Schon wieder ein telepathisches Volk«, sagte Pike säuerlich. »Davon hatte ich in letzter Zeit genug.«

»Sie sind aber wohl ehrlicher als die Talosianer«, bemerkte Spock. »Sie kommen uns nicht mit Illusionen und Ausflüchten. Sie laden uns einfach nur zum Eintreten ein und sagen uns mit einer alten irdischen Redensart, daß das Ambiente unserer Existenz nicht schadet.«

»Sagen Sie ihnen, sie sollen zu uns rauskommen«, sagte Pike nach einer Weile.

Die Botschaft wurde abgesandt. Diesmal kam die Antwort noch schneller als zuvor.

»Sie sagen: ›Es ist nicht unsere Art.‹«

»Perfekt«, sagte Pike. »Wissenschaftsoffizier, eine Sonde bereitmachen, die auf mein Kommando startet.«

Spock nickte und gab die Instruktionen in den Computer ein. Auf Pikes Nicken hin überprüfte er noch einmal die Telemetrie und schoß die Sonde dann in den Riß ab.

Als sie in die temporale Öffnung flog, sah sie nur wie ein Lichtball aus. Sie raste weiter und weiter, bis sie völlig verschwunden war.

Man wartete ab.

»Irgendwelche Anzeigen, Wissenschaftsoffizier?«

Spock studierte sein Telemetriebord und wartete auf irgendeine Antwort der Sonde. »Nichts, Sir«, sagte er. »Sie ... Moment! Die Sensoren fangen etwas auf.«

»Spezifizieren Sie.«

»Kehrt aus dem Riß zurück ... bei 331 Markierung 20 ...«

Pike schwang den Sessel herum und fauchte: »Bildschirm auf volle Vergrößerung. Auf Mr. Spocks Koordinaten.«

Der Bildschirm flackerte kurz, dann fing er am unteren

rechten Rand des Risses etwas auf. Irgend etwas schien aus ihm hervorzuschweben ... Metallischer Schrott.

»Es ist die Sonde«, meldete Spock. »Sie ist in Stücke zerbrochen.«

»Eingehende Botschaft«, meldete Nummer Eins.

»Wie lautet sie?«

Der Computer brauchte nur eine Sekunde, um die Nachricht auszudrucken. Spock nahm sie an sich und las vier kurze Worte. Aus mehr bestand die Nachricht nicht.

»Hier steht: ›War schon ganz gut.‹«

Als Spock die Bruchstücke der Sonde scheppernd auf dem Tisch im Konferenzraum ausbreitete, umringten Pike und die Offiziere sie. Nummer Eins hob ein kleineres Stück auf, hielt es zwischen den Fingern und musterte es neugierig. »Ist es das, was ich denke?«

»Ja, Nummer Eins«, erwiderte Spock. »Ich habe eine vollständige Spektralanalyse vorgenommen, die meine ursprüngliche und Ihre gegenwärtige Vermutung bestätigt. Das Stück Eisen, das Sie da in der Hand halten, ist ungefähr 33,4 Jahre alt.«

Pike schaute von Nummer Eins zu Spock. »Was? Ich dachte, es ist ein Teil unserer Sonde.«

»Ist es auch«, sagte Spock. Er deutete auf den Rest des auf dem Tisch liegenden Schrotts. »Wie die anderen übrigens auch. Sie weisen ein ähnliches Alter auf. Einige Stücke, die früher auftauchten, sind ein bis zwei Jahre jünger.«

»Wir haben sie aber nicht vor über dreißig Jahren gestartet, verflucht«, sagte Pike.

»Natürlich nicht, Sir. Ich habe jedoch eine Arbeitstheorie.«

»Behalten Sie sie nicht für sich«, sagte Dr. Boyce. »Wenn Sie uns noch weiter hier herumraten lassen, gibt es jedenfalls kein Fleißkärtchen.«

Spock schenkte ihm kaum einen Blick. Er und Boyce

waren noch nie besonders gut miteinander ausgekommen. Boyce' amateurpsychologische Versuche auf Spocks Kosten waren eine fortwährende Quelle der Ablenkung. Spock machte sich jedoch deswegen nicht allzu viele Sorgen. Boyce würde in ein paar Jahren in den Ruhestand treten, und egal welchen Schiffsärzten er in der Zukunft auch begegnen würde, er war sich ziemlich sicher, daß keiner so störend sein würde wie Boyce.

»Die temporalen Verlagerungen im Inneren der Zusammensetzung des Risses«, sagte Spock, »haben auch rings um die Sonde eine Feldverzerrung erzeugt. Der Riß ist nicht einfach nur ein Loch im Raum. Es ist ein zusammengebrochenes Zeitreisefeld, das um alles, was dort eintritt, zeitliche Wellen knickt. Die Sonde war jahrelanger zeitlicher Beanspruchung unterworfen. Vielleicht ist sie in die Zukunft gereist und auf dem Rückweg gealtert – vielleicht auch in die Vergangenheit. Man kann es unmöglich sagen.«

»Mir tut allmählich der Kopf weh«, murmelte Boyce.

»Im wesentlichen ist die Sonde aufgrund der Belastung der abgelaufenen Jahre auseindergefallen«, schloß Spock.

»Und uns würde das gleiche passieren, wenn wir durch den Riß fliegen«, sagte Pike.

»Nicht unbedingt«, meldete sich nun Nummer Eins. Sie schaute Spock an, der genau wußte, was sie sagen wollte, und ihr zustimmend zunickte. »Wenn wir mit dem Warpantrieb in den Riß eindringen«, fuhr sie fort, »müßte der Warpfaktor der Generatoren uns vor den Verheerungen des temporalen Wandels schützen.«

»*Müßte* uns schützen«, sagte Pike.

»Die Wahrscheinlichkeit beträgt achtundneunzig Prozent«, erwiderte Nummer Eins.

Pike umkreiste langsam den Tisch. »Das bedeutet, die Wahrscheinlichkeit, daß wir draufgehen, beträgt zwei Prozent. Stimmt's?«

»Stimmt«, sagte sie und musterte Spock, um zu

sehen, ob er anderer Meinung war. Doch auch diesmal nickte er unmerklich.

Pike durchquerte den Raum noch einmal. Er hielt die Hände hinter dem Rücken. »Wenn wir mit dem Warpantrieb hineinfliegen, haben wir nicht mal die Zeit, auf irgendeine Gefahr zu reagieren, die die Sensoren melden. Verlangen Sie von mir, daß ich mit dem Leben unserer Mannschaft Siebzehnundvier spiele?«

»Nun«, mischte Spock sich ein: »Es sieht so aus, als wären die Vorteile eindeutig auf unserer Seite, Captain.«

Pike musterte Spock mit einem kalten Blick. »Aber Sie sind nicht derjenige, der das Gewicht dieser Entscheidung auf seinen Schultern tragen muß, oder doch, Wis ... Mr. Spock?«

Falls Spock der abrupte Wechsel der Anrede aufgefallen war, ließ er sich nichts anmerken. »Nein, Sir. Ich bin es nicht. Aber da ist noch etwas, das Sie wissen sollten, Captain.« Er streckte die Hand aus. Auf seiner Handfläche lag etwas, das wie ein kleines dreieckiges Gerät aussah, auf das feine Schaltkreise geprägt waren. Es war nicht größer als sein Fingernagel.

»Was ist das?« fragte Pike.

»Es befand sich bei den Trümmern«, sagte Spock. »Es wurde, wenn Sie so wollen, dazwischengeschmuggelt.«

»Von denen auf der anderen Seite?« fragte Nummer Eins.

»Das wäre die logische Annahme.« Spock drehte das kleine Ding in der Hand. »Nach dem, was ich ermittelt habe, handelt es sich wohl um eine Art Energieumwandlungschip. Er ist allerdings weitaus wirkungsvoller als der, der momentan unseren Warpantrieb speist.«

Caitlin Barry, die Chefingenieurin, streckte eine Hand aus, und Spock gab ihr den Chip. Sie untersuchte ihn verwundert. »Sind Sie sich dessen sicher?«

»Es ist nur ein Bestandteil eines unendlich komplizierteren Beschleunigungssystems«, sagte Spock. »Wir könnten das vollständige System nach diesem Stück ebenso wenig nachbauen, wie man einen menschlichen Körper nachbauen kann, wenn man nur eine Niere von ihm hat. Es ist jedoch ein Hinweis auf die fortgeschrittene Natur der Unbekannten auf der anderen Seite des Risses.«

»Mit anderen Worten«, sagte Pike und nahm Barry das Stück aus der Hand, »wir haben es hier mit einem Köder zu tun.«

»Oder ihrer Art, uns zu sagen, daß die Sache jedes Risiko wert ist, Kontakt mit ihnen aufzunehmen«, erläuterte Nummer Eins.

Mehr brauchte nicht gesagt zu werden. Der Kommandostab wußte fast instinktiv, welcher Ausdruck sich auf Pikes Gesicht legen würde, als er alles gehört hatte, was er hören mußte, um einen Beschluß zu fassen.

Als er die Möglichkeiten abwägte, breitete sich im Konferenzraum absolute Stille aus.

Dann wurde Pike sich irgendwo im Hinterkopf eines sehr leisen, beständigen Geräuschs bewußt.

Es war Nummer Eins. Ihr Atmen.

Er wandte sich zu Barry um. »Warpantrieb vorbereiten, Ingenieur«, sagte er. »Wir gehen rein.«

Kurz darauf hatte sich der Kommandostab auf der Brücke versammelt. Pike hielt eine weitere Ansprache über das Interkomsystem. Er glaubte fest daran, daß es von Vorteil war, wenn alle wußten, was sie erwartete. Bei einer so großen Mannschaft konnte er keine Gerüchteküche brauchen.

»Wir sind im Begriff, in einen unbekannten Sektor des Alls einzudringen«, sagte er. »Ich möchte, daß alle auf ihrem Posten und auf alles vorbereitet sind. Das Schiff steht momentan unter Alarmstufe Gelb. Ich erwarte zwar keine Kampfhandlungen, aber wir müssen auf alle Umstände vorbereitet sein, denen wir eventuell begegnen. Ich habe vollstes Vertrauen in Sie alle, daß Sie Ihrer Pflicht gerecht werden. Brücke – Ende.« Dann wandte er sich an Nummer Eins und sagte: »In Ordnung, Steuermann. Bringen Sie uns mit Impuls vorwärts. Zweitausend Kilometer an die Anomalie heran.« Dann sagte er in seinen Kommunikator: »Maschinenraum?«

»Bereit, Captain«, erwiderte Barrys Stimme.

»Auf Warpantrieb vorbereiten, Warpfaktor ...«

Er hielt inne, unschlüssig, was er in der neuen Lage riskieren konnte. Nummer Eins schaute ihn an und hob zwei Finger.

»Zwei«, sagte Pike.

»Aye, Sir. Wir machen das schon.«

Die *Enterprise* näherte sich mit Impulsgeschwindigkeit dem Riß. Pike wartete auf die Meldung, daß irgendein Energiestrom an ihnen zerrte, auf den kleinsten Hinweis, daß das Ganze eine Falle war. Doch die Meldung kam nicht. Komm doch ruhig in mein Netz, sagte die Spinne zur Fliege, dachte er finster. »Sensorenmessungen?«

»Unverändert«, sagte Spock. »Noch immer unklar.«

»Entfernung zweitausend Kilometer«, sagte Nummer Eins.

»Alle Maschinen stop.«

»Alle Maschinen angehalten, Captain«, bestätigte Nummer Eins.

Der Riß war vor ihnen, scheinbar Bestandteil des normalen Raumes und doch Teil von etwas anderem. Seine Oberfläche kräuselte sich und floß wie zäher, gerade aufkochender Haferbrei.

Und er wollte sich, das Schiff und die Mannschaft mitten in das Ding hineinstürzen, weil er hoffte ...

Was wollte er dort finden?

Nun ja, standen sie nicht jeden Tag derlei Dingen gegenüber? Stürzten sie sich nicht alle Tage in die Tiefen des Unbekannten? Wer wußte denn schon, was sie finden würden oder welche Risiken sie eingingen.

Es war nur ungewohnt, dem Unbekannten so dicht gegenüberzustehen.

»Wenn man in einen Abgrund schaut, blickt der Abgrund auch in einen selbst«, sagte Pike langsam. Dann holte er tief Luft und sagte: »Volle Kraft voraus. Warpantrieb, Warpfaktor zwei.« Er hielt für den Bruchteil einer Sekunde inne, dann sagte er: »Energie.«

Tyler berechnete den Kurs, und Nummer Eins, die einen leisen Seufzer ausstieß, der Pike nicht verborgen blieb, gab ihn ein.

Die *Enterprise* schoß mit Warpgeschwindigkeit vorwärts und wurde kurz darauf von dem Riß verschluckt.

In Pikes Kopf heulte das Universum.

Rings um sie flitzten die Sterne vorbei und verschwanden. Das, was übrig blieb, war das mit allem gefüllte Nichts.

Pike schrie lautlos auf. Als Vergangenheit und Gegenwart um ihn herum aufeinanderprallten, schien der Schrei alles zu verschlucken. Er sah Bilder, bizarre und irrsinnige Bilder, die völlig zusammenhanglos waren. Bilder einer Realität, die durchgedreht war, Bilder aus der Zeit, aus dem Bewußtsein.

Er schaute nach links und wurde vor den eigenen Augen jünger. Und er schaute nach rechts. Da befand sich eine bizarre Kreatur; sie starrte ihn an und hockte in einer Art metallenem Sessel. Der Anblick ließ seine Seele erstarren.

Auf dem Bildschirm zeigte sich nur das ausgedehnte Miasma eines wellenförmigen Weltraums, als sei der Kosmos zu einem ungeheuren See geworden, über dessen Oberfläche jemand einen flachen Stein warf.

»Beschleunigung beibehalten!« schrie Pike, aber er wußte nicht genau, ob jemand ihn gehört hatte. Er wußte nicht einmal genau, ob er den Befehl überhaupt gegeben hatte, ob er ihn erst geben würde oder ob er ihn schon längst gegeben hatte und nur noch einmal wiederholte ...

Das Schiff schien unkontrollierbar zu vibrieren, und

aus dem Maschinenraum kam ein Schrei. Er kam nicht von Barry, sondern von Lieutenant Scott, der normalerweise mit der Brücke kommunizierte, wenn Barry anderweitig beschäftigt war. »Captain!« schrie Scott alarmiert. »Die Triebwerke halten das nicht mehr lange aus!« In seiner Stimme lag mehr als nur Besorgnis über das Schicksal der Maschinen – es war, als sei er gezwungen, hilflos dabeizustehen, während seine Kinder gefoltert wurden.

Und dann waren die Streifenmuster der Sterne schlagartig wieder da. Und ebenso das Schiff.

Vor ihnen hing ein ungeheurer weißer Ball im All, den irgend etwas umgab; dann zischte die *Enterprise* mit Warpgeschwindigkeit daran vorbei.

Pikes Lippen bewegten sich, doch seine Worte kamen erst später. »Geschwindigkeit reduzieren!« schrie er. »Warpantrieb ausschalten!«

Nummer Eins, am Ruder, war paralysiert. Sie hatte die Augen weit aufgerissen. Tyler, der rechts von ihr saß, verzog das Gesicht. Er murmelte ständig irgend etwas, das wie »Ma-ma, Ma-ma« klang. Großartig. Das Schiff mußte angehalten werden, und Tyler rief nach seiner Mutter.

Pike sprang nach vorn, bahnte sich einen Weg ans Ruder, schob Tyler beiseite und ragte vor Nummer Eins auf. Tyler holte mit der Linken aus, doch diesmal sah Pike den Hieb kommen. Er konnte ihn abwehren und im gleichen Augenblick am Ruder den Antrieb des Schiffes abstellen.

Als Nummer Eins den Arm des Captains vor sich sah, erwachte sie kurz aus ihrer Lähmung und schien zum ersten Mal wahrzunehmen, daß Pike ihr eine Anweisung gegeben hatte. Sie wollte nach den Kontrollen greifen, um das Schiff zu verlangsamen, doch dann zögerte sie, denn sie sah, daß der Befehl schon ausgeführt worden war. Sie wandte sich um und schaute Pike überrascht in die Augen.

»Verzeihung, Sir«, sagte sie und leckte sich die Lippen.

Pike, erleichtert darüber, daß auf der Brücke nun wieder ein gewisses Maß an Normalität herrschte, erwiderte: »Ist schon in Ordnung. – Navigator?«

Tyler stierte steif in den Weltraum, als habe er sich auf irgend etwas sehr Spezielles konzentriert. Seine Unterlippe zitterte. »Mr. Tyler«, sagte Pike laut. Noch immer keine Reaktion. Einen Moment lang zog er in Betracht, Boyce auf die Brücke zu rufen, doch dann legte er, ohne groß über die offene Vertraulichkeit nachzudenken, die Hand auf Tylers Schulter und sagte: »José, sind Sie noch da?«

Tyler blinzelte mehrmals, dann schaute er zu Pike auf. »Captain?« Seine Augen brauchten eine Weile, um sich auf ihn zu konzentrieren, dann sagte er, nun etwas fester: »Captain?«

»Sitzen Sie bequem, Mr. Tyler. Sagen Sie uns bitte, wo wir sind.«

Tyler rief schnell seine Navigationskarten ab und nahm eine Analyse der Sterne vor, die auf dem Bildschirm zu sehen waren. Pike brauchte die Meldung gar nicht, um zu wissen, daß er diese Sternenkonstellation noch nie zuvor gesehen hatte. Trotzdem wartete er geduldig ab.

»Soweit ich es bestimmen kann, Sir«, sagte Tyler schließlich, »befinden wir uns irgendwo in den äußeren Bereichen des Gamma-Quadranten.«

Alle verfielen in Schweigen. »Das ist Lichtjahre weit hinter dem erforschten Raum«, sagte Pike. »Sind Sie sicher?«

»Ich kann Mr. Tylers Einschätzung bestätigen«, sagte Spock von der wissenschaftlichen Station her. »Wir sind eine beträchtliche Strecke vom erforschten Weltraum entfernt.«

»Wie beträchtlich?«

Spock wandte sich um und schaute den Captain an.

»Bei Warpfaktor sieben – den wir wahrscheinlich nicht lange aufrechterhalten könnten – würden wir 21,3 Jahre brauchen, um den entferntesten Außenposten der Föderation zu erreichen. Bevor wir in eine uns bekannte Umgebung zurückkehren könnten, wären unsere Dilithiumkristalle selbst bei Warpfaktor eins drei Jahre zuvor erschöpft.«

»Was bedeutet«, sagte Pike, »daß wohl auch unser Rückweg durch den Riß führen muß... Wenn nicht, können wir später unseren Kindern und Enkeln erzählen, wie es dazu kam, daß sie an Bord eines Raumschiffes geboren wurden.«

»Das ist korrekt«, sagte Spock.

»Na schön«, sagte Pike sachlich. Er kehrte zu seinem Sessel zurück und drehte ihn so, daß er in Richtung Bildschirm schaute. »Dann wenden wir. Als wir herauskamen, habe ich etwas gesehen. Und ich möchte es nun aus der Nähe betrachten.«

Die *Enterprise* schwang herum und legte mit Impulskraft den Weg zurück, den sie gekommen war. Währenddessen überzeugte Pike sich schnell davon, daß im Maschinenraum alles in Ordnung war. Als er zufrieden war, wandte er sich zu Spock um und sagte: »Gibt es neue Erkenntnisse über den Riß?« Er fürchtete sich fast, danach zu fragen, denn wenn die Raumöffnung verschwunden war, bestand eine gute Chance, daß sie die Heimat nie wiedersahen.

Und so war er sehr erleichtert – natürlich ohne es zu zeigen –, als er Spock sagen hörte: »Jawohl, Sir. Bei 213 Markierung 8. Die gleichen temporalen Anzeigen wie zuvor. Und ... noch etwas.«

»Ich sehe es. Ruder, Vergrößerung drei.«

Der Bildschirm kräuselte sich, und als er wieder scharf wurde, fiel Pike auf, daß seine Kinnlade halb herunterhing. Er schloß schnell den Mund und hoffte, daß es niemandem aufgefallen war.

Vor ihnen stand ein Planet in Flammen.

4

Spock und Nummer Eins sprachen das Wort in einem Atemzug aus. »Faszinierend.«

Es war eine Untertreibung.

Der Planet war groß, er hatte in etwa die Abmessungen des Jupiter und sah aus, als stünde er in Flammen. Die gesamte Oberfläche war von dunkelblauem Feuer bedeckt, das gleichmäßig und unaufhörlich brannte. Aber es war nicht das einzige Bizarre, dem sie sich gegenübersahen.

Denn den Planeten umgab eine Reihe von Satelliten, die durch ein kompliziertes System von Verbindungsstücken miteinander verbunden waren. Sie verliehen der ganzen Sache das Aussehen eines gigantischen Spinnennetzes. Die Satelliten variierten zwar im Durchmesser, wiesen aber allgemein einen uniformen Eindruck auf, da sich über jedem eine weitläufige, helle Kuppel befand, die etwas einhüllte, das wie eine strahlende Stadt aussah.

Zwei Satelliten bildeten Ausnahmen. Sie lagen über den beiden Polen des Planeten. Der Satellit am Südpol war der zweitgrößte der Gruppe. Er wies einen einzelnen Turm auf, der das ständige Feuer des Planeten zu reflektieren schien.

Der Nordpol-Satellit war der bei weitem größte, aber er war nicht, wie die anderen, mit strahlenden Türmen versehen. Die auf ihm befindlichen Gebäude waren niedrig und flach. Außer den Verbindungsstücken, die diesen speziellen Satelliten an die anderen banden, gab es auf ihm noch eines, das geradewegs zu dem unter ihm befindlichen Planeten führte.

»Analyse?« sagte Pike, nachdem er das Bild in sich aufgenommen hatte.

»Das ›Feuer‹ auf der planetaren Oberfläche«, sagte Spock kurze Zeit später, »ist möglicherweise eine Art sich selbst regenerierendes Energieplasma, das das Satellitennetz ständig mit aller nötigen Energie versorgt.«

»Selbstregenerierend?«

»Jawohl, Sir.«

Es war eine bemerkenswerte Vorstellung, die Pike irgendwie an das Perpetuum mobile erinnerte. Der Energiebedarf der *Enterprise* wurde durch den Einsatz von Dilithiumkristallen erzeugt, doch die Kristalle waren kostbar und hielten nicht ewig. Die Vorstellung, in der Lage zu sein, eine Energiequelle zu regenerieren, war so etwas wie ein Traum.

»Und die Satelliten?«

»Die innere Atmosphäre scheint aus einer atembaren Sauerstoff-Stickstoff-Mischung zu bestehen, aber die Luft ist etwas dünner, als wir sie gewohnt sind«, sagte Spock. »Ich schlage vor, daß einer eventuellen Landegruppe zum Ausgleich eine Triox-Verbindung verabreicht wird.«

»Registriert. Vorschlag an Medizin weiterleiten.«

Dann änderte sich die Darstellung auf dem Bildschirm erneut, und zu ihrem Schreck erschien ein Gesicht.

Es war eindeutig ein Mann, auch wenn sein Alter nur schwer zu bestimmen war. Sein Gesicht war puterrot, seine Augen strahlten in einem leichten Schillern. Er war kahlköpfig, und ein zart gestricheltes Muster erstreckte sich von seiner Stirn über den Schädel zum Hinterkopf – ein Muster, das in der Form mit den Verbindungsstücken der Satelliten identisch war. Seine Nase waren zwei Schlitze in der Mitte des Gesichts. Als er Luft holte, flatterten über ihnen zart dünne Hautschichten.

»Eingehende Nachricht«, sagte Tyler, obwohl es völlig unnötig war.

Pike reagierte nicht darauf. Statt dessen machte er einen Schritt nach vorn und sagte: »Ich bin Captain Christopher Pike vom Raumschiff *Enterprise.*«

Der Fremdling neigte leicht den Kopf. »Angenehm«, sagte er. »Ich bin Zyo, der Baumeister von Calligar.«

»Baumeister?«

Zyo zuckte die Achseln. Welch überraschend menschliche Geste. »Ein erblicher Titel, auf Lebenszeit. Die kleine Ehre eines Volkes, das nur wenige Ehren vergibt.«

Einen Moment lang herrschte unbehagliche Stille, dann sagte Pike: »Ihr Volk ist uns nicht vertraut.«

»Wir kennen das Ihre ebensowenig«, erwiderte Zyo. »Deswegen schlage ich vor, daß wir uns besser miteinander bekannt machen.«

»Wenn Sie uns sagen, wohin wir beamen sol …«

Aber Zyo lächelte nur. »Oh, wohl kaum, Captain Christopher Pike. Um ehrlich zu sein, Sie haben absolut keine Vorstellung, welches Aufsehen Ihr Auftauchen bei den Calligariern hervorgerufen hat.«

»Warum denn? Wir sind doch keine Bedrohung.«

»Ach, das ist irrelevant.« Zyo verzog tatsächlich das Gesicht. »Es ist die bloße Tatsache Ihres Hierseins – daß wir Sie von unserer Existenz unterrichtet haben –, die so etwas wie eine Sensation verursacht hat. Ich will Sie gern über die Lage in Kenntnis setzen, Captain, aber ich fürchte, es muß zu unseren Bedingungen erfolgen.«

Pike schaute Nummer Eins an, die unmerklich die Schultern anhob. Auf diese Art ließ sie ihn wissen, daß sie wirklich keinen Ratschlag für ihn hatte. Und wenn es etwas gab, was Nummer Eins nicht oft tat, war es reden um des Redens willen.

»In Ordnung«, sagte Pike. »Dann zu Ihren Bedingungen. Solange sie nicht irgend etwas enthalten, das meiner Meinung nach gefährlich für das Schiff und die Mannschaft ist.«

»Sie sind der Anführer Ihrer Leute. Das kann ich gewiß respektieren. Sagen wir… in einer Ihrer Stunden?«

»Sie sind mit der irdischen Zeitrechnung vertraut?«

»Natürlich.« Zyo lächelte leicht. »Wir haben Ihre gesamten Computerunterlagen gründlich studiert.«

»Ich kann nicht sagen, daß mich dies freut. Wenn wir irgendwelche Beziehungen zueinander aufnehmen, müssen sie auf Vertrauen basieren. Ich schlage vor, daß Sie beim nächsten Mal darum bitten, wenn Sie Informationen von uns wünschen.«

Zyo neigte leicht den Kopf. »Wie Sie wünschen, Captain Christopher Pike. Dann in einer Stunde.«

Der Bildschirm zeigte wieder die Bilder der Satellitenstädte, von denen die *Enterprise*-Mannschaft nun wußte, daß sie Lebewesen gehörten, die sich Calligarier nannten.

Pike schaute sofort Spock an. »Würde es Ihnen etwas ausmachen, Wissenschaftsoffizier, mir zu erklären, wie, zum Teufel, es denen gelungen ist, unsere Computer anzuzapfen, ohne daß Alarm ausgelöst wurde?«

Spock runzelte die Stirn und sagte: »Es deutet wohl darauf hin, daß sie beträchtlich mehr von Computern verstehen als unsere Wissenschaft.«

»Anders gesagt: Sie wissen es nicht.«

»Das ist korrekt, Sir«, sagte Spock.

»Nun«, sagte Pike, »in einer Stunde haben wir sie an Bord. Dann können wir sie fragen.«

Pike musterte sich im Spiegel und glättete seine Ausgehuniform. Er nickte munter und war mit seinem Äußeren zufrieden. Er befahl seinen Leuten nicht oft, in Ausgehuniform zu erscheinen, aber dies war eine erste Begegnung auf äußerst fremdartigem Terrain. Da mußte man sich schon an die Dienstvorschriften halten.

Der Türsummer ertönte. »Herein«, sagte er.

Die Tür zischte auf. José Tyler stand da. Er wirkte unbehaglich. »Captain ...«

»Ja, Mr. Tyler?«

Tyler holte tief Luft und sagte: »Ich möchte mich für mein Verhalten auf der Brücke entschuldigen, Sir. Es war ... unpassend.«

»Ja, das war es.« Pike schwieg einen Moment, dann gab er Tyler mit einer Geste zu verstehen, er solle eintreten. Tyler kam herein, die Tür schloß sich zischend hinter ihm. »Würden Sie mir bitte erklären, was Sie zu diesem seltsamen Benehmen veranlaßt hat?«

Tyler schaute zu Boden. Er zögerte.

»Falls Sie etwas erlebt haben, das uns weiterhelfen könnte, würde ich es gern erfahren.«

Tyler seufzte. »Ich habe ... Dinge gesehen«, sagte er dann. »Ich habe ... eine Frau gesehen. Sie war ... Ich weiß nicht ... Es geschah wie der Blitz ... Ich habe gedacht, sie hätte mich gerufen. Ich hab's jedenfalls geglaubt. So kam es mir vor. Mir war, als würde ich sie kennen ... und auch wieder nicht. Captain ... Wissen Sie, was passiert ist, als wir den Riß passierten?«

Pike drehte sich um und schaute in den Spiegel. Einen Moment lang kam es ihm so vor, als starre ihn die bizarre Erscheinung an – die fremdartige Kreatur in dem seltsamen Sessel.

»Ich weiß nicht genau«, sagte er. »Ich glaube auch, daß ich etwas gesehen habe, aber ich bin mir nicht sicher ... Es ist so schnell passiert. Jetzt, da ich weiß, daß auch Sie ... irgendwelche Bilder gesehen haben, möchte ich die Sache etwas gründlicher mit Mr. Spock besprechen. Ich nehme jedoch an, daß das, was wir gesehen haben, eine Art Kräuselung der Zeit war – ein Ergebnis unseres Vorstoßes durch den Riß. Die Zeit hat sich um uns herum geknickt, und jeder hat kurz Menschen gesehen, deren Zeitlinien sich mit den unseren kreuzten. So muß es gewesen sein, als Sie die Frau sahen. Sie haben kurz in Ihre Zukunft geblickt, Mr. Tyler. Eine ziemlich irritierende Erfahrung.«

Tyler schaute Pike an. Allmählich schien ihm ein Licht aufzugehen. »Dann haben Sie es also auch gesehen, Sir?«

Pike zögerte, dann zuckte er die Achseln. »Ich habe etwas gesehen. Ich habe es nicht sofort verstanden. Einen Moment lang hatte ich Angst, es könnte etwas aus meiner eigenen Zukunft gewesen sein... Aber wenn das wirklich der Fall war, glaube ich nicht, daß einer von uns in dieser Zukunft leben möchte. Ich schätze, Mr. Tyler, wir können sicher davon ausgehen, daß Sie sich in nächster Zukunft nicht in eine Frau verwandeln werden. Da dies kaum der Fall sein wird, glaube ich, brauche ich mir auch keine Sorgen über die unerfreuliche Vision zu machen, die ich hatte.«

»Nein, Sir.«

Pike musterte sich noch einmal mit einem schnellen Nicken im Spiegel. »Auf geht's«, sagte er. »Wir wollen unsere Gäste begrüßen.«

Als Pike und Tyler im Transporterraum eintrafen, warteten bereits Nummer Eins, Spock, Boyce, Barry und Garrison auf sie. Transporteringenieur Pitcairn warf seinem Assistenten Yamata einen Blick zu, als wolle er bestätigen, daß sie etwas vermißten. »Captain«, sagte Pitcairn, »stimmt es, daß ich jemanden an Bord holen soll?«

»Es stimmt, Chief«, erwiderte Pike. Er schaute seine Offiziere beifällig an. Boyce schien sich unbehaglich zu fühlen, und Pike fiel ein, daß er sich gelegentlich über seine nicht richtig passenden Stiefel beschwert hatte.

Die Ausgehuniform von Nummer Eins hingegen war äußerst schmeichelhaft. Sie bestand aus einem langen gelben Kleid mit Halskrause, einem Gürtel und einem Schlitz an der linken Seite, der bis unters Knie reichte. Sie wirkte überraschend weiblich und schaute Pike mit erhobener Augenbraue an, als wolle sie ihn zu irgendeinem Kommentar provozieren. Aber dies wollte Pike um jeden Preis vermeiden.

Die nächste Frage des Transporteringenieurs brachte ihn jedoch wieder zu sich. Er wandte sich um und fragte: »Verzeihung, Chief. Was ist?«

»Ich habe gefragt, Sir«, wiederholte Pitcairn gelassen, »wie wir jemanden an Bord beamen sollen, der uns keine Koordinaten gibt, die wir anpeilen können.«

»Darüber würde ich mir keine allzu großen Gedanken machen, Chief«, sagte Pike. »Ich vermute, daß unsere Gäste die Sache von sich aus steuern.«

Yamata blinzelte überrascht. »Der Transporter ist gerade aktiviert worden«, sagte er zu Pitcairn.

»Man soll die Worte seines Captains nie anzweifeln«, sagte Pike heiter.

Im gleichen Moment wurden die Transporterstrahlen aktiviert, und auf den Plattformen leuchtete es auf. Pike nahm seinen Platz vor den Offizieren ein und wartete ab.

Als die Plattformen aufleuchteten, wurden langsam vier Gestalten sichtbar. Pitcairn beäugte verständnislos seine Kontrollen. »Ich glaube, Sie sollten wissen, Captain, daß ich nicht dafür verantwortlich bin«, sagte er. »Ich kann keine Verantwortung übernehmen, falls ...«

»Registriert, Chief«, sagte Pike ziemlich zuversichtlich. Auf der Transporterplattform stand das Wesen, das sich Zyo nannte. Neben ihm befanden sich zwei andere Männer. Einer war in etwa in Zyos Alter. Der andere schien, falls man seinen Gesichtszügen trauen konnte, jünger zu sein. Der jüngere Mann war etwa einen Kopf größer als der größte Mensch im Raum (nämlich Pike) und wirkte körperlich sehr kräftig. Neben ihm stand ein Wesen, das offenbar eine Frau seines Volkes war. Ihre Züge waren überraschend weich und auch nach menschlichem Ermessen anziehend. (Ob sie es auch nach dem Ermessen der Calligarier war, war eine andere Frage: Bei ihnen galt sie vielleicht als abgrundtief häßlich.)

Der ältere Calligarier neben Zyo setzte eine finstere Miene auf, schaute sich im Transporterraum um und schüttelte geringschätzig den Kopf. »Es dient doch keinem Zweck«, knurrte er.

Zyo schenkte ihm nicht einmal einen Blick. »Sei still, Alt. Die Diskussion ist beendet.«

»Nein, Zyo«, sagte der Mann namens Alt. »Sie ist nicht beendet.« Doch dann schwieg er und beschäftigte sich damit, die *Enterprise*-Mannschaft mit finsteren Blicken zu mustern.

Pike trat vor und sagte mit einer leichten Verbeugung: »Baumeister Zyo, ich bin Captain Christopher Pike.«

Zu Pikes Überraschung hielt Zyo ihm die rechte Hand entgegen. Ihm fiel auf, daß die Finger des Calligariers etwas länger und schlanker als die eines Menschen waren.

»Sie wirken verwundert«, sagte Zyo. »So begrüßt man sich doch auf der Erde, oder nicht?«

»Nicht überall«, sagte Pike, »aber an den meisten Orten.« Er schüttelte fest Zyos Hand. »An der Akademie hat man uns jedoch gelehrt, nicht überheblich zu sein. Es gibt mindestens fünf bewohnte Planeten, auf denen das Händeschütteln eine obszöne Geste ist. Und einen, auf dem es eine Kriegserklärung bedeutet.«

»Oje«, sagte Zyo. »Das klingt aber unerfreulich.« Er ließ Pikes Hand los, drehte sich um und bemerkte Spock. Er hob automatisch die rechte Hand, teilte die Finger zu einem V und sagte: »Frieden und ein langes Leben.«

Spock hob überrascht eine Augenbraue, doch dann hob auch er die Hand und erwiderte den vulkanischen Gruß.

Nummer Eins tat es ihm automatisch gleich, und Barry ebenfalls. Auch Boyce bemühte sich, die Geste zu machen, aber sie gelang ihm nicht genau. Er zuckte die Achseln.

»Sie sind sehr bewandert«, sagte Pike.

»Ihre Computerunterlagen sind auf dem neuesten Stand«, sagte Zyo. »Ach, Captain, ich muß mich dafür entschuldigen, wie wir die Sache behandelt – oder soll ich mißhandelt sagen? – haben. Aber das Anzapfen Ihrer Computer war für uns die wirkungsvollste Methode, um Ihre Redewendungen kennenzulernen, damit wir uns in bequemer Weise mit Ihnen unterhalten können. Hätten wir es auf eine Weise getan, die bei Ihnen Alarm ausgelöst hätte, Sie hätten sich bestimmt grundlos Sorgen gemacht.«

»Sie hätten um Erlaubnis bitten können«, sagte Pike.

»Und Sie hätten ablehnen können«, erwiderte Zyo gelassen.

Pike lächelte. »Tja ... Was passiert ist, ist passiert. Wir wollen unsere zukünftigen Beziehungen nicht davon beeinflussen lassen. Darf ich Ihnen meinen Stab vorstellen?« Er deutete auf die anderen und stellte sie vor. Die Offiziere nickten Zyo zu. »Mein Erster Offizier, Nummer Eins. Wissenschaftsoffizier Spock. Chefingenieur Barry. Unteroffizier Garrison. Chefnavigator Tyler ...«

Seine Stimme verstummte, als er sah, daß Tyler die Calligarier so unbotmäßig anstarrte, als wäre ihm ein Gespenst begegnet. »Tyler?«

»Oh ... Verzeihung, Sir«, sagte Tyler. Er blinzelte und strengte sich sichtlich an, geistig wieder auf den Teppich zu kommen. Was, zum Teufel, war nur mit ihm los?

»Dies ist Alt«, sagte Zyo und deutete auf den finster blickenden Mann neben sich. »Alt ist der Statusmeister.«

»Ich muß zugeben, daß die Bedeutung Ihrer Titel mir nicht ganz klar ist«, sagte Pike.

»Ach. Ich werde es Ihnen in Kürze erklären. Aber zuerst möchte ich die beiden jungen Leute vorstellen, die mit uns gekommen sind. Dies ...« Er deutete auf den jungen Mann. »... ist mein Sohn Macro. Und das ist meine Tochter Ecma.«

Macros Gesicht war eine undurchsichtige Maske, doch Ecma lächelte alle Anwesenden offen an. »Es ist mir eine große Ehre«, sagte sie. Ihre Stimme wies ein fast musikalisches Klingeln auf.

Trotz seiner üblichen Zurückhaltung war Pike auf der Stelle von ihr entzückt. Er warnte sich innerlich vor einer Reaktion dieser Art; er wollte den professionellen Abstand nicht verlieren. Schließlich habe ich ihn bei Vina beinahe verloren, dachte er, und wohin hat es geführt?

Als er hörte, daß Tyler neben ihm nach Luft schnappte, empfand er leichte Verärgerung. Er drehte sich um und sah, daß der Navigator Ecma tatsächlich unverhüllt angaffte. Er war offenbar nicht in der Lage, das Interesse, das er in dem Moment für sie entwickelt hatte, als sie von der Transporterplattform getreten war, zu beherrschen. Was, in aller Welt, hatte dazu geführt, daß er von Ecma plötzlich so besessen war ...

Ec ... ma ...

Ma.

O Gott. Tyler hatte gar nicht nach seiner Mama gerufen. Er hatte den Namen einer Frau gemurmelt, der er noch nicht begegnet war.

Tyler fing Pikes Blick auf und sagte mit leiser Stimme das, was Pike bereits vermutet hatte. »Sie ist es!«

Wunderbar, dachte Pike. Jetzt geht's erst richtig los.

5

Man hatte eine ansehnliche Auswahl an Nahrungsmitteln aus der gesamten Föderation für den Empfang aufgetischt, und Zyo machte es offenbar große Freude, von allem zu naschen, was ihm angeboten wurde. Der Mann namens Alt hatte wohl anfangs die Absicht gehabt, mit finsterer Miene in einer Ecke zu stehen, doch der äußerst leutselige Boyce schien sich vorgenommen zu haben, ihn aus seinem Kokon zu holen. Pike warf während des Essens hin und wieder einen Blick in Boyce' Richtung und mußte lächeln, als er sah, daß der Arzt Alt aufgekratzt mit irgendwelchem Schnaps zusetzte, über dessen Natur und Herkunft er lieber nichts wissen wollte.

Pike fiel auch auf, daß Tyler eine Menge Zeit in einem Gespräch mit der Frau namens Ecma verbrachte. Er schien sie äußerst gut zu unterhalten, und Pike empfand ein gewisses Unbehagen. Also nutzte er, als Zyo ein eingehendes Gespräch mit Spock und Nummer Eins führte, die Gelegenheit und trat an Tyler heran, machte sich mit einem lauten Räuspern bemerkbar und bat Ecma, Tyler für kurze Zeit zu entschuldigen, da er sich mit ihm unterhalten müsse.

»Gibt es ein Problem, Captain?« fragte Tyler perplex.

Pike schwenkte vorsichtig die Flüssigkeit in seinem Glas. »Warum erzählen Sie's mir nicht?«

»Falls Sie meinen, daß meine Unterhaltung mit Ecma ...«

»Vergessen Sie nicht, Lieutenant«, sagte Pike, »wo die Prioritäten liegen.«

»Sie liegen da, wo sie immer gelegen haben«, sagte Tyler trocken. Als er sah, daß der Captain nicht erheitert reagierte, wurde er ernst. »Sir, ich halte sie für eine faszinierende Frau. Sie ist intelligent, schlagfertig und sehr stark an m... an uns interessiert. Aber ich habe nicht die Absicht, meine Pflichten als Starfleet-Offizier zu vergessen.«

»Gut«, sagte Pike. Er nahm noch einen Schluck, doch sein Blick blieb unverwandt auf Tyler haften. »Das sehe ich.«

Tyler nickte und wandte sich wieder zu Ecma um. Pike empfand noch immer ein gewisses Unbehagen. Tyler war ein ausgezeichneter Navigator und verläßlicher Offizier, aber er neigte auch zur Hitzköpfigkeit und war ein hoffnungsloser Romantiker – eine Kombination, die sich als äußerst prekär erweisen konnte.

Zyo stellte sein Glas ab und sagte in einem Tonfall, der eine Bekanntmachung anzukündigen schien: »Captain Pike... meine Herren Offiziere... Sie waren sehr geduldig und äußerst kultiviert. Ich glaube, jetzt ist die passende Zeit, um Ihnen zu erklären, wer wir sind und was hier vor sich geht.«

Pike stellte sein Glas ebenfalls ab und verschränkte die Arme vor der Brust. »Ich bin ganz Ihrer Meinung.«

Zyo nickte leicht. »Die Calligarier«, sagte er, »sind, wie Sie vielleicht schon vermutet haben, ein äußerst weit fortgeschrittenes Volk.«

»Viel weiter fortgeschritten als das Ihre«, fügte Alt leicht lallend hinzu. »Was natürlich keine Beleidigung sein soll.«

»Wir fühlen uns nicht beleidigt«, sagte Pike. Innerlich war er erheitert. Entwickelt mögen sie ja sein, dachte er, aber nach Alts Schwips zu urteilen, ist ihr Schnaps keinen Schuß Pulver wert.

Zyo, der sich Alts leicht angetrunkenen Zustands offenbar ebenso bewußt war, schien den gleichen Spaß wie Pike zu haben. »Ja, wir sind weit entwickelt...

Aber irgendwie sind wir auch ein isoliertes Volk. Wir haben keine planetaren Nachbarn, was uns andererseits dabei geholfen hat, uns so weit zu entwickeln. Wir bleiben ziemlich unter uns. Unsere Philosophie ist die der absoluten Isolation.«

»Wir haben eine eigene Philosophie«, sagte Pike. »Sie besagt, daß wir uns niemals in die Belange anderer Planeten einmischen.«

»Eine solide Philosophie.«

»Aber sie hat uns nicht in die Isolation getrieben«, fuhr Pike fort. »Sondern nur ... vorsichtig gemacht.«

»Ach, wirklich? In dieser Hinsicht sind Sie wahrscheinlich weiter entwickelt als wir.« Zyo lächelte. Alt schnaubte, doch dann wankte er nach hinten, und es war nur Macros schnellem Eingreifen zu verdanken, daß er nicht umfiel. Ecma kicherte leise. Sie verbarg ihr Gesicht an Tylers Schulter, damit niemand es sah. Dies war Tyler offensichtlich peinlich, denn er schob sie sanft von sich fort.

»Allerdings«, fuhr Zyo fort, »hat es, obwohl wir nie Kontakte gesucht haben, rein hypothetische Auseinandersetzungen darüber gegeben, daß wir uns nicht einfach abwenden können, wenn uns jemand aufsucht.«

Nun meldete sich Ecma zu Wort. »Mein Vater gehört zu den Hauptvertretern dieser Philosophie. Alt hingegen ist der Hauptvertreter der Gegenseite.«

»Stimmt«, sagte Alt und rülpste.

»Als Baumeister«, sagte Zyo, »bin ich der Aufseher über den Fortschritt der Calligarier. Alt jedoch ist für die Überwachung unseres philosophischen und gesellschaftlichen Wachstums verantwortlich. Da unsere Gesellschaft sich dafür engagiert, nicht zu wachsen ...«

Dies schien Alt tatsächlich nüchtern werden zu lassen, denn er deutete mit einem Finger auf Zyo. »Das«, grollte er, »ist eine grobe Vereinfachung. Das wissen Sie, Zyo. Aber andererseits vereinfachen Sie vielleicht auch nur, weil Sie davon ausgehen, daß diese ... Wesen ... den Feinsinn der calligarischen Philosophie sonst nicht erfassen können. Die Harmonie und der Weltg ...«

»*Alt.*«

Zyo fauchte den ihm Gleichgestellten mit einer Heftigkeit an, die eigenartigerweise ohne Eifer auskam, aber eindeutig eine Warnung darstellte. Alts Blick schien sich für einen Moment zu bewölken, als frage er sich, was er gerade gesagt hatte, dann riß er die Augen auf. Allem Anschein nach überraschten ihn seine eigenen Worte. Er schaute zerknirscht zu Boden.

Zyo, die Ruhe in Person, wandte sich wieder zu Pike um. »Eigenartig, daß ich unsere Philosophien nachdrücklicher vertrete als Alt«, sagte er. »Andererseits habe ich wohl auch den klareren Kopf. Da wir nicht auf Expansion ausgerichtet sind, haben wir auch kein laufendes Programm zur Erforschung des Weltraums. Anders gesagt, wir haben keine Raumfahrzeuge, die mehr können, als unserem Weltennetz zu dienen.«

»Nennen Sie so die Städte, die den Planeten umkreisen?« fragte Nummer Eins.

»So ist es. Der Planet war einst unsere Heimat. Und er ist es, bis zu einem gewissen Grad, noch immer. Doch eigenartigerweise ...« Zyo verschränkte die Hände hinter dem Rücken und ging auf und ab. »... haben wir ihn durch Luftverschmutzung und Mißbrauch fast vernichtet. Er wurde vor mehreren Jahrhunderten Ihrer Zeit praktisch unbewohnbar, und wir hatten damals die Absicht, auf andere Planeten umzusiedeln. Doch dann wurde uns klar, daß dies völlig unpassend war. Wir sahen in der Expansion in den Raum ein Mittel zur Lösung des Verschmutzungsproblems. Ein Mittel zur verspäteten Instandsetzung unserer eigenen Umwelt und gesellschaftlichen Schlampigkeit. Aller Wahrscheinlichkeit nach hätten wir mit unseren Methoden auf den anderen Planeten einfach nur weitergemacht. Also einigte man sich ...«

»Wer?« fragte Pike. »Haben Sie so etwas wie eine Regierung?«

»Man einigte sich«, wiederholte Zyo in einem Tonfall, der andeutete, daß Pike die Grenzen eines Themas überschritten hatte, über das Zyo nicht zu diskutieren wünschte, »daß wir unsere Probleme ohne die Chance lösen mußten, sie auf anderen Welten zu verbreiten. Wir sagten uns, daß wir es nicht verdienten, als Volk fortzubestehen, wenn es uns nicht gelänge, die Schwierigkeiten in unserer eigenen Sphäre zu lösen.«

»Interessante Entscheidung«, sagte Pike.

»Es war die einzige, die ...« Ecma suchte offenbar nach dem passenden Wort. »... human erschien«, sagte sie schließlich.

»Daraus wurde der wissenschaftliche Durchbruch, von dem ich annehme, daß Ihre Sensoren ihn entdeckt haben: das sich selbst regenerierende Plasma, das unser Weltennetz speist.«

»An der Oberfläche sieht es ganz so aus«, sagte Spock. »Auch wenn es im Widerspruch zu den Gesetzen der Thermodynamik steht.«

»Wir haben an die Gesetze eines höheren Gerichts appelliert«, sagte Zyo gleichmütig. »Aus dieser Entdeckung erwuchsen die Erschaffung des Weltennetzes und zahlreiche andere Entwicklungen. Und die Philosophie der Abschottung faßte ebenso Fuß und durchdrang einen Großteil unseres Denkens. Hier, in diesem relativ abgelegenen Sektor der Galaxis, erschien diese Ideologie äußerst funktionell. Gleichzeitig kann Isolationismus auch zu einem sehr engstirnigen Weg werden. Aber offenbar hat die Struktur der Galaxis eine eigene Antwort darauf.«

»Der Riß?« fragte Pike.

Zyo nickte. »Der Riß.«

»Dann ist er also kein von Ihnen hervorgerufenes Phänomen?« fragte Spock. Er klang wirklich ziemlich überrascht.

»Nicht im geringsten«, sagte Zyo. »Er ist völlig natürlich. Die meiste Zeit ist er buchstäblich nicht zu entdecken. Aber alle…« Er schien kurz nachzurechnen. »… alle 33,4 Jahre Ihrer Zeitrechnung öffnet er sich.«

»Brigadoon«, sagte Tyler.

Alle schauten ihn an, und Tyler, plötzlich verlegen, fügte achselzuckend hinzu: »Es ist eine alte Geschichte. Sie handelt von einem Ort, dessen Bewohner ständig schlafen – sie wachen nur alle hundert Jahre für einen Tag auf.«

»Interessant«, sagte Zyo. »Meinetwegen also Brigadoon. Der Riß öffnet und stabilisiert sich für ungefähr zweiundsiebzig Ihrer Stunden.«

»Ungefähr?« fragte Pike unbehaglich.

»Ja«, sagte Zyo. »Deswegen schlage ich vor, daß Sie seine Aktivitäten ziemlich genau im Auge behalten. Es sei denn, Sie möchten unsere ständigen Gäste bleiben.« Er ging wieder auf und ab. »Wir haben erkannt, daß sich Leben auch in anderen Teilen der Galaxis entwickelt hat. Ich gebe zu, wir wurden neugierig, was die Natur dieses Lebens und die Richtung anging, die es einschlug. Manche, wie ich, hatten den Wunsch, mit diesen sich entwickelnden Zivilisationen Kontakt aufzunehmen. Andere…« Er warf einen schnellen Blick auf Alt. »… waren dagegen. Als Sie sich mit uns durch den Riß verständigten, während er gerade im Begriff war, sich zu öffnen, gab es ziemlich aufgeregte Diskussionen, das kann ich Ihnen versichern. Es war ein großes Glück, daß Ihre Subraum-Kommunikation schneller ist als das Licht, sonst hätte die temporale Natur des Risses dazu geführt, daß wir Ihren Spruch erst nach Ihrem Tod aufgefangen hätten.«

»So ist es«, sagte Pike. »Und… wie geht's jetzt weiter?«

Zyo breitete die Arme aus. »Wir möchten mit Ihnen über Philosophie diskutieren. Über Feinheiten, die wir auch nach dem Anzapfen Ihrer Computer nur schwer verstehen. Wir möchten Sie, wenn Sie so wollen, als potentielle Nachbarn kennenlernen.«

»Ach, Quatsch«, fauchte Alt. »Wir möchten Sie studieren, um in Erfahrung zu bringen, ob Sie kriegerische Barbaren sind. Sie werden irgendwann – in diesem oder im nächsten Jahrhundert – in unseren Machtbereich vorstoßen. Wir wollen wissen, mit wem wir es zu tun haben.«

»Selbst wenn es je dazu kommen sollte«, sagte Pike, »und ich kann Ihnen versichern, daß es erst dann passiert, wenn keiner mehr von uns lebt ... Die Föderation wird Ihr Verlangen nach Privatsphäre respektieren. Wenn Sie ihr verdeutlichen, daß Sie keinen Kontakt wünschen, wird man diesem Wunsch entsprechen.«

»Das sagen Sie jetzt«, erwiderte Alt. Man mußte es ihm hoch anrechnen, daß er die Wirkungen des Alkohols offenbar abgeschüttelt hatte. Aber er wankte noch immer, als er langsam auf Pike zukam und seinen Faden wieder aufnahm. »Wie Sie selbst sagen ... Es kann sein, daß wir dann alle längst tot sind. Wer weiß aber, wie Ihre Föderation dann aussieht? Deswegen liegt es in unserem höchsten Interesse, alles über Sie zu erfahren.«

»Wir haben keine Geheimnisse«, sagte Pike und breitete die Arme aus. »Ich bin mir sicher, daß wir in der Lage sind, zusammenzuarbeiten und Ihre Bedenken zu zerstreuen.«

»Mehr wollten wir gar nicht wissen«, sagte Zyo. »Morgen zeige ich Ihnen eine unserer Großstädte, damit Sie in etwa über die Calligarier im Bilde sind. Doch bis dahin, um Ihnen einen Hinweis auf unsere eigene Aufrichtigkeit zu geben ...« Er wandte sich zu Spock und Nummer Eins um. »Bei der sorgfältigen Durchsicht Ihrer Computer sind mir die kürzlich erfolgten Forschungsergebnisse eines Mannes namens Richard Daystrom bekannt geworden. Wissen Sie davon?«

»Dr. Daystrom hat die Computer der *Enterprise* gebaut«, sagte Spock. »Seit ihrer ursprünglichen Installation hat die Wissenschaft große Fortschritte gemacht.«

»Neue Entwicklungen in Sachen Datenzugriff«, fügte Nummer Eins hinzu. »In einem Monat sollten wir eigentlich …« Sie hielt plötzlich inne. Sie war unsicher, ob sie den bevorstehenden Termin der *Enterprise* erwähnen sollte und schaute Pike an. Pike zuckte kurz die Achseln und machte eine Geste. Nummer Eins sprach weiter. »Wir sollten laut Terminplan an einer Raumstation andocken und die neuen Komponenten in den Schiffscomputer einbauen lassen. Es geht um verbale Verständigung, die die Papierausdrucke und Bildschirmtabellen ersetzen soll. Daystrom hat die neuen Komponenten entworfen, im Moment werden sie gerade gebaut.«

»Sie befinden sich in Ihrer Kabine«, sagte Zyo.

Alle Anwesenden starrten ihn verständnislos an. »Wie bitte?« sagte Nummer Eins.

»Ich habe dafür gesorgt, daß die fertigen Bauteile in Ihrer Kabine sind«, sagte Zyo gelassen.

»Aber … Sie werden doch erst in *zwei* Wochen fertig«, erwiderte Nummer Eins.

»Ja, aber Ihre Wissenschaftler haben die Arbeit längst getan«, sagte Zyo mit einem Lächeln. »Wir haben nichts von unserer fortgeschrittenen Technik eingesetzt, um die Arbeit für Sie zu tun. Wir haben lediglich die Pläne verwendet, um die nötigen Instrumente für Sie zu bauen. Sie unterscheiden sich nicht im geringsten von den Errungenschaften Dr. Daystroms. Wenn Sie wollen, können Sie nach Ankunft auf der Raumstation alles wieder ausbauen, was wir Ihnen geschenkt haben, und die Komponenten Daystroms installieren. Sie sind, das versichere ich Ihnen, nicht voneinander zu unterscheiden.«

»Wollen Sie damit sagen«, sagte Pike verblüfft, »daß Sie die Entwicklung der Konstruktionen Dr. Daystroms in unserer Computerbibliothek studiert haben und in der Lage waren, die Geräte selbst zu bauen ... an einem Tag?«

»Bestimmt nicht, Captain Pike«, sagte Zyo. »Nicht an einem Tag.«

»In welcher Zeit dann?«

Zyo mußte lächeln, und er bemühte sich, nicht allzu überheblich zu klingen.

»In fünf Minuten«, sagte er.

Niemand konnte sich daran erinnern, Nummer Eins je wie einen Blitz durch die Gänge rennen gesehen zu haben. Aber diesmal tat sie genau das. Besatzungsmitglieder, die ihr begegneten, sprangen eilig aus dem Weg.

Dicht hinter ihr kam Spock, der sich heimlich über das hohe Tempo der Frau wunderte. Trotz seiner überlegenen vulkanischen Physiologie mußte er sich Mühe geben, mit ihr Schritt zu halten.

Kurz darauf befanden sie sich in ihrer Kabine, und dort, auf dem Toilettentisch, lag ein großer Behälter. Nummer Eins machte ihn auf und starrte seinen Inhalt verblüfft an.

Da lagen alle Bauteile, von denen sie bisher nur gelesen hatte. Sie ruhten in einer Art Polster, damit sie nicht verrutschten. Sie deutete auf ein Teil. »Das ist das A3-Interface-Modul.«

Spock nickte und berührte ein flaches Teil mit einem Kreis in der Mitte. »Das ist der 83er Logik-Integrator.«

Sie schaute zu Spock auf. »Es ist unglaublich. Es ist alles da. Nichts fehlt. Alles, von dem ich gelesen habe.«

Weder Spock noch irgendein anderer hatte Nummer Eins je so aufregt und begeistert gesehen. Sonst war es ihr immer innerhalb eines Augenblicks gelungen, alle Empfindungen abzuschotten.

Ihr Hauptinteresse galt, neben ihren Pflichten am Ruder, den Computern. In dieser Hinsicht überschnitt sich ihr Interesse natürlich mit dem Spocks, und so hatten sie viele Stunden damit zugebracht, die Grenzen der gegenwärtigen Systeme zu diskutieren und über zukünftige Möglichkeiten zu spekulieren. Spock hatte fortwährend den Eindruck, daß die Fähigkeiten der Frau weit über das hinausgingen, was sie für gewöhnlich nach außen dringen ließ, und in manchen Momenten fragte er sich, wozu sie noch fähig war.

Nun sah es so aus, als böte sich ihm eine Chance, es in Erfahrung zu bringen. Sie schaute ihm mit einem intensiven Blick in die Augen und sagte: »Kriegen wir es hin? Können wir die Teile installieren?«

Spock schürzte die Lippen und dachte kurz nach. »Wir müssen eine komplette Diagnose erstellen, um sicherzugehen, daß die Bauteile auch das sind, was sie vorgeben. Die Vorsicht diktiert …«

Nummer Eins machte eine herablassende Handbewegung. »Es wird etwa eine Stunde dauern. Aber danach … Schaffen wir es, Spock?«

Spock nickte langsam. »Ich glaube, ja.«

»Phantastisch«, sagte sie. »Dann los.«

»Jetzt?« Spock war leicht überrascht.

Sie schaute ihn gleichmütig an. »Haben Sie etwas Besseres vor, Mr. Spock?«

Er dachte darüber nach. »Nicht im geringsten.«

»Dann also los.«

6

Es ist unglaublich.« José Tyler stand mitten in einer Wüste. Er drehte sich langsam um und spürte die Intensität der Hitze. »Es ist ... unglaublich«, wiederholte er.

Ecma, in seiner Nähe, lächelte. Dann sagte sie: »Möchten Sie noch etwas anderes sehen?«

»Was, zum Beispiel?«

»Nun ... alles.« Sie zuckte die Achseln. Die Welt verschwamm für eine Sekunde und wurde durch schneebedeckte Berge ersetzt. Tyler schaute zu Boden und stellte fest, daß er bis zu den Knöcheln im Schnee stand. Sein Atem kondensierte zu Dunstwölkchen. »Unglaublich«, sagte er wieder. Allmählich kam er sich reichlich einfallslos vor.

Die Luft war beißend kalt, und er freute sich, daß er die graue Standardjacke angezogen hatte, die Landegruppen meist trugen, wenn sie die Enge der *Enterprise* verließen. »Bei uns hat man natürlich schon über Holografietechnik gesprochen und Theorien aufgestellt«, sagte er. »Aber das hier ... übersteigt alles, worüber wir spekuliert haben. Es ist eine Holografie, aber ...«

»... wirklich vorhanden«, bestätigte Ecma. »Spontane Erschaffung und Entsorgung von Materie.«

»Entsorgung?«

»Wir können sie erzeugen und wieder recyceln«, sagte sie. Sie streckte eine Hand aus. »Kommen Sie.«

Tyler setzte sich ebenfalls in Bewegung. Er war äußerst verblüfft. Es fiel ihm schwer, sich einzugestehen, daß er sich im Inneren einer Satellitenstadt des calligarischen Weltennetzes befand. Die Illusionen – nein, es waren keine Illusionen, sondern Holografien –, die die calligarische Technik erzeugte, konnten einen aber auch wirklich verblüffen.

»Ich kann mir nicht vorstellen, daß es in der Föderation je so etwas geben wird«, sagte er. Er ging in die Knie, hob eine Handvoll Schnee auf und formte ihn zu einem Ball.

»Ach, das kommt schon noch«, sagte Ecma. »Wir haben das exponentielle Ausmaß Ihres wissenschaftlichen Fortschritts studiert. Wir gehen davon aus, daß Sie in den nächsten sechs Jahrzehnten etwas Ähnliches entwickeln werden.«

»Was, noch zu meinen Lebzeiten?« Tyler schüttelte den Kopf. »Ich staune.« Dann nickte er zustimmend und betastete den Schneeball in seiner Hand. »Guter Pulverschnee.«

»Pulverschnee?« fragte Ecma.

Er schaute sie überrascht an. »Was denn, haben Sie etwa noch nie einen Schneeball geformt?«

Sie schüttelte den Kopf. »Ich habe mich damit vertraut gemacht. Ich kenne alle Klimazonen, die auf Ihrem Planeten je existiert haben. Aber ...« Sie runzelte die Stirn. »Warum sollte jemand einen Ball aus Schnee formen? Welchem Zweck dient er denn?«

Tyler schaute in ihr verständnisloses Gesicht, dann auf den Schneeball. Dann zog er den Arm zurück und warf ihn.

Er zielte reichlich weit daneben. Er klatschte gegen ihre rechte Schulter, aber der Aufprall erwischte sie so völlig unerwartet, daß die glatt von den Beinen fiel. Mit einem überraschten »*Uff!*« setzte sie sich in den Schnee.

Tyler stand neben ihr und lachte.

»Und welchen Zweck hatte dies?« fragte sie.

»Es war ... Nun, es sollte Spaß machen.«

Ihr fester Blick durchdrang ihn. »Spaß?« fragte sie ungläubig.

»Ja. Spaß.« Tyler kam sich irgendwie so vor, als müsse er sich verteidigen.

»Das verstehe ich nicht«, erwiderte Ecma und rappelte sich auf. »Hier stehe ich, ohne irgendeine offene Aktion gegen Sie zu unternehmen. Ich bin freundlich. Ich gehorche den Anweisungen meines Vaters, damit Sie einen Eindruck von unserer Holotechnik gewinnen. Und was ist das erste, das Sie tun? Sie setzen unsere Technik dazu ein, um eine Waffe zu basteln...«

»Oh, ich...«

»Eine primitive Waffe, um genau zu sein. Aber immerhin eine Waffe. Und dann wenden Sie sie gegen jemanden an, der Ihnen als Führer dient. Und nun frage ich Sie, Lieutenant, sieht so die Handlung eines Vertreters eines aufgeklärten Volkes aus? Des Vertreters einer intelligenten und rücksichtsvollen Zivilisation?«

Tyler wandte sich von ihr ab. Die Sache war ihm peinlich, und er schämte sich. »Ach, wissen Sie... Ich habe es nicht böse gemeint. Ich wollte nicht feindselig sein. Es war nur... Humor, der nicht angekommen ist. Mehr nicht.« Er wollte sich wieder zu ihr umdrehen. »Unser Sinn für Humor kann nämlich manchmal ziemlich...«

Der Schneeball flog mit exakter Genauigkeit durch die Luft und klatschte ihm voll ins Gesicht. Der Schnee flutschte in seine Nase und ließ ihm einen Moment die Augen wäßrig werden, dann wischte er ihn sich überrascht aus dem Gesicht.

Ecma zeigte lachend mit dem Finger auf ihn. »Sie hatten recht, Lieutenant! Es war wirklich sehr spaßig!«

»Ohhh! Oh, Sie...« Und er hechtete verspielt hinter ihr her. Sie schlug einen Haken und rollte eine Schneewächte hinab. Tyler sprang hinter ihr her, landete auf dem Bauch und rutschte weiter.

Die calligarische Architektur zählte zu dem Beeindruckendsten, was Pike und Boyce je gesehen hatten. Bei einem Bummel über eine Hauptstraße konnten sie die elegant geschwungenen Türme bewundern, die über, unter und neben ihnen aufragten. Pike konnte keine plötzliche Steigung im Winkel der Straße erkennen, auf der sie sich befanden, aber dennoch schien sie anzusteigen. Über ihnen glitzerten die Sterne durch die klare Kuppel, die die gesamte Stadt überspannte, und Pike konnte die großen Verbindungsstücke erkennen, die zu einer anderen, in der Nähe befindlichen Stadt führten.

»Wozu dienen die dicken Kabel?« fragte Pike.

»Zweierlei«, erwiderte Zyo. »Sie verbinden die einzelnen Funktionssysteme des Weltennetzes zu einem Ganzen. Außerdem sind sie der Haupttransportweg zwischen den verschiedenen Städten. Will man von einer Stadt zur anderen reisen, wird der Körper auf einen Partikelstrahl reduziert und durch die Verbindungskabel ans Ziel geschossen.«

»Sie haben gesagt, daß sie auch die Funktionssysteme verbinden«, sagte Pike. »Darf ich fragen, wie?«

Zyo deutete ein Lächeln an und erwiderte: »Sie dürfen.«

Boyce fiel auf, daß ihre Anwesenheit zwar eine Menge neugieriger Blicke vorbeigehender Calligarier auf sich zog, doch niemand schien darauf aus zu sein, mit ihnen zu reden. Sie waren Objekte der Neugier und des vorsichtigen Interesses, etwa so wie zweiköpfige Zwergpapageien. Aber das war auch schon alles.

»Hier ist mein Zuhause«, sagte Zyo und ging durch eine feste Tür. Das Metall der Tür schien sich rings um ihn zu kräuseln und dann wieder zu versiegeln.

Pike und Boyce tauschten einen Blick, dann machte Pike eine weltmännische Geste. »Nach Ihnen, Boyce.«

»Wie freundlich von Ihnen«, sagte Boyce trocken. Er schaute die Tür an, holte tief Luft und machte einen Schritt nach vorn. Er traf auf die Tür und ging weiter, aber dann, einen Moment später, zeugte nichts mehr davon, daß er sie passiert hatte.

Pike atmete ein. Er machte sich klar, daß Boyce in diesem Moment schon tot sein konnte. Würde er dem Arzt ins Vergessen folgen? »Wer A sagt, muß auch B sagen«, murmelte er und trat hindurch

Er spürte ein bizarres Kitzeln, das nichts glich, was er je zuvor erlebt hatte. Er hörte auf zu atmen, weil er – nur für einen Moment – keinen Bedarf dazu verspürte. Ihm war, als versorge das Metall seinen Leib mit allem, was er zum Überleben brauchte, und er erkannte, daß er, ohne einen Schritt vor oder zurück zu machen, inmitten der Tür bis zum Jüngsten Tag überleben konnte. Was allerdings nicht das war, wonach er sich sehnte.

Dann machte er den nächsten Schritt. Und kurz darauf war er wieder da.

Auf der anderen Seite befand sich kein Raum.

Wenigstens war es nichts, was er auf den ersten Blick identifizieren konnte. Um ihn herum war absolut nichts, aber das Nichts war atemberaubend. Soweit er es erkennen konnte, bestand es aus reinem Weiß. Über ihm war nichts, und …

Unter ihm war auch nichts.

Pike schnappte nach Luft und kämpfte gegen einen plötzlichen Schwindel an. Sein Verstand sagte ihm, daß er gleich anfangen würde, in eine unbekannte Tiefe zu stürzen.

Aber es kam zu keinem Absturz. Er stand einfach nur da, und das Weiß schien ihn auszulachen.

Von Boyce und Zyo gab es nicht die geringste Spur.

Die schneebedeckten Berge hatten einer ruhigen Waldlandschaft Platz gemacht. Ecma schlenderte leichtfüßig und sicher über den ausgetretenen Pfad. Tyler folgte ihr.

Sie bewegte sich mit einer Eleganz, die er atemberaubend fand, und warf ihm ab und zu einen Blick über die Schulter zu.

Sämtliche inneren Alarmsirenen Tylers waren deaktiviert. Er hatte die Angewohnheit, sich sehr schnell in alle möglichen Frauen zu verknallen und sich alles mögliche auszumalen, was er mit ihnen anstellen könnte. Und dann lösten seine Phantasien sich ausnahmslos in Luft auf. Garrison hatte ihm einst den Spitznamen ›Großer Umleger‹ gegeben, und obwohl es nur ironisch gemeint gewesen war, hatte Tyler sich bemüßigt gefühlt, den Spieß umzudrehen und Garrisons Erwartungen zu erfüllen. Daß er Garrison schon einen Monat danach die Freundin ausgespannt hatte, hatte nicht dazu beigetragen, sie einander näherzubringen.

Deswegen war es sein Problem, daß er, wenn er sich von einer Frau angezogen fühlte – was oft vorkam –, nie genau wußte, ob er aus dem Zwang heraus handelte, seinem Image gerecht zu werden, oder ob er wirklich etwas für sie empfand.

»Erzählen Sie mir etwas über sich«, sagte er und trat über einen Baumstamm hinweg. »Ich weiß nur, daß Sie Zyos Tochter sind. Haben Sie eine Mutter? Kann ich sie kennenlernen?«

»Nein«, sagte Ecma langsam. »Sie ist nicht mehr.«

»Ach«, sagte Tyler. »Tut mir leid. Ist sie gestorben?«

»Es war ihre Zeit«, sagte Ecma in einem Tonfall, der so klang, als zwinge sie sich zu einer Ablenkung.

Tyler erkannte, daß sie alles über ihre Mutter gesagt hatte, was sie hatte sagen wollen, also wechselte er das Thema. »Haben Sie einen Beruf oder so was?«

Ecma nickte und schob einen Zweig beiseite. »Ja. Ich bin von Beruf Zyos Tochter.«

»Und was haben Sie dabei zu tun?«

Sie schaute lächelnd zu ihm zurück. »Wollen Sie mich etwa aushorchen, Lieutenant?«

»Nun ja, ich ...«

Sie lachte. Es klang entzückend. Ihr Lachen erinnerte ihn an ein Glöckchen und betonte ihre Fremdartigkeit noch mehr (als wären ihre rote Haut und die beiden

Schlitze anstelle der Nase nicht schon fremdartig genug). »Ist schon in Ordnung. Es ist verständlich, daß Sie neugierig sind. Wir sind schließlich auch ziemlich neugierig, was Sie betrifft.« Ecma hielt inne. »Mein Vater ist, wie Sie wissen, der Baumeister. Ich bin sein Lehrling.« Sie lächelte fein. »Meinem Bruder paßt dies ganz und gar nicht.«

»Und warum nicht?«

»Weil er der Ältere ist. Mein Vater glaubt aber, ich stünde der Technik näher als er.«

»Werden Dinge dieser Art sonst immer auf der Grundlage des Alters entschieden?«

»Es kommt darauf an, mit wem man redet«, sagte Ecma. »Wenn man meinem Bruder glaubt, dann ja. Wenn man auf meinen Vater hört, dann nein.«

Tyler wich einer Baumwurzel aus, dann richtete er sich auf. Irgendwo vor ihnen ertönte das Geräusch laufenden Wassers ... Ein Wasserfall, dachte er. Es war so lange her, seit er einen Wasserfall gehört hatte, daß es ihn mit einem dumpfen Schmerz erfüllte. Er war damals elf Jahre alt gewesen.

Ecma hatte gesagt, diese außergewöhnliche Holotechnik würde noch zu seinen Lebzeiten existieren. Man mußte es sich nur mal vorstellen: An Bord eines Raumschiffes zu sein und die Holotechnik dazu anzuwenden, Szenen von zu Hause oder sonstwo zu erschaffen. Irgendwie schien ihm die Zukunft ... Zeitalter entfernt.

Der Pfad führte abwärts, und Tyler erblickte die Quelle des Wasserfalls. Da war ein gewaltiger See, der sich vor ihnen ausbreitete, und der Wasserfall strömte in ihn hinein. Seine Oberfläche war wie Glas, die Luft war schwer vom Geruch der Pinien.

Er drehte sich zu Ecma um und wollte gerade etwas sagen, als er zu seinem Schrecken sah, daß sie ihre Kleider abstreifte. »Ähm ... Entschuldigen Sie ... Was halten Sie davon, wenn ...«

Sie hatte das Hemd gerade abgelegt, als Tyler auffiel, daß sie einer Erdenfrau rein biologisch äußerst ähnlich sah. »Hören Sie, Ecma …«

»Stimmt irgend etwas nicht?« fragte sie. »Kommen Sie, wir gehen schwimmen.«

»Ich glaube nicht, daß dies passend wäre.«

Sie legte den Rest ihrer Kleider ab. Auch der Rest ihres Körpers war durchaus menschlich.

Verdammt! Er stellte biologische Vergleiche an! Er war wirklich zu lange im Weltraum gewesen.

»Das Wasser ist herrlich«, sagte Ecma. »Hierher komme ich am liebsten.« Sie drehte sich um und sprang ins Wasser.

Als er sie im Wasser schwimmen sah, spürte er, daß das Blut jede Zelle seines Körpers durchpulste – und ebenso sein Haar und seine Fingernägel. Ecma wirbelte im Wasser umher, schaute ihn an und gab ihm mit einem Wink zu verstehen, daß er sich zu ihr gesellen sollte.

»O Mann!« sagte sie.

»Doktor!« rief Pike in das Nichts hinein. »Phil!«

»Sie brauchen nicht zu schreien, Captain«, erwiderte Boyce ruhig.

Mitten im Nichts schien sich eine Tür zu öffnen. Boyce trat heraus und schaute Pike besorgt an. Zyo stand neben ihm. »Ich bin doch hier«, sagte Boyce.

»Zyo, was …« Pike machte eine hilflose Handbewegung. »Was ist das?«

»Tja, ich habe es dem Doktor gerade erklärt«, sagte Zyo geduldig. »Unsere Wohnungen sind sehr parteiisch.«

»Parteiisch?« Pike verstand kein Wort.

»Sie sind der letzte Schrei in Sachen individuell zugeschnittenes Zuhause, Captain«, sagte Boyce mitteilsam. »Sie erkennen es nur noch nicht, weil Sie zu aufgeregt sind.«

»Was soll ich sehen?« fragte Pike und bemühte sich, seine Verärgerung zu verbergen.

»Unsere persönliche Umgebung ist individuellen Launen und Geschmacksrichtungen unterworfen«, sagte Zyo. »Es geht unterbewußt vor sich.«

»Unterbewußt?« sagte Pike und ließ sich in einen Sessel sinken. »Wie kann das sein?«

»Die Dekoration, die Möbel und so weiter werden dem Unterbewußtsein entnommen«, sagte Zyo gelassen. »Die Folge ist: Man braucht sich nie der gestalterischen Laune des Gastgebers zu unterwerfen. Jeder kann ständig seine eigene persönliche Umwelt erschaffen.«

»Soll das heißen, daß wir das jetzt alle tun?« fragte Pike und trommelte mit den Fingerspitzen auf den rechts von ihm stehenden Kaffeetisch.

»Stimmt«, sagte Boyce. »Ich sehe zum Beispiel jetzt einen Raum, der ausschließlich mit Möbeln aus der Zeit Ludwigs XIV. ausgestattet ist. Ich habe keine Ahnung, was Sie sehen.«

»Aber ich sehe doch...« Pikes Stimme verstummte, als ihm klar wurde, daß er tatsächlich in einem Sessel saß und auf eine Tischplatte trommelte. Der gesamte Raum hatte für ihn ein sehr seemännisches Aussehen angenommen: An der Wand gegenüber hing ein Barometer, und er sah rustikale polierte Möbel, die so wirkten, als seien sie in der Kapitänskajüte einer spanischen Galeone zu Hause. Ihm schien, als sei all dies langsam auf ihn zugeschlichen: Zuerst war alles leer gewesen, und nun das.

»Sehr beeindruckend«, sagte er schließlich.

»Nicht für uns«, sagte Zyo gnädig. »Ich freue mich aber, daß es Ihnen gefällt. – Malen Sie, Captain?«

»Meinen Sie Porträts und dergleichen?« Pike zuckte die Achseln. »In meiner Jugend habe ich's mal versucht. Ich war aber nicht besonders gut.«

»Dann kommen Sie mal mit.« Zyo gab ihm mit einer Geste zu verstehen, daß er ihm folgen solle, und Pike stand von seinem äußerst bequemen Sitz auf. Als er an Boyce vorbeikam, wurde er langsamer und fragte ihn leise: »Ludwig XIV.?«

»Nennen Sie mich ruhig sentimental, Chris. Was sehen Sie eigentlich?«

»Wie üblich – nur das Innere meiner Kabine«, sagte Pike sanft. »Sie kennen mich doch, Doktor. Ich bin phantasielos.«

Als Tyler anfing, seine Jacke zu öffnen, schlug seine Phantasie Purzelbäume.

Er sah sich, wie er sich auszog, ins Wasser sprang und mit sicheren, festen Zügen auf Ecma zuschwamm. Er sah sich, wie er sie an sich zog, wie sie zu zweit das Wasser aufwirbelten, bis es kochte, wie sie ihre Beine um ihn schlang, und er ...

Er sah auch den Captain. Überraschend war er da, stand am Ufer, hatte die Hände in die Seiten gestemmt und setzte eine finstere Miene auf. Der Zorn, die Predigt, das Gewieher damals auf dem Schiff, als ...

Tyler räusperte sich. Seine Stimmbänder waren wie gelähmt, als er ihr zurief: »Ich ... äh ... glaube, ich bleibe lieber hier!«

»Aber das Wasser ist wirklich herrlich«, sagte Ecma.

»Nicht halb so herrlich, wie ... ähm.« Tyler schnitt sich selbst das Wort ab. Er setzte sich auf einen Stein und winkte ihr lahm zu. »Ich glaube ... Ja, wirklich, ich bleibe lieber hier. Sagen Sie mal ... Erzählen Sie mir mehr über Ihr Volk. Woran glauben Sie?«

»Glauben?« Ecma schwamm nun auf dem Rücken. Mußte sie ausgerechnet *jetzt* auf dem Rücken schwimmen, verdammt noch mal? *Verdammt.*

»Äh ... ja. Glauben Sie an Gott? Oder an sonst jemanden, der alle Dinge erschaffen hat?«

Sie ließ die Beine gnädigerweise unter Wasser sinken und plätscherte durch das Wasser. Wenigstens konnte er sich nun etwas abkühlen. »Natürlich«, sagte sie.

»Okay. Und … An wen glauben Sie?«

»An meinen Vater. Er hat alle Dinge gemacht. Er ist der Baumeister. Wie sein Vater vor ihm, seine Mutter vor ihm, und so weiter.« Sie lächelte. »Und irgend eines Tages werde ich alle Dinge machen … Meinem Bruder wird es gar nicht gefallen.« Sie wirbelte plötzlich im Wasser herum und tauchte unter, ihr Hinterteil ragte einen Moment fröhlich in die Luft, dann verschwand es unter dem Wasserspiegel.

»Ja, das haben Sie schon gesagt«, erwiderte Tyler, obwohl sie ihn nicht hören konnte. Sie konnte ihn freilich auch nicht sehen, aber er kreuzte dennoch die Beine und hustete einmal laut.

Ecma durchbrach ein paar Schritte von ihm entfernt den Wasserspiegel und schwamm vor sich hin. Tyler, der sich alle Mühe gab, bei der Sache zu bleiben, sagte: »Und was … äh … glauben Sie, geschieht nach dem Tod mit Ihnen?«

Daraufhin fiel kurz ein Schatten über ihr Gesicht. Dann erhellte sich ihr Antlitz wieder, auch wenn es so aussah, als müsse sie sich darum bemühen. »Was spielt es für eine Rolle?« fragte sie.

»Nun … Es interessiert mich eben.«

»Mich aber nicht«, sagte sie. »Ich interessiere mich für alle Dinge. Genetik, Holografie … für alle möglichen Dinge. Aber nicht für das, was mit einem passiert, wenn man nicht mehr lebt. Es wird noch sehr, sehr lange dauern, bis ich sterbe. Das Leben gefällt mir viel zu gut.«

Sie schwamm vorwärts und tauchte aus dem Wasser auf wie eine Venus, und das Wasser floß von ihr ab. Ihre Haut war merkwürdig, das Wasser perlte auf ihr, als hätte sie ein wasserabstoßendes Mittel aufgelegt. Sie wischte die Tropfen ab und kam, noch immer lächelnd, auf ihn zu.

Tyler machte einen Schritt zurück und sagte: »Wissen Sie, als Starfleet-Offizier …«

»Sie wollten mehr über unsere Philosophien erfahren?« fragte sie. »Wir glauben nicht an Ausflüchte. Wir glauben, was unsere Gefühle angeht, nicht an Leisetreterei.« Ihre Finger strichen über sein Hemd. Ihre Nähe war berauschend.

»Es gibt ...« Tyler räusperte sich laut. »Es gibt da gewisse Vorschriften ...«

Sie knabberte an seinem Halsansatz, und dann fuhr ihre Zunge über sein Kinn. Dann drückte sie ihr Gesicht an seinen Hals.

»Nun, dabei ... eigentlich handelt es sich dabei mehr um eine Richtschnur als um Vorschriften«, sagte Tyler. Ecma griff an seinen Kopf und massierte seine Schläfen auf eine Weise, wie er es noch nie erlebt hatte. Dies und dazu die an seinem Hals spielenden Lippen machten ihn schwindlig.

Tja ... Hatte der Captain nicht gesagt, sie sollten alles in Erfahrung bringen, was es über dieses Volk in Erfahrung zu bringen gab? Schließlich führte er nur seine Befehle aus ...

Pikes Kommunikator summte, und er schnippte ihn auf. »Hier ist der Captain.«

»Hier ist Barry, Sir«, kam die Stimme der Ingenieurin. »Das Energiesystem, das die hier haben, ist verblüffend ...«

»Sie haben freien Zugang?« fragte Pike und warf Zyo einen Blick zu. Zu seiner Überraschung schüttelte Zyo den Kopf.

Barry bestätigte Zyos negative Antwort sofort. »Nein, Sir. Es gibt gewisse Abschnitte, die ich nicht betreten darf. Es heißt, sie seien zu fortgeschritten für mich.« Die Verärgerung, sogar Kränkung im Tonfall ihrer Stimme war unmißverständlich. Barry war nie besonders gut darin gewesen, mit ihrer Irritation hinter dem Berg zu halten.

»Wie Sie wissen, Captain«, sagte Zyo, »sind wir vorsichtig, wenn es darum geht, Einzelheiten unserer Technik zu diskutieren. Wir möchten nichts tun, was Sie über die Ebene heraushebt, die zu erreichen Sie im Begriff sind.«

Wie herablassend, dachte Pike kurz, aber er revidierte sein Urteil sofort. Natürlich hatte Zyo recht. Die Föderation dachte über ihre eigene Technologie nicht anders. Auf einem Planeten, dessen größte Erfindung der Revolver war, würde auch die *Enterprise* nie einen Handphaser vorführen und ihn in allen Einzelheiten erklären.

»Seien Sie zufrieden mit dem, was man Ihnen zeigt, Barry«, sagte Pike. »Was Sie auch lernen, es wird genug sein.«

»Aye, Sir«, seufzte die Ingenieurin.

Pike wandte sich wieder der Leinwand zu, vor der er stand. Darauf befand sich ein halbfertiges Bild. Zyo und Boyce standen davor und bewunderten es. »Für einen Anfänger sehr beeindruckend«, sagte Zyo anerkennend.

»Ich wußte gar nicht, daß Sie so etwas können, Captain«, sagte Boyce.

Nur Pike nannte das Ding in Gedanken eine ›Leinwand‹, denn von einer solchen konnte man ganz und gar nicht sprechen. Es war ein festes, klares Stück Metall, und etwa siebzig mal hundert Zentimeter groß – jedenfalls hatte es am Anfang so ausgesehen. Pike hatte seine Hände laut Zyos Anweisungen darauf gelegt und mental mit aller Kraft ein Bild erzeugt. Langsam, wie durch Zauberei, hatte sich ein Gemälde auf der ›Leinwand‹ gebildet. Für Boyce' geübtes Auge schien es eine orionische Frau darzustellen, die gerade einen Tanz aufführte, aber ganz sicher war er sich nicht. Die Umrisse hatten sich zuerst gebildet, nun war Pike damit beschäftigt, die Einzelheiten anzuordnen.

Ja, es war wirklich eine orionische Frau. Die grüne Haut war unmißverständlich. Sie war nackt und ein bißchen erotischer, als Boyce es von Pike erwartet hatte. Pike hatte erst vor kurzem gemurmelt, er wolle den Dienst quittieren und mit Frauen dieser Art handeln, eine Absicht, die Boyce für einen Ulk gehalten hatte. Nun aber fragte er sich allmählich, ob er vielleicht zu voreilig gewesen war.

Sie hatte den Kopf hoch erhoben, ihre Augen von Lust und Feuer erfüllt, ihre obere Zahnreihe biß leicht auf ihre Unterlippe. Ihre Arme waren über dem Kopf gebogen, ihre Hüften stießen vor. Erstaunlicherweise konnte Boyce sogar erkennen, daß sie aufgrund des anstrengenden Tanzes von einem dünnen Schweißfilm bedeckt war.

Er beugte sich vor und murmelte Pike zu: »Jemand, den Sie kennen?«

»Nein«, sagte Pike.

»Es ist doch nicht zufällig das Mädchen, das Sie erwähnt haben? Vi …?«

»Nein«, sagte Pike, diesmal noch bestimmter. In diesem Tonfall sprach er nur, wenn er etwas verheimlichte. Aber Boyce hatte keine Lust, das Thema noch weiter zu verfolgen.

»Dann«, sagte Zyo, als Pike den Grünton der Tänzerin um eine Winzigkeit veränderte, »erzählen Sie mir doch mal was … über Ihre Feinde.«

Tyler ertrank in ihr. Und im gleichen Moment packte ihn eine Hand am Genick.

Er hörte Ecma keuchen, dann wurde er herumgerissen und schaute in das Gesicht Macros. Es war wutverzerrt.

»Hallo«, sagte Tyler.

Macro schleuderte ihn kopfüber in den sie umgebenden Uferschlamm. Tyler war sofort wieder auf den Beinen – gerade rechtzeitig, um zu sehen, daß Macro sich auf ihn stürzte. Hinter ihm rief die nackte Ecma irgend etwas Wütendes, aber Macro schenkte ihr keinerlei Beachtung.

Tyler wußte schon von der ersten Begegnung her, daß Macro bärenstark war. Es hatte ihm nicht die geringste Mühe bereitet, ihn umzuwerfen. Und er schien auch nicht die Absicht zu haben, es dabei zu belassen.

»Macro – *hör auf!*« schrie Ecma und packte seinen Arm. Vielleicht lag es daran, daß sie nicht angezogen war, daß ihre Autorität im Moment wenig zählte. Sie schien keinen besonders großen Eindruck auf Macro zu machen, denn er schob sie wie ein Fliegengewicht zur Seite und stürzte sich erneut auf Tyler.

Tyler nahm Abwehrstellung ein, doch Macro griff ihn weder mit besonderer Kunstfertigkeit noch einem erkennbaren Plan an. Er teilte mehrere schnelle rechte Haken aus, von denen keiner Tylers Abwehr durchbrechen konnte. Tyler erwiderte den Angriff mit einem schnellen Hagel von rechten und linken Fausthieben, von denen mehrere trafen und Macros Kopf nach hinten fliegen ließen. Es war äußerst befriedigend. Tyler umtänzelte ihn, hielt Fäuste und Beine in Bewegung, teilte heftig Haken aus, duckte sich und blockte jeden von Macros bösartigen Hieben ab.

Es lief so lange zufriedenstellend, bis Macro plötzlich mit so viel Kraft eine Linke landete, daß Tylers Zähne klapperten. Er fiel hart zu Boden, die Welt drehte sich um ihn. Schlampig. Verdammt schlampig. Macro hatte ihn gefoppt und dann die Hand gewechselt. Wie hatte er nur so dumm sein können?

»Bleiben Sie meiner Schwester fern«, knurrte Macro wütend.

»Er hat doch gar nichts getan«, sagte Ecma aufgebracht. »Jedenfalls hat er sich bemüht, nichts zu tun. Ich habe ihm nicht viele Optionen gelassen.«

»Zieh dich an«, sagte Macro wütend.

»Nein. Ich habe keinen Grund, mich zu schämen. – Lieutenant, glauben Sie, daß ich mich für irgend etwas schämen müßte?« Sie stand trotzig da und stützte die Hände in die Hüften.

»Von meinem Standpunkt aus nicht«, sagte Tyler. Er gab sich alle Mühe, die Welt dazu zu bewegen, mit der ständigen Rotation aufzuhören.

Plötzlich streckte Macro eine Hand aus und zog Tyler vom Boden hoch. Tylers Füße baumelten in der Luft. In einem verzweifelten Manöver trat er einen Fuß in Macros Magen. Macro grunzte, doch ansonsten schien er nichts wahrzunehmen.

»Du ... erstickst mich, Macro«, sagte Ecma verärgert. »So warst du schon immer. Seit ich dich kenne.«

»Und seit ich dich kenne, hast du immer getan, was du wolltest – nur um mich gegen dich aufzubringen!«

»Das Weltennetz dreht sich nicht um dich, Macro«, fauchte Ecma. »Und es stünde dir gut an, dies nicht zu vergessen!«

Tyler spürte, daß Macros Griff fester wurde und ihm die Luft abschnitt. »Für ein hochentwickeltes Volk«, röchelte er, »verstehen Sie es allerdings sehr ... sich um Bagatellen zu kabbeln.«

Macro schien ihn nun zum ersten Mal wahrzunehmen. Er schaute Tyler in die Augen und fauchte: »Ach, glauben Sie das?«

»Es kam mir ... so in den Sinn.«

Macro drehte sich schnell um und trat ans Seeufer. Ehe Ecma reagieren konnte, tauchte er Tyler ins Wasser. Tyler, der darauf völlig unvorbereitet gewesen war, rang panisch nach Luft. Macros Griff wurde fester. Tylers Lunge wollte verzweifelt nach Luft schnappen ... doch er schluckte nur Wasser.

Er hörte Ecma schreien, aber aus weiter Ferne, und es schien, als vergrößere sich die Entfernung mit jeder weiteren Sekunde.

7

Nummer Eins wischte sich den Schweiß von der Stirn und kroch tiefer in die Jeffries-Röhre hinein. Sie war in Spocks Nähe, der die Datenflußsysteme überprüfte und ihr gerade einen Blick zuwarf. Sie war ganz und gar auf ihre Tätigkeit konzentriert und hatte – abgesehen von klaren Instruktionen und Antworten auf seine Fragen – in den vergangenen fünf Stunden kein Wort gesprochen.

Sie musterte noch einmal die Kalibrierungen und wischte sich dann die Hände ab. »In Ordnung«, sagte sie langsam. Sie klang sogar einen Moment lang leicht nervös. »In Ordnung, ich glaube, jetzt haben wir's.«

Spock nickte; sein Rücken drückte sich an den ihren. »Ich glaube, Sie haben recht.«

»Dann wollen wir doch mal sehen, wie es läuft. Haben Sie die Stimmintegration auf der Brücke installiert?«

»Gemäß Ihren Anordnungen.« Spock modulierte seine Antwort sorgfältig, um seine Irritation über die Tatsache zu verbergen, daß sie ihn nun schon zum fünften Mal danach fragte.

»Gut.« Sie schenkte dem System noch einen prüfenden Blick. »Ich habe die Primärinstallationen vorgenommen und ein vorläufiges Interfaceprogramm geladen. Das müßte genügen.«

Mit einer Neigung des Kopfes deutete sie an, daß Spock als erster aus der Röhre gleiten sollte. Er tat es und half ihr dann hinunter. Sie schauten sich kurz an, und ihnen fiel auf, daß sie beide leicht ermüdet und zerzaust aussahen.

»Machen wir uns erst mal frisch«, sagte Nummer Eins. »Dann gehen wir auf die Brücke und machen einen Test. Um 16.00 Uhr?«

»Einverstanden.«

Sie nickte, und sie gingen zu ihren Kabinen. Spock blieb vor seiner Tür stehen und sagte: »Nummer Eins, sollte der Captain beim ersten Test nicht anwesend sein?«

Sie dachte kurz darüber nach. »Lieber nicht«, erwiderte sie dann.

Spock hob eine Augenbraue. »Darf ich fragen …«

»Wenn es nicht funktioniert, möchte ich nicht, daß er mein Versagen sieht.« Und damit drehte sie sich um und ging weiter.

Spock schaute mit vor der Brust verschränkten Armen hinter ihr her, dann schüttelte er langsam den Kopf. »Faszinierend«, sagte er.

»Der Hauptgegner der Föderation ist also das klingonische Reich«, sagte Zyo nachdenklich. Er musterte das nun fertige Gemälde der grünhäutigen orionischen Tänzerin und nickte anerkennend. »Ja, das haben wir auch schon aus Ihrer Computerbibliothek erfahren.«

»Ich hatte persönlich noch keinen häufigen Kontakt mit ihnen«, sagte Pike. Er warf einen Blick auf das Barometer und stellte überrascht fest, daß sich offenbar irgendwo ein Sturm zusammenbraute. Er fragte sich, was das zu bedeuten hatte. »Aber sie können äußerst tückisch sein. Und sie sind schreckliche Gegner.«

»Aber warum? Ihre Philosophien gleichen sich doch.«

Pike schaute Zyo verwundert an. »Haben Sie auch ganz bestimmt die richtigen Unterlagen gelesen?«

»Oh, da bin ich mir ziemlich sicher.«

»Die Klingonen glauben allerdings, sie hätten das

Recht, alles zu unterwerfen, was sie wollen!« sagte Pike. »Sie halten sich für stärker als die Föderation und glauben, sie können sich alles herausnehmen. Sie glauben sogar, sie seien dazu bestimmt, das vorherrschende Volk der Galaxis zu sein.«

»Sie glauben es, weil sie sich für die Stärkeren halten.«

»Ja.«

»Aber Ihre Theorien über die Evolution und die natürliche Auswahl«, sagte Zyo, »deuten doch an, daß das – wie nennen Sie es noch? – das Überleben der Stärkeren tatsächlich die natürliche und korrekte Ordnung der Dinge darstellt. Glauben Sie das nicht?«

»Ich glaube, daß die Menschheit durch die Evolution aufgestiegen ist, um die Erde zu beherrschen, ja«, sagte Pike langsam. »Aber ...«

»Und die Klingonen glauben, daß sie aufgrund natürlicher Auswahl das vorherrschende Volk sind, so wie die Menschen glauben, das vorherrschende Volk der Erde zu sein.« Zyo wirkte amüsiert. »Worin also unterscheiden Sie sich von den Klingonen?«

Pike schaute Boyce hilfesuchend an. Der Arzt zuckte die Achseln. Pike sah Zyo wieder an und sagte: »Der Unterschied besteht darin, daß die Klingonen nur die körperliche Kraft als Determinante der Überlegenheit sehen. Ihre Definition der Stärke basiert ganz und gar auf der Vorstellung, daß sie in der Lage sind, andere zu unterjochen. Die menschliche Dominanz über die Erde hat aber nichts mit körperlicher Kraft oder dem Verlangen nach Unterdrückung zu tun. Sie hatte mit Überleben zu tun, nicht mit Eroberung.«

»Ja, beim Streben ums Überleben war die Menschheit aktiv, indem sie sich ihre Umwelt untertan machte. Und sie hat sie beinahe vernichtet, so wie wir die unsere.« Zyo schüttelte den Kopf. »Es ist nicht die Vorstellung der Eroberung, die Sie stört, Captain. Es ist die Vorstellung, die Menschheit könnte irgendwie erobert werden – so wie Ihr Planet und seine Lebensformen von Ihnen erobert wurden, ob man es nun Eroberung, Überleben oder sonstwie nennt.«

»Die Klingonen sind anders als wir«, sagte Pike fest.

»Oh, da stimme ich Ihnen zu.«

»Gut«, sagte Pike und schaute Boyce zufrieden an.

»Ich stimme Ihnen zu, daß ihr Anderssein in ihrer Stärke liegt«, fuhr Zyo fort, »und daß ihre Behauptungen in vielen Fragen mit Ihren Philosophien übereinstimmen. Es ist die Wahrhaftigkeit dieser Behauptungen, was Sie an den Klingonen so verärgert. Es hat nichts damit zu tun, daß Sie sich so sicher sind, die Klingonen würden sich irren. Es liegt daran, daß Sie befürchten, sie könnten recht haben.«

Pike schaute ihn an. »Was soll das heißen?« fragte er. »Sind Sie etwa auf ihrer Seite?«

»Überhaupt nicht.«

»Wenn sie Ihnen begegnen würden«, sagte Pike, »würden sie nämlich versuchen, Sie zu unterwerfen. Wie auch einige andere kriegerische Völker, die der Föderation bekannt sind. Wenn es dazu käme, hätten Sie die Möglichkeit, aus erster Hand zu erfahren, wie sehr wir uns von den Klingonen unterscheiden.«

Zyo nickte kurz. »Sie haben zweifellos recht.«

»Sie würden versuchen, Sie zu unterwerfen«, wiederholte Boyce, um Pike den Rücken zu stärken.

Zyo sagte mit einem zustimmenden Lächeln: »Sie würden es versuchen. Aber dann kämen sie zweifellos in Schwierigkeiten.«

»Wir haben Probleme.«

Nummer Eins war gerade auf der Brücke aufgetaucht. Spock war dicht hinter ihr. Viola, der Spock während dessen Abwesenheit an der wissenschaftlichen Station vertreten hatte, räumte seinen Platz. »Spezifizieren«, sagte Spock. Nummer Eins ging zum Kommandosessel, um dort Platz zu nehmen, aber sie richtete ihre gesamte Aufmerksamkeit auf Viola.

»Der Riß schließt sich«, sagte Viola.

»Aber die zweiundsiebzig Stunden sind doch noch nicht um«, sagte Nummer Eins. »Wir sind doch erst ...«

»Achtundvierzig Komma neun«, sagte Spock. »Es sieht so aus, als hätten die Fahrt durch die temporale Verwerfung und die Interaktion mit unserem Warpfeld die Instabilität des Risses beschleunigt.«

»Wieviel Zeit haben wir bis zur vollständigen Schließung?«

Spock wollte es im Kopf ausrechnen, aber um sicherzugehen, sagte er: »Computer ...«

»Bereit«, sagte der Computer.

Nummer Eins und Spock sahen sich an, und Nummer Eins lächelte sogar, doch dann verbarg sie dies schnell hinter der Hand.

Die Computerstimme schreckte alle auf der Brücke Anwesenden auf – mit Ausnahme jener, die sie installiert hatten. Die Leute schauten zuerst sich an und glotzten dann verwundert in die Luft, aus der die Stimme zu kommen schien. Die Mannschaft wußte zwar, daß Spock und Nummer Eins hart daran gearbeitet hatten, den Computer auf den neuesten Stand zu bringen, aber die Wirklichkeit war wieder etwas ganz anderes.

»Zeit bis zur Schließung des Risses«, sagte Spock.

»Zweiunddreißig Minuten«, gab der Computer bekannt. Dieses Ergebnis stimmte genau mit dem überein, was Spock ausgerechnet hatte.

»Landegruppe benachrichtigen«, sagte Nummer Eins schnell. »Wir müssen hier weg. Und zwar sofort.«

»Erzählen Sie doch mal was über Ihre Regierungsform«, sagte Pike.

»Da gibt es nicht viel zu erzählen«, erwiderte Zyo. »Es ist ganz einfach: Wir haben eine Ratsversammlung, und was sie vorschlägt, wird gemacht.«

»Aber Sie müssen doch über irgendwelchen Einfluß verfügen, damit Kontakt mit uns aufgenommen wurde.«

»Ein wenig, ja«, sagte Zyo bescheiden.

»Können wir die Ratsversammlung kennenlernen?«

»Ich fürchte, das ...«

Plötzlich piepste Pikes Kommunikator, und er zog ihn hervor. »Hier ist der Captain.«

»Captain«, sagte Nummer Eins. Ihre Stimme klang drängend. »Der Riß schließt sich.«

Pike schaute Zyo verblüfft an, aber er sah sofort am Gesichtsausdruck des Calligariers, daß die Sache auch ihn überraschte. »Sie müssen sofort gehen«, sagte Zyo. »Sonst ...«

»Wie lange haben wir noch?« fragte Pike.

»Einunddreißig Minuten und elf Sekunden«, sagte die Stimme Spocks.

»Den Rest der Landegruppe kontaktieren«, sagte Pike sofort. »Beamen Sie sofort alle an Bord.«

»Chief Barry ist schon oben«, sagte Nummer Eins. »Aber wir können Mr. Tyler nicht finden.«

Pike schaute Zyo erschreckt an. »Wo ist mein Navigator?« fragte er.

Zyo runzelte kurz die Stirn, doch dann erhellte sich sein Gesicht. »Ja ... natürlich. Mir fällt ein, daß er bei meiner Tochter ist. Aber ich sehe keinen Grund zur Sorge. Er ist in besten Händen.«

Macros Hände hielten Tyler fest und tauchten seinen ganzen Körper unter Wasser. Tyler drosch panisch auf Macros starke Arme ein und fragte sich insgeheim, was er nur tun sollte, um den wütenden Calligarier dazu zu bewegen, ihn loszulassen.

Er glaubte, seinen Kommunikator piepsen zu hören, doch dann löste sich das Gerät von seinem Gürtel und sank auf den schlammigen Boden des Sees hinab.

Tylers Lunge schrie panisch nach Luft, bekam aber

nur Wasser zugeführt. Er spürte, daß Macros Handkante über seinen Mund fuhr, entblößte die Zähne und biß so fest zu, wie er nur konnte. Zu seiner Zufriedenheit hörte er Macro vor Schmerz aufheulen, und es gelang ihm, sich aus seinem Griff zu lösen. Tyler kam an die Oberfläche und spuckte hustend Wasser aus. Er stand jedoch noch immer knietief im See, und Macro setzte zu einem neuen Sprung auf ihn an.

Plötzlich verschwamm die Welt erneut, und sie standen in einer ebenen Wüste. Ecma war im Begriff, sich anzuziehen, und sagte wütend zu Macro: »Versuch doch jetzt mal, ihn zu ersäufen, du Idiot.«

Tyler hockte auf allen vieren da und hustete noch immer heftig Wasser aus. Der Kommunikator lag nicht weit von ihm, und er piepste pausenlos. Tyler wollte sich gerade zu ihm hinüberrollen und ihn ergreifen, als Macro herankam und auf das Gerät trat. Es zerbrach unter seinem schweren Fuß in kleine Stücke.

»Noch immer keine Antwort von Tyler«, sagte Nummer Eins, als Pike die Brücke der *Enterprise* betrat. »Alle anderen sind an Bord.« Sie erhob sich aus dem Kommandosessel. »Neunzehn Minuten bis zur Schließung des Risses.«

Pike nahm sofort seinen Platz im Sessel ein. »Brücke an Maschinenraum«, sagte er. »Warpantrieb vorbereiten. Warpfaktor zwei.« Er wandte sich an Nummer Eins. »Kurs auf den Riß programmieren.«

Viola, der nun Tylers Platz an der Navigation eingenommen hatte, sprach das aus, woran alle auf der Brücke dachten. »Aber … Sir … Mr. Tyler …«

»Geben Sie mir einen offenen Kanal nach Calligar«, sagte Pike. Als er auf Sendung war, sagte er: »Zyo, hier ist Captain Pike. Wir haben den Aufenthaltsort von Lieutenant José Tyler noch immer nicht ausfindig gemacht. Es ist unerläßlich, daß er innerhalb von …« Er hielt inne. »… fünfzehn Minuten gefunden wird. Sonst könnte es zu ernsthaften Konsequenzen kommen, die für alle Beteiligten sehr bedauerlich sein werden.«

Tyler sprang rasch auf die Beine und duckte sich unter Macros Rundschlag, der ihn selbst aus dem Gleichgewicht brachte. Er nutzte den Augenblick zu seinem Vorteil und ließ eine wütende Salve rechter und linker Haken auf Macro ab. Von seinem Zorn – und bis zu einem gewissen Grad auch von einem Gefühl der Kränkung – angetrieben, empfand Tyler nur noch blinde Rachsucht. Er spürte, daß Macro unter seinen Attacken wankte, und bevor der überraschte Calligarier zurückschlagen konnte, donnerte Tyler ihm einen linken Haken aufs Kinn, der ihn zu Boden gehen ließ.

Die unerwartete Wendung ließ Macro wie gelähmt wirken; Ecma beugte sich über ihn und sagte mit zufrieden klingender Stimme: »Ich hoffe, du kommst dir jetzt wie ein absoluter Trottel vor, Macro. Du hast es nicht anders verdient.«

»Ich bin eigentlich ganz Ihrer Meinung«, sagte Tyler hastig und sammelte die zerbrochenen Teile seines Kommunikators ein. »Im Moment möchte ich allerdings lieber in Erfahrung bringen, was die *Enterprise* von mir wollte. Es könnte wichtig gewesen sein.«

»Neun Minuten, Sir«, sagte Spock.

Pike fühlte sich wie ein Holzklotz. Er schaute auf die Heimatwelt der Calligarier.

»Phaser bestücken«, sagte er ruhig.

Nummer Eins drehte sich überrascht zu ihm um. »Sir?«

»Haben Sie mich verstanden?« erwiderte Pike.

Sie wandte sich um und gab kurz darauf bekannt: »Phaser bestückt.«

»Geben Sie mir einen offenen Kanal«, sagte Pike. Als er ihn bekommen hatte, sagte er: »Achtung, Calligar.

Sie haben einen meiner Leute. Wenn Sie ihn nicht auf der Stelle herausgeben, bin ich gezwungen, dies als feindseligen Akt zu interpretieren und das Feuer auf einen Ihrer Satelliten zu eröffnen.«

Sekunden später erschien das Bild des besorgt blickenden Zyo auf dem Schirm. »Captain«, sagte er und klang enttäuscht, »halten Sie diese Drohung wirklich für nötig?«

»Es könnte sein«, sagte Pike. »Einer meiner Leute wird vermißt, und Sie gefährden unsere Möglichkeit, in unseren Sektor der Galaxis zurückzukehren.«

Zyo schüttelte den Kopf. »Mir ist ziemlich klar, Captain, daß Sie und die Ihren noch einen weiten Weg vor sich haben, bevor wir völlig miteinander klarkommen. Sie gehen automatisch davon aus, daß wir irgendwelche feindlichen Absichten hegen. Eine solche Einstellung deutet an, daß Sie trotz der Beteuerungen Ihrer friedlichen und erhabenen Absichten noch immer grundsätzlich kriegerisch genug sind, um Angriffe zu sehen, wo niemand welche plant.«

»Ich sehe nur eins«, sagte Pike. »Daß uns die Zeit zwischen den Händen zerrinnt. Wenn Sie mich dazu zwingen wollen, einen Angehörigen meiner Mannschaft hier zurücklassen zu müssen, werden Sie eine physische Manifestation meines Mißfallens erleben.«

»Ich verstehe Sie voll und ganz, Captain«, sagte Zyo. »Vielleicht … verstehe ich mehr, als Ihnen lieb ist. Machen Sie sich keine Sorgen. Ich werde mich persönlich darum kümmern.«

Ecma und Tyler traten gerade noch rechtzeitig aus dem Holografiezentrum, um den äußerst verärgerten Zyo vor der Tür stehen zu sehen. Er hatte die Arme vor der Brust verschränkt. »Darf ich fragen, wo ihr wart?«

»Ich habe dem Lieutenant nur das Zentrum gezeigt«, sagte Ecma unbefangen. Tyler lächelte schneidig.

»Das kann ich mir vorstellen. Wir reden später darüber, Ecma. – Lieutenant, Sie müssen sofort zurückkehren.«

»Was?« Ecma schaute entsetzt drein. »*Was?* Aber ... warum denn?«

»Wir haben keine Zeit für Diskussionen«, sagte Zyo. »Das Transportzentrum ist gleich nebenan. Wir müssen sofort gehen. Ihr Captain ist ziemlich verärgert.«

»Aber ...«

»Später, Ecma«, sagte Zyo. »Lieutenant ... *bitte!*«

Auch Macro kam nun mit mürrischem und verärgertem Gesicht aus dem Holozentrum. Sein gereizter Blick fiel auf Tyler, aber er sagte nichts.

Ecma nahm drängend Tylers Arm. »Bleiben Sie bei mir, Lieutenant. Wir könnten so viel ...«

Aber er wurde von ihr fortgerissen, und Zyo brachte ihn mit Gewalt zu dem Gebäude, das als Transportzentrum diente. Ecma folgte ihnen, Macro ging langsam hinterher.

Sie betraten das kleine Gebäude. Tyler sah fast nichts, was ungewöhnlich gewesen wäre. Es gab hier offenbar weder Kontrollen noch Plattformen oder sonst etwas. Nur einen leeren Raum, der das gesamte Gebäude ausfüllte. Zyo führte ihn rasch in die Mitte und trat zurück. »Empfehlen Sie mich Ihrem Captain«, sagte er.

Tyler schaute in Ecmas traurige Augen. Es war alles so verrückt. Er hatte sie doch gerade erst kennengelernt. Wieso empfand er so starke Gefühle für sie? Was redete er sich da ein, verdammt? Natürlich konnte er das für sie empfinden. Er war schließlich der Große Umleger. Aber diesmal war es irgendwie anders. Wenn ...

»Komm mit!« rief er ihr zu.

Ecma riß die Augen auf, aber bevor sie etwas sagen konnte, erwiderte Zyo: »Es ist unmöglich.«

»Aber ...«

»Leben Sie wohl, Lieutenant«, sagte Zyo.

Macro trat ein, er blieb genau hinter Ecma stehen.

Der Planet Calligar begann vor Tylers Augen zu verblassen, und er sah Ecmas gequälten Blick.

Und er sah, daß Macro nach Ecma griff und anfing, sie zu liebkosen. Sie biß die Zähne zusammen, wehrte sich aber nicht. Zyo sah nichts davon.

José Tyler stieß einen Wutschrei aus und sprang auf die beiden zu. Dann wußte er nur noch, daß er durch den Transporterraum der *Enterprise* flog und gegen die Steuerkonsole des Ingenieurs Pitcairn knallte, der einen überraschten Schrei ausstieß.

»Schicken Sie mich zurück!« fauchte Tyler.

»Den Teufel werde ich tun!« schrie Pitcairn und aktivierte das Interkom. »Brücke, hier Transporterraum. Es war wie zuvor. Der Transporter wurde von außerhalb aktiviert. Lieutenant Tyler ist gerade materialisiert.«

Tyler jagte sofort aus dem Transporterraum und erreichte die Brücke in dem Augenblick, als die *Enterprise* herumschwang und genau auf den Riß zuhielt.

»Captain, Sie müssen mich zurückschicken!« sagte Tyler.

Pike schaute ihn an, als hätte er drei Augen. »Gehen Sie auf Ihren Posten.«

»Eine Minute und fünfzehn Sekunden«, sagte Spock.

»Captain, es ist ein Notfall. Ecma ist ...«

»Sofort.« Pike war so wütend, weil Tyler seinem Befehl nicht unverzüglich Folge leistete, daß die Luft knisterte.

Tyler schäumte ebenso, aber er hatte keine Möglichkeit, sich dem Captain zu widersetzen. Äußerst beherrscht begab er sich an seinen Platz. Viola stand so schnell auf, wie er konnte.

»Eine Minute«, meldete Spock. »Neunundfünfzig, achtundfünfzig ...«

»Warpantrieb aktiviert«, sagte Nummer Eins.

»Der Riß schließt sich nun schneller, Captain«, sagte Spock. »Revidiere den Countdown ... neunundzwanzig, achtundzwanzig ...«

Mit jeder vergehenden Sekunde wurde der Riß schmaler. Seine Ränder funkelten.

»*Energie!*« schrie Pike.

Die *Enterprise* schoß vorwärts und stürzte sich einen Sekundenbruchteil später in den Riß hinein.

Erneut kräuselte und knickte sich die Zeit um sie herum, diesmal noch stärker. Pike fühlte sich, als werde sein Verstand in Stücke gerissen. Sein Blick war auf den Bildschirm geheftet, das Universum ein schimmernder Dunst aus sich drehenden und windenden Farben.

Sie schienen zusammenzufließen und nahmen eine Form an, die ihm bemerkenswert vertraut war. Und er sah etwas ... sah etwas Unmögliches.

Ein Raumschiff raste in einem strahlenden Bersten aus von innen nach außen strömenden Farben auf sie zu. Ein zweites Raumschiff – und sie befanden sich genau auf Kollisionskurs.

Pike wollte einen Befehl schreien, aber das ihm umgebende Brüllen ließ ihn nichts hören. Es war das Brüllen der Zeit, das Brüllen des Blutes in seinem Schädel. Er wußte nicht, ob irgend jemand sah, was dort auf sie zukam, und er wußte, selbst wenn sie es sahen, war es zu spät, denn es war *da* ...

Und dann war es weg.

Und er erkannte in einem Moment irrsinniger Klarheit, daß er sie gesehen hatte ... *sie* ... Irgendein bizarres Nachbild. Die *Enterprise,* auf dem Weg dorthin, woher sie gekommen war. Ein altes Lied flitzte durch seinen Verstand. »Hallo, ich muß schon wieder gehen ...«

Und dann war sie weg. Oder wieder da. Die Welt wurde wieder herrlich normal, die Sterne nahmen wieder ihre alten Positionen ein.

»Beidrehen!« schrie Pike. Nummer Eins brachte das Schiff mit fester Hand herum. Sie waren gerade noch rechtzeitig angekommen, um den Riß verschwinden zu sehen.

Tylers Hände umklammerten die Navigationskontrollen. Kein Anzeichen deutete mehr darauf hin, daß die temporale Anomalie je existiert hatte.

Hinter sich hörte er Pike »Mr. Tyler« sagen.

Tyler spannte die Muskeln an, drehte sich langsam herum und sagte: »Ja, Sir?«

Pike schien ihn eine Ewigkeit anzublicken, obwohl es in Wirklichkeit nur wenige Sekunden waren. Dann sagte er ganz einfach: »Setzen Sie Kurs auf Vega.«

Tylers Kinnlade sackte kurz herunter, dann riß er sich schnell zusammen und erwiderte: »Jawohl, Sir.«

»Und, Mr. Tyler ...«

»Ja, Sir?«

»Ich möchte in drei Stunden einen kompletten Bericht auf meinem Schreibtisch haben. Einen *kompletten* Bericht, Mr. Tyler.«

Tyler nickte langsam. »Jawohl, Sir.«

»Das gilt für Sie alle«, sagte Pike und wandte sich dem Rest der Brückenmannschaft zu. »Starfleet wird von allen Beteiligten persönliche Eindrücke haben wollen. Wir haben einen Erstkontakt hinter uns, deswegen gehen wir strikt nach Vorschrift vor. Mr. Spock, Nummer Eins ... Wie geht es denn mit den Computerbauteilen voran?«

Nummer Eins neigte den Kopf leicht in Spocks Richtung, ein Hinweis darauf, daß ihr eine Antwort ihres Untergebenen willkommen war. »Computer ...«, sagte Spock.

»Bereit.«

»Zustandsbericht des Computers und der Brücke.«

»Alle Systeme funktionieren normal. Kurs ist gegenwärtig auf Vega IX gesetzt. Erwarte Anweisungen des Captains.«

Spock drehte sich auf seinem Sitz um und schaute Pike geduldig an. Pike, der zu erfahren war, um sich seine Überraschung ansehen zu lassen, nickte nur. Doch als er »Warpantrieb, Faktor eins, Energie« sagte, schien er die Stirn zu runzeln.

Als die *Enterprise* den Warpantrieb aktivierte, mußte Spock einfach eine Frage stellen. »Ist alles in Ordnung, Captain? Sie wirken …«

»Es liegt an der Computerstimme«, sagte Pike. »Sie kommt mir irgendwie bek …« Dann weiteten sich seine Augen, und er drehte sich in seinem Sessel zum Ersten Offizier um. »Nummer Eins … der Computer. Das ist doch Ihre Stimme …«

»Jawohl, Sir«, sagte Nummer Eins.

»Sie haben dem Computer *Ihre* Stimme gegeben?« sagte Pike ungläubig.

»Wenn Sie wollen, können wir sie austauschen, wenn wir die Raumstation erreicht haben«, sagte sie gelassen.

»Nein. Nein, überhaupt nicht«, sagte Pike. »Ich habe nicht die Absicht. Ich frage mich nur, warum Sie Ihre Stimme als Vorlage für den *Enterprise*-Computer genommen haben. Es war wohl kaum eine willkürliche Auswahl, und ich kann mir nicht vorstellen, daß Sie so eitel sind, um …«

»Es hat nichts mit Eitelkeit zu tun, Sir«, sagte Nummer Eins klar. »Ich wollte nur eine Stimme haben, die Respekt gebietet.«

»Ach so«, sagte Pike.

»Und außerdem«, fuhr Nummer Eins fort, »haben Studien bewiesen, daß weibliche Stimmen Lärm leichter übertönen als männliche.«

»Sie meinen also, man schenkt weiblichen Stimmen mehr Beachtung.«

»Genau, Sir.«

»Wenn das der Fall ist«, sagte Pike, »muß man sich doch wirklich fragen, warum wir nicht mehr weibliche Kommandanten haben.«

Nummer Eins drehte sich langsam auf ihrem Sitz herum und sagte: »Ja, Sir. Das frage ich mich auch.«

»Sollte ich mir angesichts Ihrer diesbezüglichen Ambitionen Gedanken über mein zukünftiges Kommando machen, Nummer Eins?«

»Nein, Sir.«

»Gut.«

»Ich hätte nämlich gern ein größeres Schiff.«

Anschließend beobachtete Pike sie eine lange Weile, weil er sich fragte, ob er vielleicht den Anflug eines Lächelns auf ihren Lippen sah.

Aber er sah ihn nie.

ZWEITE BEGEGNUNG

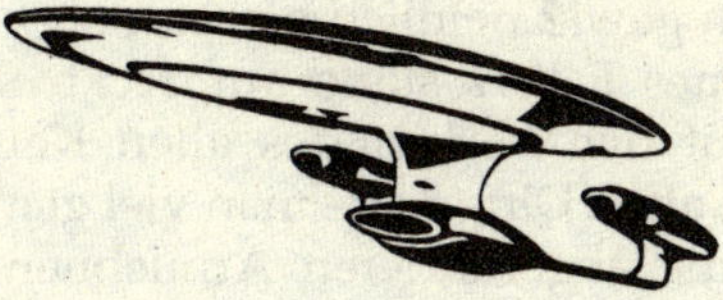

8

»Alle Systeme funktionieren normal«, sagte die Stimme von Nummer Eins.

Mr. Spock wandte sich von der wissenschaftlichen Station ab und sagte: »Captain, die Diagnoseprüfungen des Computers sind beendet. Alle Systeme funktionieren normal.«

Der Captain wandte sich in seinem Kommandosessel um und lächelte; seine Augen funkelten amüsiert. »Welche Erleichterung«, seufzte er. »Nach allen Problemen, die wir kürzlich hatten, ist es gut zu wissen, daß auf diesem Kahn wenigstens *eines* funktioniert.«

Als wolle er sich verteidigen, neigte Spock leicht den Kopf und fügte hinzu: »Wenn der Computer eine Fehlfunktion gehabt hätte, wäre dies angesichts Dr. Daystroms Besuch gewiß peinlich gewesen.«

Captain James T. Kirk stand auf, reckte sich und bedauerte erneut den Verlust des alten Kommandosessels. Auf dem alten Ding hatte man viel gemütlicher gesessen, und die abgerundeten Armlehnen waren viel bequemer gewesen als die schmalen Dinger an dem neuen. Warum glaubten die Menschen eigentlich immer, an allem etwas verbessern zu müssen? Je mehr die Dinge verfeinert wurden, desto mehr verloren sie auch.

»Angesichts von Dr. Daystroms letztem Besuch an Bord«, sagte Kirk, »kann ich mir kaum vorstellen, daß er noch Lust hat, sich um Computer-Fehlfunktionen zu kümmern.« Er machte einen Schritt nach vorn und streckte die Arme nach hinten. »Mr. Sulu, wieviel Zeit haben wir noch bis zum Rendezvous mit dem Transporter?«

»Neunzehn Stunden, Sir«, sagte Sulu munter.

»Gut. In diesem Fall werde ich mich für eine Weile zu unseren anderen Gästen gesellen, um ...«

Die Tür des Turbolifts öffnete sich zischend. Dies entging natürlich niemandem, da das gesamte autorisierte Brückenpersonal bereits anwesend war.

Der Commodore stand in der offenen Tür, und auf seinem Gesicht spiegelte sich jugendliche Erregung. Er grinste ganz offen. Er hatte ein Gesicht jener Art, das besser aussah, wenn es lachte. Erzwungene Strenge hätte ihm keineswegs gestanden. Jedesmal, wenn er den Eindruck erweckte, dienstlich sein zu müssen, wurde Kirk den Verdacht nicht los, daß er in Wirklichkeit eine Rolle spielte.

McCoy stand neben ihm und rief: »Der Commodore hat seine Untersuchung mit Bravour bestanden, Captain. Dann hat er mich gefragt, ob er sich die Brücke ansehen könnte. Und ich dachte ...«

»Tun Sie sich keinen Zwang an«, sagte Kirk und wartete darauf, daß der ältere Offizier den Turbolift verließ.

Aber der Commodore blieb stehen und starrte die Brücke an, als sei er in Trance.

»Commodore Tyler«, sagte Kirk und suchte den Blick des anderen.

Tyler wandte sich Kirk zu. Er war etwas bullig, aber noch immer ein gutaussehender Mann. Sein ergrauendes Haar war leicht schütter geworden. Aber ihn umgab eine Aura der Jugendlichkeit, was die Tatsache betonte, daß er offenbar Spaß daran hatte, bei jeder Gelegenheit mit weiblichen Offizieren zu flirten. »Ja, Captain?«

Kirk winkte ihn herein. »Fühlen Sie sich wie zu Hause.«

Tyler machte einen tastenden Schritt, dann betrat er die Brücke. Der Turbolift schloß sich zischend, nachdem auch McCoy die Kabine verlassen hatte. Tyler schaute kurz nach links, schien etwas zu suchen, das sich nicht dort befand, und sagte schließlich: »Sonst stand hier immer ein Mann von der Sicherheitsabteilung. Ich glaube, er hieß Valdini. Es war zum Schieflachen – er hatte immer ein unsicheres Grinsen auf dem Gesicht. Ich glaube, er kam sich dämlich dabei vor, immer nur da herumzustehen.« Er wandte sich zu Spock um und sagte: »Erinnern Sie sich an ihn, Mr. Spock?«

»Jawohl, Sir«, sagte Spock.

»Und Sie wissen, was aus ihm geworden ist?«

»Er fiel im Kampf auf Argus X. Sternzeit 3619.2.«

»Oh.« Dies schien Tyler für einen Moment sprachlos zu machen, denn er stieß einen leisen Seufzer aus. »Da bemüht man sich ständig, den Dingen einen Sinn zu geben, doch das einzige, auf was man stößt, ist noch mehr Sinnlosigkeit.«

Er durchquerte langsam die Brücke und schaute sich verwundert um. »Wissen Sie … Es ist erstaunlich, wie anders hier nun alles aussieht … und irgendwie ist es doch gleich. Die beiden Ebenen, die Positionierung der Stationen – zu meiner Zeit war es auch so. Jetzt kommen mir alle Dinge, die wir damals für hochentwickelt hielten, so primitiv vor. Aber wer weiß, wie es in der Zukunft aussehen wird, wenn man dieses Schiff für eine Antiquität hält.«

»Es gibt einige Leute …« Kirk warf Spock einen schiefen Blick zu, »die es schon jetzt für eine Antiquität halten. Und die Mannschaft inklusive.«

»Ohh«, spottete Tyler. »Habe ich das nicht schon mal gehört? Und Sie nicht auch, Spock?«

»Jawohl, Sir«, sagte Spock flach.

Tyler musterte Spock einen Augenblick. Er nahm die aufrichtige Art, in der er sprach, und sogar die leicht herrische Art, mit der er die Offiziere auf der Brücke musterte, zur Kenntnis. »Wissen Sie, Spock, früher haben Sie viel öfter gelächelt.«

McCoy setzte eine verblüffte Miene auf. »Sie machen Witze. Spock? – Wann, zum Henker, sollte der je gelächelt haben?«

»Zweifellos, Doktor«, erwiderte Spock trocken, »war die Tatsache, daß Sie damals noch nicht auf der *Enterprise* waren, so etwas wie ein Grund dafür.«

Tyler wirkte überrascht. Er sagte mit großartig vorgetäuschter Entrüstung: »Captain, ich bin erstaunt! Ihre Offiziere nehmen sich in Anwesenheit Untergebener gegenseitig auf die Schippe? Ich finde es äußerst entwürdigend. Sind Sie nicht auch dieser Meinung?«

Kirk lächelte. »Ich vertrete die Ansicht, Commodore«, flüsterte er so laut, daß jeder seine Worte hörte, »daß Dr. McCoy und Mr. Spock ihre Kabbeleien mehr aus Gewohnheit als aus anderen Gründen beibehalten. Ach, vor langer Zeit hat es vielleicht eine Antipathie zwischen den beiden gegeben – wie bei zwei entschlossenen Boxern, die herumtänzeln und nicht zu Boden gehen wollen. Aber heute, glaube ich, fauchen sie sich nur an, weil... nun ja... weil es von ihnen erwartet wird. Statt sich gegenseitig von der Überlegenheit ihrer jeweiligen philosophischen Position zu überzeugen, benutzen sie sich gegenseitig als mentale Schmirgelbretter, um ihre spitze Zunge zu trainieren.«

McCoy und Spock starrten den unschuldig lächelnden Kirk an. Uhura, Chekov und Sulu starrten fest auf ihre Geräte und bemühten sich, nicht laut herauszuplatzen.

»Bist du jetzt fertig?« fragte McCoy.

»Ich glaube schon.«

»Dann möchte ich dich bitten«, sagte McCoy steif, »den Amateurpsychologen lieber in deiner Freizeit zu spielen.«

»Dies hier ist *meine* Brücke«, erwiderte Kirk, »auf *meinem* Schiff. Und jetzt *habe* ich Freizeit. Und was den ›Amateurpsychologen‹ angeht, Pille – du verletzt mich. Immerhin, verdammt, bin ich Captain, kein Arzt.«

»Dann bemüh dich, es nicht zu vergessen«, sagte McCoy steif. Er fuhr auf dem Absatz herum und verließ die Brücke. Doch im gleichen Moment, in dem sich die Tür des Turbolifts hinter ihm schloß, hörte Kirk ihn vor Lachen brüllen.

Als Kirk an der Mannschaftskantine vorbeiging, hörte er zu seiner Überraschung das einzigartige Klimpern einer vulkanischen Lyra. Es kam ihm vor, als sei es Jahre her, daß er sie zum letztenmal gehört hatte, und er trat ein. Spock saß da, seine langen Finger fuhren sanft über die Saiten und entlockten ihr zarte, eindringliche Melodien. Rings um ihn herum saßen Angehörige der Mannschaft, Fähnriche und Oberfähnriche. Kirk lächelte, als er sie sah. Die meisten Offiziersanwärter hatten, als Spock zum erstenmal eine vulkanische Lyra in die Hand genommen und den Freizeitraum der *Enterprise* mit ihren Klängen erfüllt hatte, gerade erst laufen und allein essen gelernt, und manche waren bestimmt noch nicht einmal geboren gewesen.

Die jungen Leute wirkten von seiner Musik fasziniert, und Kirk konnte es ihnen nicht verübeln. Sie hatte etwas Fesselndes. Eigenartigerweise war er so altmodisch, daß er Melodien bevorzugte, die man mitsummen konnte, deswegen mußte er erst noch lernen, ein bestimmtes Lied zu erkennen. Ihm erschien alles wie eine ziemlich eklektische Ansammlung von Tönen – und doch gelang es ihnen immer wieder, wie eine einzelne Melodie zu funktionieren.

Er hatte gelernt, daß die beste Methode, die Musik der vulkanischen Lyra zu würdigen, darin bestand, sie auf einer unterbewußten Ebene wahrzunehmen. Statt sich auf die Musik zu konzentrieren, mußte man es dem Geist erlauben, abzuschweifen und sich dorthin tragen zu lassen, wohin die Töne einen führten. Es war (durfte er es sagen?) faszinierend, daß vulkanische Musik so viele Emotionen aufrühren konnte, speziell deswegen, da die vulkanische Philosophie in die entgegengesetzte Richtung zielte.

Kirk ließ sich von den Akkorden weitertreiben, und Gedanken und Bilder wehten formlos durch seinen Geist. Wenn er Spocks Musik lauschte, sah er nie etwas zweimal. Manchmal tauchten die Gesichter seiner früheren Geliebten vor ihm auf, manchmal fand er sich in einfacheren Zeiten wieder, daheim, auf den Feldern von Iowa, wo er sehnsuchtsvoll zum Himmel hinaufschaute und auf die weit entfernte Zeit wartete, in der er sich für die Akademie einschreiben konnte. Welche Ironie… Wieder einmal, so wie damals, als Kind, war die Akademie weit von ihm entfernt… aber in der anderen Richtung – der Vergangenheit.

Diesmal stellte er sich nichts aus der Vergangenheit vor, zumindest kein einzelnes Ereignis. Er sah vielmehr, was seine Vergangenheit so lange gewesen war, woraus seine Gegenwart bestand, wie die Zukunft ausfiel. Jeder Ton, den Spock der Lyra entlockte, war wie das Funkeln eines einzelnen Sterns in seinem Geist.

In letzter Zeit hatten die Sterne freilich nicht oft für ihn gefunkelt. Sie waren ihm als erstes aufgefallen, als er ins All aufgebrochen war – das Glitzern kam durch die Verzerrung zustande, die die Atmosphäre der Erde erzeugte, doch außerhalb der Begrenzungen der Lufthülle waren Sterne einzelne, feste und nicht blinkende Bojen. Und jede Boje hatte ihn einzeln gerufen. Sie hatten ihn zu einem Großteil angetrieben. Jeder einzelne Stern war eine Einladung gewesen, eine persönliche Einladung an ihn, James T. Kirk. Und es wäre der Höhepunkt der Unhöflichkeit gewesen, eine so selbstlose und uneingeschränkte Einladung abzulehnen.

So hatte er sein Leben damit zugebracht, die Einladungen anzunehmen, eine nach der anderen. Und er würde es auch weiterhin tun, bis zum letzten Tag, wenn er sich einfach für immer zu ihnen gesellen würde.

Dann endete die Musik.

Kirk fühlte sich zuerst leicht desorientiert, aber so war es immer, wenn er wirklich mit der vulkanischen Musik mitschwang. Er räusperte sich und fiel in den Applaus ein, der im Freizeitraum erschallte.

Dann warf er einen Blick zur Seite und sah Commodore José Tyler. Er saß an der Wand. Sein Gesicht war tränennaß. Zuerst applaudierte er nicht, er war offenbar in irgendeiner alten Erinnerung versunken. Dann schien er sich zusammenzureißen, wischte sich die Tränen ab und klatschte ebenfalls.

Spock bedankte sich mit einem leichten Nicken für den Applaus, dann schaute er auf. Uhura hielt sich im Hintergrund des Raumes auf, sie lächelte und nickte ihm aufmunternd zu.

Spocks Finger bewegten sich erneut über die Saiten, und diesmal wirkten die Anfangstöne etwas lebhafter als das seelenvolle Stück, das er zuvor gespielt hatte. Dann hörte Kirk zu seiner Überraschung, daß Uhura mitsang. Ihre Stimme erklang in einem wunderschönen Mezzosopran. Aufgrund der Zuversicht, mit der sie sang, wurde ihm klar, daß sie das Stück kannte. Vielleicht hatte sie es sogar schon irgendwann zu Spocks Begleitung gesungen.

Der Text war freilich kein Bestandteil irgendeines traditionellen vulkanischen Stückes. Es war gut möglich, daß Uhura ihn improvisierte. Wenn es so war, leistete sie wunderbare Arbeit.

Sie umkreiste Spock in verspielt raubkatzenhafter Art, bewegte sich mit geschmeidiger Zuversicht und sang:

Ein Mann sowie sein Schiff, die Lobesamen,
verschwanden beide, doch dann zurück sie kamen.
Erregtermaßen tuscheln Frauen ihre Namen,
erliegen ihrem angestammten Charme …
Der Mann hat nach wie vor herzallerliebste Ohren,
nie ward ein ähnlich toller Hecht geboren,

hat nichts von seinem alten Schwung verloren.
Das Schiff bringt euren Schwarm …
O Weltraum-Girls, habt acht, habt acht
auf was er mit euch macht – Alarm.

Uhura lachte leise, und der nächste Applaus erklang im Raum. Kirk sah, daß Tyler aufstand, schneidig lächelte und den Raum verließ. Kirk zögerte einen Moment, dann folgte er ihm.

Tyler ging gedankenverloren durch den Korridor, und Kirk beeilte sich, ihn einzuholen. »Eine sehr bewegende Musik, nicht wahr, Commodore?« sagte er.

»O ja«, sagte Tyler. »Ohne Frage. Was mich angeht, hat sie sogar dazu geführt, mich aus dem Raum zu bewegen.« Er schaute Kirk von der Seite an. »Es ist faszinierend, wenn man sieht, wie unterschiedlich die Captains der *Enterprise* mit ihrer Mannschaft umgehen. Pike war ein viel härterer Bursche als Sie, Kirk. Es stört Sie doch nicht, wenn ich Sie beide miteinander vergleiche, oder?«

»Ich bewundere Christopher Pike sehr«, sagte Kirk ungezwungen.

»Sie wirken viel zugänglicher als er. Die Mannschaft respektiert Sie eindeutig, aber Sie wirken viel unmilitärischer. Das sorgt für eine entspanntere Atmosphäre – und trotzdem beeinflußt es die Professionalität und die Effizienz nicht negativ. Möglicherweise fördert es sie sogar. Es ist gesünder. Was Pike betrifft …« Er stieß einen Pfiff aus. »… so hat er das Schiff am kurzen Zügel geführt, o ja. Er hatte eine sehr militärische Ader, mehr als alle anderen in der Flotte. Er hat hin und wieder versucht, ›einer von der Mannschaft‹ zu sein. Hat nie funktioniert. Und er hat sich immer auf eine förmliche Haltung zurückgezogen. Es war ihm so bequemer. Sein Erster Offizier war genauso – sogar noch schlimmer, auch wenn ich es nicht im negativen Sinn meine. Sie und er waren von der gleichen Couleur. Es gingen auch Gerüchte über die beiden um.«

»Gerüchte?« fragte Kirk mit einem amüsierten Grinsen.

»Darüber, daß sie in Wirklichkeit... Na ja, lassen wir das.« Tyler machte eine abfällige Handbewegung. »Ich glaube, es wäre respektlos, darüber zu reden.«

»Ja, sicher«, sagte Kirk ernst. Dann dachte er darüber nach und erwiderte: »Obwohl ich Christopher Pike sehr verehre, habe ich doch Schwierigkeiten, mir vorzustellen, daß er auch mal auf die Pauke gehauen hat. Was hat er denn so gemacht?«

»Tja ... Er hat mal mit mir geboxt.«

»Wirklich? Und wie waren Sie?«

»Ach... Es war nur eine Übung«, sagte Tyler. »Ich glaube, sie endete unentschieden. Ja, so war's wohl. Ich kam einfach nicht richtig an ihn ran. Er war zu gut.«

»Kann ich mir vorstellen.«

Sie erreichten Tylers Quartier, und Kirk blieb vor der Tür stehen. »Ist alles in Ordnung mit Ihnen, Commodore?«

Tyler schaute ihm fest in die Augen; seine Hände lagen hinter seinem Rücken. »Was meinen Sie damit, Captain?«

»Sie wirkten eben ... etwas durcheinander.«

»Ach das. Die ...« Tyler räusperte sich laut, dann sagte er: »Ich habe mich an eine junge Frau erinnert, die ich mal kannte. Steht Ihnen auch schon mal das Wasser in den Augen, wenn Sie an eine Frau denken, mit der Sie nicht zusammenkommen konnten?«

»O ja, Sir«, sagte Kirk.

»Dann wissen Sie ja, wie es ist.«

»Darf ich fragen ... wann Sie sie zum letztenmal gesehen haben? Wissen Sie es noch?«

»Und ob. Es war vor 33,4 Jahren.«

»Dreiunddreißig ...« Kirk runzelte die Stirn. »Commodore, damals hat sich der Riß zum letztenmal geöffnet. Der Riß, zu dem wir unterwegs sind ...«

»Ich bin mir dessen ziemlich bewußt, Captain.«

»Und Sie«, sagte Kirk langsam und verstand allmählich, »haben darum gebeten dabeizusein, wenn er sich erneut öffnet, weil Sie schon beim letztenmal dabei waren.«

»Reden Sie weiter, Captain«, sagte Tyler. »Sie sind mir auf der Spur.«

»Die Frau, die Sie zurückgelassen haben… Commodore, ist sie…«

»Eine Calligarierin, ja.« Tyler trat in seine Kabine. Er lächelte, und während die Tür sich schloß, sagte er: »Das regt zum Nachdenken an, was?«

9

Das Transportschiff *Secord* kam genau nach Plan in die Reichweite der *Enterprise,* was Kirk und seinen Stab zwang, in den Transporterraum hinunterzueilen, um die Ankömmlinge zu begrüßen. Für Kirk war dies in mehrfacher Hinsicht recht seltsam – fast wie Besuch von zu Hause.

Als er mit Spock und McCoy in den Turbolift trat, sagte er munter: »Transporterraum.« Dann sagte er einfach so vor sich hin: »Ich finde einen Großteil dieser Situation nämlich ziemlich komisch.«

»Zuerst Psychologe, jetzt Philosoph«, sagte McCoy mürrisch. »Es ist wirklich erstaunlich, welche Talente du in deinem hohen Alter noch entwickelst.«

»Möchtest du nicht hören, warum es komisch ist?« fragte Kirk. Er klang fast verletzt.

»Bin nicht besonders scharf drauf«, erwiderte McCoy.

Kirk wandte sich Spock zu. Spock schaute ihn nur teilnahmslos an.

»Na schön, dann erzähl ich's Ihnen«, sagte Kirk.

McCoy seufzte.

»Es ist komisch«, sagte Kirk, »daß wir hier sind, um einen Riß im Weltraum zu erforschen. Eine Spaltung, eine Trennung. Und wir tun es mit der Hilfe mehrerer Menschen, die ihre persönlichen Trennungen erlebt haben: Botschafter Robert Fox, mit dem wir scharfe Auseinandersetzungen hatten, die darin resultierten, daß wir beinahe umgekommen wären; Dr. Richard Daystrom, dessen Ehrgeiz ihn dazu gebracht hat, nicht nur eine zeitweilige Trennung von sich selbst, sondern auch von der Realität zu erleiden; und Commodore José Tyler, Offizier einer *Enterprise* aus anderen Zeiten, der von einer besonders interessanten Frau getrennt wurde, die er auf der anderen Seite des Risses zurücklassen mußte. Mr. Spock, halten Sie dies nicht auch für komisch?«

»Nein, Sir.«

»Und wie würden Sie es charakterisieren?«

Die Tür des Turbolifts ging auf, und Spock blickte den Captain an. »Konstruiert«, erwiderte er. Dann ging er mit McCoy voraus.

Kirk folgte ihnen und schüttelte enttäuscht den Kopf. »Er hat absolut keinen Sinn fürs Dramatische«, murmelte er.

Scotty erwartete sie im Transporterraum. Er bediente, wie immer, wenn Prominenz an Bord geholt wurde, die Anlage persönlich. Er warf der jungen Frau, die den Transporter normalerweise bediente, einen kurzen Blick zu und sagte lebhaft: »Jetzt können Sie mal sehen, wie 'n Fachmann das macht, Tooch.«

»Jawohl, Sir«, sagte Tooch. Ihr langes braunes Haar fiel um ihre Schultern, und der junge Ingenieur, der Scotty inwendig noch immer war, fand es natürlich hinreißend. Dann stieß er einen stummen Seufzer aus.

»Probleme, Mr. Scott?« fragte Kirk.

Tooch beschäftigte sich mit der Überprüfung der eingegebenen Transfermuster der an Bord kommenden Persönlichkeiten, und Scotty nutzte den Augenblick, um leise zum Captain zu sagen: »Da ist man so weit gereist, und doch gibt es keine größere Entfernung als das Alter. Ist es nicht eine Schande?«

Kirk schenkte Spock und McCoy einen triumphierenden Blick, aber sie hatten es nicht gehört. Er nahm sich vor, es ihnen später zu erzählen.

»Die *Secord* signalisiert Bereitschaft«, meldete Tooch.

»Holen Sie sie an Bord, Mr. Scott.«

»Aye, Sir«, sagte Scotty und bediente die Kontrollen mit geübter Leichtigkeit.

Die Transporterplattform fing an zu schimmern, und Augenblicke später tauchten auf ihr mehrere vertraute und einige unvertraute Gestalten auf.

Die bekannten Gesichter sahen etwas älter und müder aus, stellte Kirk fest; aber andererseits konnte man dies mit der Ausnahme Toochs von jedem im Raum Anwesenden sagen. Tatsächlich. Die Entfernung.

Kirk trat vor und streckte die Hand aus. »Botschafter Fox...«

Fox verließ mit festem Schritt die Plattform und schüttelte fest Kirks Hand. Als er noch jünger gewesen war, hatte das Grau in seinem Haar distinguiert gewirkt. Nun ließ es ihn einfach alt aussehen. Aber er hielt sich noch immer aufrecht, und die zusätzlichen Jahre im diplomatischen Dienst hatten nur zu seiner allgemeinen Selbstsicherheit beigetragen.

»Captain Kirk«, erwiderte er formell. »Es ist lange her.«

»Das kann man wohl sagen.«

Fox warf einen raschen Blick auf McCoy, Spock und Scotty. »Wie ich sehe, haben Sie noch denselben Stab.«

»Warum sollte ich das Glück herausfordern?« fragte Kirk.

»Ja, eben. Ein paar graue Haare mehr, aber das bleibt keinem von uns erspart. Ich freue mich, Sie wiederzusehen, Captain. Und ich freue mich darauf, mit Ihnen und Ihren äußerst fähigen Leuten zusammenzuarbeiten.«

»Danke.« Angesichts der Verachtung und der Arroganz, mit der Fox sie beim letztenmal während der Affäre auf Eminiar VII behandelt hatte, war dies beinahe Renegatentum.

Fox deutete auf einen hochgewachsenen, zart aussehenden Andorianer. »Das ist Thak, der andorianische

Charge d'affaires. Außerdem gehört er zu den hochrangigsten Wissenschaftlern seines Volkes.«

Thak verbeugte sich leicht und sprach mit der leise modulierten, leicht lispelnden Stimme, die wirkungsvoll die Tatsache verbarg, daß die Andorianer zu den tödlichsten Kriegern der Föderation gehörten. »Ich freue mich außerordentlich, Sie kennenzulernen, Captain Kirk. Und auch Ihre Offiziere.«

»Und dies«, fuhr Fox fort, »ist Shondar Dorkin, ein hochrangiger tellaritischer Experte für gesellschaftliche Entwicklung.«

Shondar Dorkin machte sich gar nicht erst die Mühe, etwas zu sagen, er grunzte nur, als sie einander vorgestellt wurden. Dorkin und Thak hatten ihre jeweiligen Assistenten mitgebracht, schienen sie jedoch beide völlig zu ignorieren.

Nur ein Mann war auf der Plattform geblieben. Er stand hochaufgerichtet und beeindruckend da und schaute mit starrem Blick vor sich hin. Er war in etwa so angezogen, wie Kirk ihn in Erinnerung hatte, wirkte aber irgendwie … kleiner. Ja, das war es. Seine Schultern waren im Laufe der Jahre eingesunken. Als er ihn zuletzt gesehen hatte, hatte er überwältigende Würde ausgestrahlt. Nun schien sie aus ihm herausgesickert zu sein.

»Und«, sagte Botschafter Fox, »Sie erinnern sich bestimmt noch an Dr. Richard Daystrom.«

»Natürlich. Doktor Daystrom.« Kirk streckte erneut die Hand aus.

Daystrom stierte sie an, als hätte Kirk eine obszöne Geste gemacht. Dann ergriff er sie sehr langsam, um sie zu schütteln. Doch sein Griff war nicht fest, und seine Handfläche fühlte sich verschwitzt an.

»Captain …«, setzte Daystrom an. Seine Stimme war noch immer ein kräftiger Baß. Aber dann brach er ab, als könne er sich nicht mehr an das erinnern, was er hatte sagen wollen.

Kirk sagte sofort: »Sie erinnern sich doch noch an Mr. Spock und Dr. McCoy?« Er betonte subtil McCoys Namen, um den medizinischen Offizier der *Enterprise* darauf hinzuweisen, Daystrom sofort Aufmerksamkeit zu schenken. McCoy verstand den Hinweis auf der Stelle und sagte: »Freut mich, Sie wiederzusehen, Dr. Daystrom.«

Daystrom lächelte schneidig, doch in seinem Lächeln lag ein solches Leid, daß selbst Kirk Schmerzen empfand. Aber Daystrom reagierte sofort auf McCoys geübte Medizinerart und entspannte sich sichtlich.

»Sie sehen müde aus, Dr. Daystrom«, fuhr McCoy fort.

»Ja … ja …«, murmelte Daystrom und rieb sich über die Stirn. »Es war eine sehr lange Reise, und ich bin … erschöpft.«

»Draußen wartet jemand auf Sie, der Ihnen Ihre Unterkünfte zeigen wird«, sagte Kirk. Seine Stimme wurde etwas lauter, als er die anderen Anwesenden ansprach. »Sobald die *Secord* außer Reichweite ist, brechen wir zu unserem Ziel auf. Wir werden schätzungsweise in …«

»Sechsundzwanzig Komma drei Stunden«, sagte Spock lebhaft.

»… dort ankommen«, fuhr Kirk fort. »Um 14.00 Uhr treffen wir uns zu einer Besprechung, damit alle auf den aktuellen Stand gebracht werden und jeder weiß, was er zu tun hat.«

»Wollen Sie damit andeuten, ich könnte meinen Pflichten nicht nachkommen?« grunzte Shondar Dorkin schroff.

Kirk setzte eine leidenschaftslose Miene auf. Seine lange Praxis im Umgang mit Tellariten kam ihm gut zupaß. »Nein, Shondar«, sagte er und sprach den Tellariten mit seinem Titel an. »Ich möchte nur dafür sorgen, daß jeder die Parameter der jeweils anderen kennt, damit Ihnen bei Ihren wichtigen Tätigkeiten niemand ins Handwerk pfuscht.«

Seine Stimme war vorsichtig neutral, und der Tellarit bemerkte den leichten Sarkasmus überhaupt nicht, weil menschlicher Sarkasmus für Tellariten ein Zeichen des Respekts war.

»Gut«, sagte der Shondar. »Auf diese Weise werden wir ausgezeichnet zusammenarbeiten.«

»Ich freue mich, daß Sie es gutheißen«, sagte Kirk.

Kurz darauf wurde die von der Föderation zusammengestellte Forschergruppe, die mit den Calligariern Kontakt aufnehmen sollte, zu ihren Quartieren begleitet, während Kirk, Spock, McCoy und Scotty zurückblieben.

»Pille«, sagte Kirk leise, »ich möchte, daß du Dr. Daystrom im Auge behältst. Sein Nervenzusammenbruch ist schon ein paar Jahre her, und Starfleet hat mir geschworen, er hätte sich völlig erholt, aber ...«

»Ich habe seine medizinische Akte studiert, bevor er an Bord kam«, sagte McCoy. »Er ist noch immer das brillante Computergenie wie damals. Und er hat sich dank jahrelanger Therapie von dem Zusammenbruch erholt. Aber der menschliche Geist ist ein sensibles Instrument, Jim. Wenn er einmal kaputt ist, kann man ihn zwar reparieren, aber die Narben heilen nicht vollständig. Besonders, wie ich meine, bei einem so erbarmungslosen Intellekt wie dem Dr. Daystroms.«

»Du solltest mal mit ihm reden«, sagte Kirk.

»Mach ich«, erwiderte McCoy.

Kirk nickte zufrieden. Einen Moment später sagte er: »Angesichts aller Schwierigkeiten, die wir mit Botschafter Fox hatten, als wir das letztemal mit ihm zusammenarbeiten mußten, wirkte sein an uns gerichtetes Lob außergewöhnlich aufrichtig.«

»Es gibt da eine alte Redensart unter Diplomaten«, sagte Spock.

»Und wie lautet sie?«

»Der gesamte Schlüssel zur Diplomatie ist Aufrichtigkeit. Wenn man sie erst einmal vortäuschen kann, ist der Rest ganz einfach.«

Kirk schaute Spock eine Weile an, dann fiel sein Blick auf McCoy. Er deutete mit dem Kopf in Richtung des Vulkaniers und sagte: »Er war zu lange in deinem Dunstkreis. – Mr. Spock ...« Er wandte sich wieder dem Ersten Offizier zu. »Ich glaube, Sie entwickeln sich zu einem Zyniker.«

»Zuerst ein Meister der Logik, und jetzt ein Meister des Zynismus«, sagte McCoy.

Spock nickte langsam. Er schien ihm zuzustimmen. »Ich hatte ja auch ausgezeichnete Vorbilder, die ich studieren konnte, Doktor. In dieser Hinsicht war ich wirklich ein Glückspilz.«

10

Richard Daystrom saß in seiner Kabine und starrte auf den Computerbildschirm. Seine Finger strichen sanft über das Gehäuse. Er war wie ein Vater, der sein Kind streichelt.

»Computer«, sagte er leise.

»Dienstbereit.«

»Identifiziere mich.«

»Dr. Richard Daystrom«, sagte der Computer. »Erfinder der duotronischen Systeme, die als Grundlage der von Starfleet verwendeten Computersysteme dienen. Träger des Nobel- und des Z-Magnee-Preises.«

Daystrom nickte. Eine hübsche Kurzidentifikation. »Und was habe ich in letzter Zeit getan?« fragte er.

»Sie haben einen Nervenzusammenbruch erlitten.«

Daystrom verzog das Gesicht. »Und seither?«

»Sie haben sich von dem Nervenzusammenbruch erholt.«

»Und seither?«

»Spezifizieren Sie.«

»Habe ich irgend etwas getan ...« Er suchte nach dem passenden Begriff. »Habe ich irgend etwas Bemerkenswertes geleistet?«

Der Computer zögerte nicht. »Negativ.«

Daystrom saß einen Moment lang da, dann neigte er den Kopf und schlug mit der Schläfe gegen die Ecke des Bildschirms. Er bekam kaum mit, daß sich die Tür zu seiner Kabine gerade geöffnet hatte.

»Hallo, Doktor.«

»Hallo, Doktor«, erwiderte Daystrom. Es war McCoy.

Daystrom preßte die Lippen aufeinander. »Habe ich Sie jetzt schon am Hals?«

»Ich bin nicht dienstlich hier«, sagte McCoy und nahm ihm gegenüber Platz.

Daystrom schwang den Stuhl herum, um ihn anzusehen. »Sie sind nicht nur dienstlich hier«, erwiderte er, »Sie unterziehen sich auch noch der außerordentlichen Mühe, mich in dieser Hinsicht anzulügen.«

Statt darauf einzugehen, bemerkte McCoy, daß der Computer aktiviert war, und fragte: »Was machen Sie denn gerade?«

»Ich erstelle eine Diagnose.«

»Über den Computer?«

Daystrom lächelte, als wolle er sich selbst verspotten. »Nein, Dr. McCoy. Über mich.«

McCoy nickte. »Und wie fällt Ihre Diagnose aus?«

»Sie ist nicht sehr schmeichelhaft.«

Es war eigenartig, dachte McCoy. Wenn Daystrom sprach, klang er leise, flach und monoton. Außerdem hatte er nun die schreckliche Angewohnheit, über extrem lange Zeiten nicht einmal die Lider zu bewegen. Es brachte einen sehr aus der Fassung.

»Ich bin nicht hier, um Wortklaubereien zu betreiben, Doktor«, sagte McCoy. »Ich habe Ihre medizinische Akte studiert. Sie müssen doch gewußt haben, daß ich es tun würde.«

»Sie sind der Chefarzt an Bord«, brummte Daystrom. »Ich wäre entsetzt gewesen, wenn Sie es nicht getan hätten.«

Für McCoys Ohren klang Daystrom nicht wie jemand, der in der Lage gewesen wäre, in diesem Moment Entsetzen zu empfinden. Er klang nicht einmal wie jemand, der in der Lage war, überhaupt etwas zu empfinden. »Doktor …«

»Bitte«, sagte Daystrom und hob eine schlanke Hand. »Wir haben doch beide einen Titel. Lassen wir den Kram. Nennen Sie mich Richard. Und ich nenne Sie …«

»Dr. McCoy.«

Daystrom blinzelte teilnahmslos, und McCoy legte eine Hand auf seinen Unterarm. »Es war nur 'n Witz«, sagte er. Aber er spürte die Spannung unter Daystroms Haut. Der Mann war wie eine aufgezogene Feder. »Bitte, nennen Sie mich Leonard. Oder Pille.«

»Pille?«

McCoy zuckte die Achseln. »Ist ein Spitzname. Früher haben die Ärzte ihren Patienten nämlich pfundweise Tabletten verschrieben ...«

»Als ich jünger war, hatte ich auch einen Spitznamen«, sagte Daystrom. Er sprach nun wieder flach und monoton; dabei hätte er bei seinen Jugenderinnerungen doch aufleben müssen.

»Wirklich? Welchen denn?«

Daystrom schaute ihn mit seinen toten Augen an. »Der Bekloppte.«

»Ach ...« McCoy schaute zu Boden. Dann sah er Daystrom wieder an. »Richard, was machen Sie hier?«

»Starfleet ist an der calligarischen Computertechnik interessiert, über die wir gegenwärtig noch rein gar nichts wissen. Bei der ersten Begegnung mit der *Enterprise* wollten die Calligarier nicht über ihre diesbezüglichen Entwicklungen reden. In gewissen Kreisen hofft man aber, daß sich ihr Verhalten in den vergangenen Jahrzehnten geändert hat. Ich bin trotz meiner weithin diskutierten mentalen Probleme noch immer Experte. Man hat mich sogar in einem hochgeschätzten medizinischen Journal als Fall beschrieben.«

»Ich weiß«, sagte McCoy. »Ich hab's gelesen.«

Daystrom hob ironisch eine Braue. »Und was haben Sie davon gehalten?«

»Ich dachte, der Autor war daran interessiert vorzuführen, wie gerissen er doch Ihre Schwierigkeiten erforscht hat.«

»Ich bin ein Genie«, sagte Daystrom. »Das ist keine Prahlerei, sondern eine quantitativ belegte Tatsache.

Man meint allgemein, fortgeschrittene Denker sollten so weit entwickelt sein, sich keine Gedanken über solche Kleinigkeiten wie mentale Instabilität zu machen.«

»Historisch gesehen war diese Meinung nicht immer richtig«, sagte McCoy.

»Nein, Leonard«, sagte Daystrom ernst. »War sie nicht.«

Er stand auf und durchquerte langsam die Kabine, als wolle er ihre Grenzen abschreiten, dann kehrte er zu seinem Stuhl zurück. Er lehnte sich an die Rückenlehne, die Knöchel seiner Hand arbeiteten unter der Haut. Sein Blick war, wenn er sich überhaupt auf etwas konzentrierte, nach innen gerichtet.

»Sie haben keine Vorstellung«, sagte er leise, »wie viele Menschen sich gefreut haben, als ich zusammenbrach. Wenn man ein Genie ist, denkt man kaum an die Menschen, die man auf dem Weg nach oben hinter sich läßt. Man sieht in ihnen Hindernisse auf dem Weg zum Ziel. Mehr sind sie nicht. Und jedesmal, wenn ein Genie einen dieser geringeren Menschen überholt, ist es stolz auf die göttliche Richtigkeit seines Handelns. Die Starken überleben, indem sie auf die Schwachen treten. Das verstehen Sie doch, Leonard, nicht wahr? Genies sind riesige, zermalmende Mäuler, die die Lebensfunken der Menschlichkeit fressen, die das Fett, den Abfall, die Knorpel ausspucken und nur das Protein als Mahlzeit behalten. Die Qualität. Das Fleisch der Menschheit.«

»Richard ...«

Daystrom richtete einen festen Blick auf McCoy. »Ich versichere Ihnen, Leonard, mit mir ist alles in Ordnung. Ich werde bloß zunehmend philosophisch. Ich bin keine Gefahr für das Schiff, die Mannschaft oder unsere Mission. Mein Intellekt ist noch immer intakt ... ein äußerst glücklicher Umstand, wenn man bedenkt, daß meine Familie, mein persönliches Glück und mein persönlicher Stolz es nicht mehr sind.« Offenbar dachte er noch weiter über die Sache nach, dann sagte er: »Machen Sie sich Sorgen um mich, Leonard?«

McCoy dachte darüber nach, dann sagte er: »Ich mache mir Sorgen. Aber ich vertraue darauf, daß Sie in der Lage sind, Ihre Arbeit zu tun. Ihre Zuversicht hat Sie vielleicht verlassen … Möglicherweise sehen Sie in einem halbvollen Glas nun ein halbleeres, aber ich glaube, daß Sie mit allem fertig werden können, was auf Sie zukommt.«

»Das ist gut zu wissen«, sagte Daystrom. »Das ist sehr gut zu wissen. Und nun … Wenn Sie nichts dagegen haben … Ich möchte gern eine gewisse Zeit allein sein.«

»In Ordnung.« McCoy stand auf. »Sie sollten allerdings wissen, daß meine Tür Ihnen jederzeit offensteht.«

»Es klingt ziemlich zugig«, sagte Daystrom ausgeglichen.

»Nur, damit Sie's wissen«, sagte McCoy und verließ Daystroms Kabine. Daystrom wartete, bis das Geräusch seiner Schritte verhallt war.

Dann beugte er sich vor und sagte: »Computer …«

»Dienstbereit«, sagte der Computer.

Er faltete seine Hände und sagte: »Identifiziere mich.«

»Dr. Richard Daystrom …«, begann der Computer.

Daystrom lauschte ihm. Seine gefalteten Hände verkrampften sich so sehr, daß er irgendwann glaubte, seine Finger müßten brechen. Und sein Brustkorb fing an zu zittern …

»Er schafft es schon«, sagte McCoy zu Kirk.

Kirk schaute von seinem Schreibtisch auf. »Gut«, sagte er. »Freut mich, das zu hören. Daß einer unserer wichtigsten Leute das geistige Gleichgewicht verliert, ist das letzte, was wir in einer solch heiklen Situation brauchen können. Wir sehen uns dann bei der Konferenz.«

»Ich würde sie um nichts in der Welt versäumen«, sagte McCoy.

11

Dies ist die Anomalie T-218 – der Riß«, sagte Kirk, »wie er vor fast vier Jahrzehnten war – und wie er bald wieder sein wird.«

Auf dem Bildschirm im Konferenzraum wogte der Riß in seiner ganzen kosmischen Pracht und Herrlichkeit. Kirk schaute seine Stabsoffiziere und die von der Föderation zusammengestellte Gruppe aus Diplomaten und Wissenschaftlern an.

Sie alle studierten die alten Aufzeichnungen mit großem Interesse und äußerster Faszination. Shondar Dorkin beugte sich vor und murmelte seinem Assistenten etwas in schroffem Tellaritisch zu, woraufhin dieser ein schweinisch grunzendes Lachen ausstieß. Es handelte sich wahrscheinlich um eine obszöne Bemerkung über den Riß, und Kirk war sehr erfreut, daß er nicht verstand, worum es ging.

Er mußte allerdings erkennen, daß Commodore José Tyler sich den Riß aufmerksamer als alle anderen anschaute. Er schien in der Tat von seinem Anblick höchst fasziniert zu sein. Kirk wußte, was ihm durch den Kopf ging; deswegen betete er zu allen eventuell zuhörenden Göttern, daß dem Commodore eine große Enttäuschung erspart blieb.

»Was die Beschaffenheit des Risses angeht«, sagte Kirk, »sind Sie ja bereits unterrichtet worden. In weniger als neun Stunden sind wir am Ort des Geschehens. Dann öffnet sich der Riß so weit, um uns Zugang nach Calligar zu gewähren.«

»Wie erfahren wir, ob man uns erwartet – oder überhaupt sehen will?« sagte Sulu. Er hatte alles über Calligar gelesen und wußte, wie isolationistisch das dort lebende Volk war.

»Man hat vorgesorgt«, sagte Spock. »Wenn sich der Riß öffnet, geht es nicht schlagartig vor sich. Er durchlebt – wenn Sie so wollen – so etwas wie ›Geburtswehen‹. Bevor der Riß sich ganz öffnet, entsteht eine Reihe kleiner, fast unmeßbarer Spalten. Nach unserem Standard sind sie praktisch kaum größer als ein Nadelöhr – aber ausreichend für eine Kommunikation durch den Subraum.«

»Starfleet hat mit den Calligariern kommuniziert!« sagte Shondar Dorkin und wurde schlagartig äußerst bombastisch. »Meine Regierung wurde nicht darüber informiert! Bei Lebewesen von der Macht der Calligarier kann es keine exklusive Kommunikation ohne die Bedrohung der äußerst wichtigen Machtstruktur geben, die …«

»Die tellaritische Regierung wurde informiert, Shondar«, sagte Spock mit unendlicher Geduld.

»Unsinn! Sie lügen!«

»Vulkanier lügen nicht«, sagte nun Thak mit seinem leicht unheimlichen Flüstern. »Aus irgendeinem Grund hat man es nur nicht für nötig gehalten, Sie zu informieren.«

»Nicht für nötig gehalten?« plusterte Dorkin sich auf. »Das ist doch wohl …«

»Shondar«, sagte Kirk, wobei er darauf achtete, die Betonung auf die zweite Silbe zu legen, da er sonst den Eindruck hätte erwecken können, wenig Respekt zu zeigen, »entweder wurde Ihre Regierung aufgrund irgendeines Versehens der Föderation nicht informiert, oder Sie wurden nicht informiert, weil Ihre Regierung irgend etwas übersehen hat. Wie dem auch sei … Es sieht so aus, als hätten wir es mit einem Fauxpas zu tun. Können wir uns darauf einigen, daß irgend jemand geschlafen hat – und in der Sache fortfahren?«

»Fopah!« brüllte Shondar Dorkin. Zu Kirks Erstaunen sprang er auf die Beine und warf dabei seinen Stuhl um. »Sie wagen es?! Sie *wagen* es, mich einen *Fopah* zu nennen? Ist Ihnen klar, Kirk, daß Sie uns mit diesem Wort den Krieg erklärt haben?«

»Was?!« Kirk war sprachlos. Er schaute sich um. »Könnte bitte jemand ...«

Botschafter Fox hob eine Hand und sagte: »Es liegt an diesem Wort, Captain.«

»An welchem Wort? Was ...« Dann riß Kirk die Augen auf, und es wurde ihm klar. Er mußte sich bemühen, nicht zu lachen, und es fiel ihm etwas leichter, als er erkannte, wie ernst die Lage wirklich war. »Natürlich! Shondar ...«

Dorkin eilte bereits zur Tür, dann wirbelte er auf dem Absatz herum und sagte: »Was wollen Sie, Erdling?«

»Das Wort entstammt einer irdischen Sprache und wird F-A-U-X-P-A-S buchstabiert, nicht *F-O-P-A-H.* Es hat mit der obszönen tellaritischen Beleidigung, von der Sie geglaubt haben, ich hätte sie ausgesprochen, nichts zu tun. Wir sagen es oft anstelle von *Fehler.*«

»Was?« sagte der verwirrte Tellarit. »Was?!«

Spock trat vor und sagte: »Es ist so, wie der Captain es sagt, Shondar. Es ist nur eine irdische Redewendung, die sich auf Lebewesen bezieht, die einen Irrtum begehen.«

»Es hat nicht im geringsten etwas mit dem Wort zu tun, von dem Sie glauben, daß ich es ausgesprochen habe – ich habe nicht einmal daran *gedacht*«, sagte Kirk.

»Captain Kirk bittet wegen seiner Tölpelhaftigkeit völlig zerknirscht in aller Form um Vergebung«, sagte Fox.

Kirk warf ihm einen giftigen Blick zu. »Na ja, so war's nun auch wieder n ...«

»Sie sei ihm gewährt«, grunzte Dorkin. Er winkte seinem Assistenten, daß er an seinen Platz zurückkehren sollte, und nahm ebenfalls Platz.

»Ich freue mich, daß die Sache aus der Welt ist«, sagte Kirk und zwang sich zu einem Lächeln. »Selbst in unserer fortgeschrittenen Zeit kann es bei der Kommunikation schon mal Zoff geben, wenn…«

»Zoff!« heulte der Tellarit und sprang auf die Beine. »Wie können Sie es *wagen …!*«

Diesmal war es der Andorianer, der gnädigerweise eine Hand auf Dorkins Schulter legte und ihn mit überraschend eiserner Kraft auf seinen Stuhl zurückdrückte. »Hören Sie bitte zu«, sagte er fest zu dem Shondar.

Kirk verdrehte die Augen. »Ich glaube, die Besprechung würde viel effizienter ablaufen, wenn *alle* einfach nur zuhören. Ob das wohl möglich ist?«

Rings um den Tisch wurde ihm zugestimmt. Kirk rieb sich über die Stirn, bemühte sich, den Schmerz zu lindern, den er dort spürte, und sagte: »Ich habe völlig den Faden verloren. Wo waren wir?«

»Bei der Subraum-Kommunikation«, eilte Chekov ihm zu Hilfe.

»Ach ja. Danke. Wir waren per Subraum-Kommunikation in der Lage, mit dem Calligariern zu sprechen und die Bestätigung zu erhalten, daß sie tatsächlich sehr stark daran interessiert sind, Kontakt mit uns zu halten. Der von ihnen genannte Grund und ihr Interesse sind identisch: Sie wollen über unseren Fortschritt auf dem laufenden bleiben und uns dafür eine Vorstellung von dem geben, wie ihre Technologien und ihre Gesellschaft funktionieren.«

»Haben Sie irgendeine Ahnung, mit wem man kommuniziert hat?« fragte Tyler. »War es Zyo? Der Baumeister?«

»Soweit ich weiß, wurden keine Namen genannt«, sagte Kirk. »Ich habe keine Ahnung, wer für die calligarische Seite gesprochen hat.«

Tyler setzte sich wieder hin; er sah nachdenklich aus.

»Wenn wir den Riß erreicht haben«, fuhr Kirk fort, »warten wir, bis er sich so weit wie nötig geöffnet hat und stabil ist. Wir schicken erst jemanden hindurch, wenn ich überzeugt bin, daß es für alle Beteiligten sicher ist.« Erneut nickten die Umstehenden, und Kirk wandte sich Spock zu, um ihm das Zeichen zu geben, daß er fortsetzen sollte.

Spock hatte keine Probleme damit. »Die *Enterprise* wird nicht durch den Riß fliegen. Allem Anschein nach war die Größe des Schiffes beim letztenmal der Hauptfaktor für die Auflösung des Risses, was dazu führte, daß er sich unplanmäßig wieder schloß. Wir werden statt dessen eine auf einen Warpschlitten montierte Raumfähre einsetzen.«

»Warpschlitten?« fragte Fox. »Verzeihen Sie meine Unwissenheit, aber ... als Diplomat ist man mit den neuesten Entwicklungen natürlich nicht immer vertraut.«

»Ein Warpschlitten«, sagte Spock, »ist eine kleine, abgeschlossene Warp-Antriebseinheit, die an einem Nicht-Warp-Fahrzeug angebracht wird. Er kann Warp drei erreichen. Der Treibstoffverbrauch ist freilich sehr hoch, und ein Warpschlittenfahrzeug kann das Antriebssystem nur maximal eine halbe Stunde verwenden. Danach ist die Fähre völlig vom Impulstriebwerk abhängig.«

»Was bedeutet, daß sie unter der temporalen Belastung des Risses in Stücke gerissen würde«, fügte Scotty hinzu.

»Als wir das letztemal hindurchflogen«, sagte Tyler, »haben wir alle möglichen Zeitfluktuationen erlebt. Es war die echte Hölle.«

»Ach«, sagte Scotty, »das war aber noch mit dem alten Triebwerk, Sir. Als die alten Warps und Hypersysteme verdichtet und zum heutigen Warpantrieb verfeinert wurden, wurde auch das Warpfeld verstärkt, das die *Enterprise* sogar vor der Standardbelastung des Überlichtfluges bewahrt.«

»Und die Warpeinheiten des Schlittens?«

»Das gleiche, Sir«, sagte Scotty. »Deswegen müßten sie mehr als ausreichen, um die Insassen vor der temporalen Belastung zu schützen.«

»Gut«, sagte Tyler. Er wirkte außerordentlich erleichtert. »Ich kann nämlich nicht behaupten, daß ich sonderlich scharf darauf bin, die Sache noch mal zu erleben. Auch knapp vier Jahrzehnte später ist es noch immer eins der schauerlichsten Dinge, die mir widerfahren sind.«

»Woher wissen wir, daß es nicht irgendein Trick ist?« fragte Shondar Dorkin. »Wir schicken unsere Leute hindurch, aber die anderen tun nichts dergleichen. Vielleicht sitzen wir noch in zweiundsiebzig Stunden wie die Dummköpfe hier herum, und dann schließt sich der Riß eventuell, weil wir es dummerweise zugelassen haben.«

»Andere Angehörige des Föderationsrates haben ungefähr das gleiche gesagt«, gab Kirk zu. »Wir leben offenbar in argwöhnischen Zeiten.«

»Es ist nicht mehr so wie früher, was, Captain?« sagte Tyler lächelnd.

Kirk nickte und fuhr dann fort. »Allerdings hat die Verständigung mit Calligar dies bereits behandelt. Als Teil ihres Interesses an uns, und um den Geist der interstellaren Harmonie aufrechtzuerhalten, haben die Calligarier zugestimmt, einen Vertreter zu uns zu schikken – als Teil eines Austauschprogramms für die Dauer der Passierbarkeit des Risses.«

»*Nur einen* Vertreter?« grollte Dorkin.

»Ja, Sir«, sagte Spock. »Einen.«

»Wir schicken Ihnen eine Gruppe hochkarätiger Forscher, und sie schicken nur einen?« schnaubte Dorkin. »Was wollen sie uns damit zu verstehen geben? Daß einer von ihnen so viel wert ist wie wir alle?«

»Es gibt gewisse Umstände«, murmelte Thak, »unter denen ich bereit wäre, diese Vorstellung zu diskutieren.«

Shondar Dorkin warf ihm aus seinen Schweinsäuglein einen argwöhnischen Blick zu.

»Wir sind in jeglicher Hinsicht Gäste der Calligarier«, sagte Kirk. »Sie haben nichts getan, um bei uns den Eindruck zu erwecken, daß sie Hintergedanken haben oder irgendwelche schrägen Züge planen.«

»Es behagt mir trotzdem nicht«, brummte Dorkin.

»Den Tellariten behagt nichts in dieser Galaxis«, sagte Thak. »Was in etwa dem entspricht, wie die Galaxis die Tellariten sieht.«

Dorkin wandte sich grollend zu ihm um. »Sollte das etwa eine Beleidigung sein, Andorianer?«

Thak erwiderte sichtlich aufgebracht: »Es sollte keine sein. Es war eine. Ihre unaufhörliche Streitlust kann auch geistig gesündere Wesen in den Irrsinn treiben.«

»Thak«, sagte Kirk warnend.

»Was verstehen denn die Andorianer von geistiger Gesundheit?« fauchte Dorkin. »Ihr mit eurem ewigen Etepetete und eurem Gelispel. Und ihr bezeichnet euch als Kriegervolk! Ihr würdet nicht mal die ersten fünf Minuten eines tellaritischen Erwachsenenritus überleben!«

»Shondar Dorkin.« Kirk wandte sich dem Tellariten zu. Als Captain bestand seine Aufgabe darin, so diplomatisch wie möglich zu sein, aber nun platzte ihm allmählich der Kragen.

»Würden Sie bitte in eine andere Richtung sprechen?« sagte Thak freundlich zu Dorkin. »Bei Ihrem Atem rollen sich meine Antennen ein.«

Shondar Dorkin war sofort auf den Beinen, wie übrigens auch Thak, der sich mit rasender Geschwindigkeit bewegte. Botschafter Fox stotterte überrascht etwas. Tyler grinste breit, als freue er sich, nach langer Zeit wieder einmal einer Keilerei beiwohnen zu dürfen. Kirk wollte die beiden gerade zur Ruhe rufen, doch der Ärger blieb ihm erspart.

Ein donnernde Stimme übertönte das Durcheinander

im Konferenzraum. Sie klang befehlend. Und wütend. Sie war voller Autorität und so tief, daß das Mobiliar fast vibrierte.

»Setzen Sie sich hin und halten Sie die Klappe!«

Die Köpfe der Anwesenden fuhren herum und schauten Richard Daystrom an. Er hatte sich auf seinem Stuhl um keinen Zentimeter bewegt. Seine Finger lagen aneinander, und seine Augen brannten kalt, als er hinzufügte: *»Sofort.«*

Einen Moment lang herrschte Stille, dann neigte der Andorianer in erstaunlich freundlicher Weise leicht den Kopf. Und setzte sich hin. Shondar Dorkin blieb einen Moment stehen, doch die Stille hatte sich wie ein Leichentuch über den Raum gelegt, und kurz darauf nahm er ebenfalls Platz.

Als hätte es gar keine Unterbrechung gegeben, nahm Kirk den Faden wieder auf. »Da die Calligarier stets offen zu uns waren, haben wir keinen Grund zu der Annahme, daß sie es diesmal nicht sind. Tatsächlich könnte man die Tatsache, daß sie uns einen Vertreter schicken, leicht als an uns gerichtete Geste des Vertrauens deuten, um uns zu sagen, daß sie die Absicht haben, die Tradition der ehrlichen Gespräche beizubehalten.«

»Na schön«, grunzte Dorkin. »Wenn Sie meinen...«

»Die Calligarier haben sogar zugestimmt, ihren Vertreter zuerst zu schicken«, sagte Kirk. »Sobald sie es getan haben, schicken wir unsere Gruppe los, die aus Mr. Spock, Commander Scott, Dr. Daystrom, Commodore Tyler, Botschafter Thak...«

»Ein einfaches ›Thak‹ reicht auch«, sagte Thak. »Ich habe etwas gegen Titel.«

»...Thak«, fuhr Kirk fort, »und Shondar Dorkin bestehen wird. Wir werden in ständiger Subraumverbindung miteinander bleiben und uns stündlich Mitteilung machen. Mr. Spock wird das Kommando leiten. Ich nehme an, Sie alle haben Verständnis dafür. Es ist mir gleich, welche Position Sie in Ihren jeweiligen Regierungen einnehmen. Er hat das letzte Wort.«

Tyler räusperte sich laut, und Kirk wandte sich rasch zu ihm um. »Ich bin mir zwar bewußt, daß Sie der ranghöchste Offizier sind, Commodore, aber ...«

Tyler schüttelte den Kopf und hob lächelnd eine Hand. »Es war nur ein Scherz, Captain. Dies ist eine Mission der *Enterprise.* Da Mr. Spock in unserer Gruppe der ranghöchste *Enterprise*-Offizier ist, bin ich mehr als glücklich, seine Autorität in dieser Sache zu bestätigen.«

»Vielen Dank, Commodore«, sagte Kirk ohne jede Ironie.

Ihr Wortwechsel hatte den Anschein von Spontaneität erweckt, aber in Wahrheit hatten Kirk und Tyler sich bereits vorher abgesprochen. Kirk hatte den Wissenschaftsoffizier als OvD des Unternehmens sehen wollen – besonders angesichts der Zusammenstellung des Restes der Kontaktgruppe. Tellariten und Andorianer neigten dazu, Menschen mit einer Mischung aus Amüsement und Geringschätzung zu betrachten, aber den zurückhaltenden und logischen Vulkaniern brachten sie – wenn auch manchmal grollenden – Respekt entgegen. Kirk war der Meinung gewesen, daß alles glatter laufen würde, wenn Spock die Leitung übernahm, und Tyler hatte ihm zu seiner Erleichterung zugestimmt.

»Botschafter Fox bleibt hier, um als offizieller Vermittler der Föderation mit dem calligarischen Vertreter zu reden. Hat noch irgend jemand Fragen?«

Er schaute sich schnell am Tisch um, aber offenbar wollte niemand mehr etwas sagen.

»Ja«, sagte Dorkin. »Ich habe noch eine Frage. Ich möchte wissen, wie lange Sie Ihrer Meinung nach noch damit fortfahren wollen, Tellariten mit so wenig Respekt zu behandeln.«

»Irgendwann wird auch Ihnen auffallen, Shondar«,

sagte Kirk eisig, »daß es immer so aus dem Wald herausschallt, wie man in ihn hineinruft.«

Dorkin stierte ihn finster an, dann flog sein Kopf plötzlich herum. »Was war das?« fragte er.

Sein Blick war auf Tyler konzentriert, der Scotty etwas zugemurmelt hatte. Der Ingenieur grinste breit. Die Tellariten verfügten offensichtlich über ein ziemlich scharfes Gehör. »Was haben Sie da über mich gesagt?« fragte Dorkin.

Scotty feuerte einen warnenden Blick auf Tyler ab, aber der Commodore schien sich nicht sonderlich darum zu scheren. Statt dessen setzte er ein zähnefletschendes Grinsen auf und sagte: »Ich habe gesagt, Sie sind ein Dämlack.«

Zunächst herrschte Totenstille. Dann schien der Tellarit zum Schrecken aller Anwesenden tatsächlich zu lächeln. Er erhob sich von seinem Sitz, deutete mit seiner haarigen Pranke auf Tyler und sagte in ernstem Tonfall: »Ich danke Ihnen.«

Tyler schaute Scotty an. Dann musterte er den Tellariten. »Nicht der Rede wert.«

Shondar Dorkin drehte sich um und eilte aus dem Raum; sein Assistent folgte ihm auf dem Fuße. An der Tür hielt er inne, deutete auf Tyler und sagte zu den Anwesenden: »Hier ist endlich mal ein Mensch, der weiß, wie man einem Tellariten mit Respekt begegnet.«

Er trat in den Korridor hinaus, allem Anschein nach stolz auf seinen Abgang. Und während er zu seinem Quartier zurückkehrte, fing selbst das scharfe tellaritische Gehör den Lachorkan nicht auf, der hinter der geschlossenen Tür des Konferenzraums erklang.

12

Montgomery Scott durchquerte den Maschinenraum wie ein König, der sein Reich besichtigte. Wenn er an den jungen Ingenieuroffizieren vorbeikam, nahmen diese leicht Haltung an oder warfen schlagartig nervöse Blicke auf die Monitore, die sie befehlsgemäß im Auge behalten sollten. Im gesamten Maschinenraum war bekannt, daß Mr. Scott ausnahmslos alles sah, was dort vor sich ging.

Was auch der Wahrheit entsprach. Aber sein Kennerblick betraf nicht nur Maschinen. Scott marschierte an dem Monitor des Warpgeneratoreninduktors vorbei und machte plötzlich einen Schritt zurück. Zwar tat Fähnrich Hicks hier Dienst, aber er wirkte leicht abwesend. Sein Blick war trüb, und seine Konzentration war nicht so, wie sie sein sollte – selbst als er sich auf Mr. Scott zu konzentrieren bemühte, schien er irgendwie durch ihn hindurchzusehen.

»Mr. Hicks«, sagte Scotty streng. »Drehen Sie sich um.«

Hicks drehte sich herum, er stand da, als hätte er einen Besenstiel verschluckt. »Jawohl, Sir«, sagte er.

Scotty beäugte ihn sorgfältig einen Moment lang. Dann beugte er sich vor, bis ihre Nasen sich fast berührten. Hicks wankte leicht, wie ein Busch, der von einer leichten Brise gezwungen wurde, sich zu wiegen. Dann fiel es Scotty wieder ein: Hicks war Trauzeuge des Mannschaftsangehörigen Flaherty, der in Kürze Fähnrich McGee heiraten wollte, und gestern hatten sie Flahertys letzten Junggesellenabend gefeiert.

»Hauchen Sie mich mal an, Mr. Hicks«, befahl er.

Hicks zuckte zusammen und stotterte: »Äh ... äh ... Mr. Scott, ich weiß nicht, ob ...«

»Anhauchen«, sagte Scott unmißverständlich. »Das ist ein Befehl, Bursche.«

Hicks verzog das Gesicht und tat es.

Er war *nicht* betrunken. *Überhaupt* nicht. Nicht im geringsten. Man roch nichts. Und die ausgebildete Nase Montgomery Scotts konnte eine Alkoholfahne sieben Meilen gegen den Wind riechen – zumindest wurde er nicht müde, damit anzugeben.

Aber Scotty konnte nicht nur riechen, ob jemand Alkohol konsumiert hatte. Sein Geruchssinn konnte noch viel mehr.

»Noch mal«, sagte er. Hicks, dem es deutlich peinlich war, kam seinem Befehl nach. Scotty schaute ihm fest in die Augen. »Dann war Mr. Chekov also da, was?«

Hicks riß erschrocken die Augen auf. »Wie ... Woher wissen Sie ...?«

»Ach, Junge, ich kann auch Wodka zwanzig Meter gegen den Wind riechen. Mr. Chekov war also eingeladen.« Er schüttelte in spöttischem Entsetzen den Kopf. Was er damit sagen wollte, war klar: Im Gegensatz zu mir.

»Mr. Chekov ... ist Flahertys direkter Vorgesetzter«, sagte Hicks.

»Und was bin ich für Sie?« fragte Scott. »Ein Schale Pommes frites?«

»Nun, ich ...«

»Ich glaube«, sagte Scott, »Sie widmen sich Ihren Pflichten nicht mit der erforderlichen Aufmerksamkeit. Glauben Sie nicht auch, daß eine Sonderschicht eventuell dazu beitragen könnte, das maximale Potential aus Ihnen herauszukitzeln, Mr. Hicks?«

Hicks schluckte.

»Jawohl, Sir.«

»Da ist er ja ...«

Scotty drehte sich um. Zu seiner Überraschung stand Commodore Tyler genau hinter ihm. »Ah, Commodore! Sie waren doch längst mit der Inspektion fertig. Sie können wohl nicht genug von den Orten bekommen, an denen auf Schiffen die wahre Arbeit getan wird, was?«

Hicks, dankbar für die Unterbrechung, wandte sich wieder seinen Pflichten zu, und Scotty und Tyler gingen weiter. »Viel beeindruckender als früher, nicht wahr?« sagte Scotty stolz. »Je komplizierter die Maschinen, desto mehr Platz braucht man, damit sie ordnungsgemäß laufen. Sie sind wirklich erwachsen geworden, meine Kleinen.«

»Bemerkenswert komplexe Apparaturen.«

»Komplex, ja, aber auch wunderbar autark. Sie haben so viele überflüssige Prüfsysteme und Selbstinstandsetzungsprogramme, daß ... ein Blinder Chefingenieur sein könnte, ohne daß sie an Wirksamkeit verlieren.«

»Ich glaube, Sie untertreiben Ihren persönlichen Einfluß und Ihre Wichtigkeit, Mr. Scott. Laut Captain Kirk tun Sie alles für die Maschinen, außer sie nachts warm zuzudecken.«

»Nun ja ... Ich war dafür bekannt, daß ich ihnen abends hin und wieder eine Geschichte vorgelesen habe. Natürlich nur dann, wenn sie brav waren und ihr Tellerchen leergegessen haben.«

Tyler schaute Scotty nachdenklich an. Dann sagte er: »Wissen Sie ... Sie kamen mir schon gestern auf der Brücke irgendwie vertraut vor, und jetzt ... Ich erinnere mich an Sie.«

»Sie erinnern sich an mich, Sir?« sagte Scotty.

»Wir hatten nicht viel miteinander zu tun«, sagte Tyler, »weil ich auf der Brücke war und Sie im Maschinenraum. Aber Sie ... Ohhh, ja! Wie konnte ich es nur vergessen? Lieutenant J. G. Montgomery Scott. Damals, auf der alten *Enterprise*. Mein Gott, haben Sie den Maschinenraum etwa noch nie verlassen?«

»Freiwillig nicht, Sir«, sagte Scott lächelnd.

Tyler nickte. »Sagen Sie mal, war der Mann eben auf seinem Posten ... blau?«

»Nein, Sir«, sagte Scotty ernst. »Das würden sich meine Jungs nie erlauben. Er war etwas ... hat wohl zu wenig gegessen, nehme ich an. Ich hab' ihn deswegen ermahnt. Es kommt nicht wieder vor. Kein Grund für eine formelle ...«

»Oh, natürlich nicht.« Tyler machte eine abfällige Geste. »Wenn ich's mir recht überlege, habe ich allerdings gesehen, daß Sie ihn ordentlich zur Minna gemacht haben.«

»Tja, Sir, wenn es um den Maschinenraum geht, ist die Disziplin natürlich das Allerwichtigste.«

»Was war der Grund für seine ... Geistesabwesenheit? Irgendein Ereignis?«

»Eine Junggesellenparty, Sir.«

»Sie waren dabei, als das Besäufnis stattfand?«

»Nein, Sir«, sagte Scotty steif. »Da ich Offizier bin, halte ich es für unpassend, auf diese Weise mit Offiziersanwärtern zu fraternisieren.«

»Ach so. – Sie waren nicht eingeladen.«

»Nein, Sir«, sagte Scotty mit einem leisen Seufzer. »Unter uns alten Schlachtrössern, Commodore ... Ich muß mich immer wieder fragen, wann wir *er* geworden sind.«

»*Er*, Mr. Scott?«

»Er. Der *Feind*, Sir. Die *anderen*. Die *ältere* Generation. Die *Opposition*. Die *Unerwünschten*. Wann sind wir dazu geworden? Ich habe mein Leben lang darauf gewartet, um dem Zeitpunkt aus dem Weg zu gehen, aber es sieht so aus, als hätte er mich überrannt. Wahrscheinlich ist es passiert, als ich irgendwann anfing, Mittagsschläfchen abzuhalten. Ich habe mich immer gefragt, wann ich diese Linie übertreten habe.«

»Wann?« Tyler lächelte. »Wollen Sie die genaue Zeit?«

»Ich weiß nicht genau, wann es war«, sagte Scotty nachdenklich. »Ich hab's jedenfalls nicht so geplant. Aber irgendwann ist es passiert. Zuerst war ich einer von *uns*, und jetzt bin ich einer von *ihnen*. Verstehen Sie das, Sir?«

»Oh, nur allzu gut«, sagte Tyler. »Wir alle möchten kleine Stückchen unserer Vergangenheit bewahren, Mr. Scott. Für einige von uns ist es ganz einfach, ›einer der Jungs‹ zu sein. Für andere ist es ... etwas komplizierter.«

»Ja, aber ich bin doch Fachmann für Schwierigkeiten«, sagte Scotty.

»Auch das weiß ich nur allzu gut.«

»Sir?« Scotty hatte Schwierigkeiten, Tyler zu verstehen.

»Sie glauben, ich hätte es vergessen, was?«

Scottys Blick verengte sich. »Was sollen Sie vergessen haben, Commodore?«

»Den Destillierapparat. Das Gelage, das mitten im Maschinenraum stattfand ...«

»Sir!« sagte Scotty zutiefst beleidigt. »Ein solche Tat stünde zutiefst im Widersprich mit den Starfleet-Dienstvorschriften. Ich würde niemals eine solche ...«

»Untat?«

Scotty blinzelte. »Jawohl, Sir.«

»Dann erinnere ich mich wohl doch nicht mehr so genau«, sagte der Commodore verschmitzt. »Wenn man älter wird, wirft das Gedächtnis gelegentlich alle möglichen Dinge durcheinander.«

»Das nehme ich auch an, Sir«, sagte Scotty. »Liegt wahrscheinlich daran, daß man in der Jugend allzuviel von diesem selbstgebrannten Fusel säuft. Er läßt die Gehirnzellen verrotten.«

»Nein. *Alkohol* läßt die Gehirnzellen verrotten. Der Fusel, an den ich mich erinnere, fraß einem das Hirn einfach weg. Ich verneigte mich allerdings vor Ihrem Fachwissen in dieser Hinsicht, Mr. Scott.«

Die Kom-Einheit an der Wand piepste. Scott trat heran und aktivierte sie. »Maschinenraum. Scott hier.«

»Hier ist der Captain«, sagte Kirks Stimme. »Ist Commodore Tyler unten bei Ihnen?«

»Ich bin hier, Captain«, erwiderte Tyler.

»In schätzungsweise zehn Minuten erreichen wir die Position vor dem Riß, Commodore.«

»Ich komme gleich hinauf. Tyler, Ende.«

Er wandte sich zu Scotty um und reichte ihm die Hand. Scotty drückte sie fest.

»Es war mir eine Freude, mich an alte Zeiten zu erinnern, Mr. Scott.«

»Ganz meine Meinung, Commodore.«

Tyler drehte sich um und verließ den Maschinenraum. Mr. Scott nahm langsam seine Runde wieder auf. Minuten später befand er sich wieder an der Station, an der der glücklose Mr. Hicks emsig seinen Aufgaben nachging.

»Mr. Hicks«, sagte Scotty mit todernster Stimme.

Hicks drehte ihm den Rücken zu, aber Scotty sah, daß er leicht zusammensackte und verzweifelt wirkte, weil er noch immer auf der schwarzen Liste seines Chefs stand. Er wandte sich langsam um, nahm Haltung an und straffte die Schultern. »Jawohl, Sir.«

Scotty neigte ganz leicht den Kopf und sagte: »Schlafen Sie ihn aus.«

»Sir?«

»Sie haben doch den Urgroßvater aller Kater, oder etwa nicht?«

»Nicht unbedingt, Sir«, erwiderte Hicks. »Aber den Großvater ganz bestimmt.«

»Na, prima. Schlafen Sie ihn aus, Junge. Das ist ein Befehl.«

Hicks, der diese Wendung der Ereignisse kaum glauben konnte, nickte und marschierte schnell aus dem Maschinenraum, bevor Mr. Scott es sich noch einmal anders überlegte. Scotty schaute hinter ihm her und lächelte innerlich, bevor er sich einem anderen Untergebenen zuwandte und sagte: »Und was glauben Sie, was Sie gerade sehen? Sehe ich etwa wie ein Dilithiumabweichungsmonitor aus?«

»Es ist wirklich ein bemerkenswerter Anblick«, sagte Kirk.

Er studierte die Unterlagen der ersten Begegnung der *Enterprise* mit dem abnormen temporalen Phänomen, das man inoffiziell ›Pikes Riß‹ nannte. Chris Pike hatte den Namen angeblich nie ausstehen können und sich bei jeder Gelegenheit darüber lustig gemacht. Deswegen sprachen die Experten, wenn sie den Riß erwähnten, von der Anomalie T-128. Das Studium der Unterlagen war freilich nichts im Vergleich damit, auf der Brücke jenes Schiffes zu stehen, das dem Strukturriß im Universum viele Jahre zuvor als erstes begegnet war, und sich das Ding mit eigenen Augen auf dem Bildschirm anzusehen.

Das All wirbelte wie ein blasenwerfendes Miasma um den Riß herum und erinnerte an das, was er vielleicht am ersten Tag der Schöpfung hätte sein können. Kirk hatte irgendwie den Eindruck, einen kleinen Überrest der kosmischen Geschichte vor sich zu sehen.

»Die Nähte des Universums«, sagte er vor sich hin, »erscheinen und zeigen sich.«

McCoy, der links von ihm stand, erwiderte: »Für mich sieht es so aus, als würde das Universum aus den Nähten platzen.«

Kirk schaute zu ihm auf. »Das Alter zeigt sich bei uns allen, Herr Doktor. Vielleicht muß das Universum abspecken und mehr trainieren.«

»Genau diese Diagnose hätte ich auch gestellt«, bestätigte McCoy.

»Konstant fünftausend Kilometer«, meldete Chekov.

»Was macht der Riß?«

»Nichts, Sir«, sagte Sulu und musterte seine Instrumente. »Im Moment scheint er zu ...« Dann hielt er inne und schaute noch einmal hin. »Energiefluß, Sir. Wellenanzeige Alpha Neun, ansteigend.«

»Bestätige«, sagte Spock von der wissenschaftlichen Station her. »Der Riß öffnet sich wohl weiter. Sein Zyklus hat eingesetzt.«

Die Turbolifttür öffnete sich, und Tyler kam auf die Brücke. Diesmal wies sein Schritt kein Zögern auf, und in seinem Blick war nichts außer Erregung.

Kirk schaute ihn kurz an, dann fiel sein Blick wieder auf den Schirm. »Commodore«, sagte er, »ich dachte, Sie wollten zusammen mit den anderen in den Empfangsbereich runtergehen.«

»Wollte ich auch«, sagte Tyler. »Aber ich hab's mir anders überlegt. Eigenartig, wie das Universum funktioniert, nicht wahr, Captain?« Er machte einen Schritt hinab und blieb links von McCoy stehen. »Ich wollte es um keinen Preis verpassen.«

Der wirbelnde Riß nahm allmählich Formen an und öffnete sich unendlich langsam. Die Mannschaft schaute fasziniert zu, und auf allen Gesichtern zeigte sich so etwas wie Verblüffung. Als der Riß langsam immer breiter wurde, las Spock mit gleichmäßiger Stimme die Werte vor. Minuten später war er breit genug, um eine Raumfähre aufzunehmen, dann ein Raumschiff, dann gleich mehrere. Von innen kamen Signale des wirbelnden Zeitstrudels, aus dem er bestand.

Jede Information, jede mögliche Anzeige der Sensoren, die denen der Vergangenheit weit überlegen waren, wurden in die Computer der *Enterprise* eingespeist. Diese Informationen wurden wiederum mit Lichtgeschwindigkeit in den Hauptrechner von Starfleet überspielt und gingen von dort aus an alle Völker, die an diesem erhabenen und erregenden Abenteuer beteiligt waren.

Und doch waren es trotz der enormen Geschwindigkeit der Maschinen menschliche Augen, die im gleichen Moment etwas erblickten, in dem die Instrumente es registrierten.

»Captain«, sagte Spock, »die Sensoren melden …«

»Ich sehe es«, sagte Kirk. Tyler, der neben ihm stand, deutete mit der Hand darauf und sagte: »Da. Bei vier Uhr.«

Sulu schaute Tyler an und sagte munter: »Zweizwanzig, Markierung achtzehn.«

Tyler lächelte. »Sag ich doch.«

»Vergrößerungsstufe zwei, Mr. Sulu«, sagte Kirk.

Sofort vergrößerte der Bildschirm den Gegenstand, den inzwischen jeder auf der Brücke erblickt hatte.

Ein kleines Schiff tauchte aus dem Riß auf. Es hatte in etwa die Größe einer Raumfähre, aber seine Konstruktion war erstaunlich einfach – es war kaum mehr als ein Zylinder. Doch es bewegte sich mit erstaunlicher Schnelligkeit.

»Sensoren zeigen an, daß das Schiff mit Warp vier durch den Riß geflogen ist«, sagte Spock, »aber es hat beim Austritt auf halbe Impulsgeschwindigkeit reduziert.«

»Schneller als unsere Fähre«, sagte Kirk mit Erstaunen. »Und es hält in Null Komma nichts an. Commodore, haben die Calligarier bei der ersten Begegnung nicht behauptet, sie betrieben eigentlich gar keine ernsthafte Weltraumfahrt?«

»Das hat man uns erzählt«, erwiderte Tyler. »Andererseits haben sie aber auch bewiesen, daß sie sehr wohl in der Lage sind, sich allen Notwendigkeiten anzupassen. Immerhin waren sie fähig, Computerbauteile in allerkürzester Zeit herzustellen. Da sie nun so viel Zeit hatten, dürfte es eigentlich keine Überraschung sein, daß sie dermaßen aufgeholt haben.«

Das Fahrzeug trieb näher heran und hielt dann an. Es schwebte einfach im All, als betrachte es nachdenklich die *Enterprise.*

»Es hat angehalten, Captain«, sagte Sulu. »Sie sind gerade in Transporterreichweite.«

»Ich nehme an, das ist kein Zufall«, sagte Kirk. Er warf Tyler einen Blick zu, der nur bestätigend nickte. »Anzeichen von Leben?«

»Die Sensoren registrieren eine Lebensform«, meldete Spock. »Laut Messung der beim ersten Besuch aufgezeichneten Transportermatrix ein Calligarier.«

»Sie haben die Muster vier Jahrzehnte aufbewahrt?« sagte Tyler. »Das nenne ich gründlich.«

»Man kann nie wissen«, sagte Kirk weise. »Öffnen Sie einen Anrufkanal, Uhura.«

»Sie sind drauf, Captain.«

»Hier spricht Captain Kirk vom Raumschiff *Enterprise*«, sagte Kirk. »Wenn Sie der calligarische Vertreter sind, heiße ich Sie im Namen der Föderation der Vereinten Planeten willkommen. Bitte, identifizieren Sie sich.«

Das Fahrzeug reagierte nicht. Es hing einfach weiter im Weltraum.

Plötzlich fingen die Lampen der Computerkonsolen an zu blitzen. Kirk schaute sich um, und Spock sagte: »Wir werden abgetastet, Captain.«

»Aha!« sagte Tyler langsam. »Diesmal gehen sie anders vor.« Als Kirk ihn fragend ansah, fuhr er fort: »Captain Pike hat ihnen sein Unbehagen verdeutlicht, als sie heimlich und ungefragt in unseren Computerbanken herumsuchten. Sie haben es wohl nicht vergessen und sich vorgenommen, etwas offener zu sein.«

»Soll ich die Scanner abblocken?« fragte Spock.

»Nein«, sagte Kirk. Er beugte sich vor und stützte sich auf den Ellbogen. »Wir haben nichts zu verbergen. Sollen sie uns abtasten, so lange sie wollen.«

Die Kontrollichter flackerten einen Augenblick stärker, dann erloschen sie. »Uhura«, sagte Kirk, »verbinden Sie mich.« Als sie bestätigend nickte, sagte er: »Calligarisches Schiff ... Wir haben bisher kooperiert. Jetzt sind Sie an der Reihe.«

Es dauerte lange, bis sich etwas tat. Dreißig Sekunden später erhielten sie plötzlich eine Meldung aus dem Transporterraum. »Captain!« rief die überraschte Stimme Toochs, »der Transporter ist aktiviert worden!«

»Von wem?« fragte Kirk.

»Nicht von mir, Sir. Soll ich abschalten?«

»Nein. Wir sind gleich unten. – Brücke an Sicherheit«, fuhr Kirk im gleichen Atemzug fort, »eine Einheit in den Transporterraum.« Er stand schnell auf und sagte: »Commodore Tyler, Mr. Spock, Dr. McCoy, kommen Sie bitte mit? Uhura, rufen Sie den Rest der Kontaktgruppe in den Transporterraum. Mr. Sulu, Sie haben das Kommando.«

»Aye, Sir«, sagte Sulu. Als Kirk aufstand, begab er sich an dessen Platz.

Während der Fahrt mit dem Turbolift zum Transporterraum sprach zwar niemand, aber Kirk konnte die Wogen der Erregung fast spüren, die von Commodore Tyler ausgingen. Für ihn, wurde ihm klar, war es eine nostalgische Reise – die Rückkehr zu einem großen Abenteuer seiner Jugend. Für ihn selbst hingegen war es nur eine weitere Begegnung mit einem fremden Volk.

Nur irgendeine Begegnung. Mein Gott, dachte Kirk plötzlich, habe ich das jetzt wirklich gedacht? Als junger Bursche auf der Erde hatte er von fremden Völkern geträumt – und davon, ihre Welten zu besuchen, die Lichtjahre entfernt waren. Sie hatten nahezu jeden seiner wachen und schlafenden Momente beherrscht. War er jetzt so blasiert, daß schon die Vorstellung der Begegnung mit einer neuen Rasse – auch wenn sie neu für ihn war – dazu führte, daß er sie schon als Routine sah?

Vielleicht ist es meine Pflicht, dachte er, alles zu tun, was ich kann, um mir meinen jugendlichen Enthusiasmus zu erhalten. Weil der Augenblick der Begegnung und des Austausches mit neuen Rassen einfach zu einem Teil meines Berufes geworden ist. Wenn es nichts mehr ist, über das man sich noch aufregt, wäre etwas sehr Wichtiges und Urtümliches in mir gestorben. Und die Sterne, die ich so sehr liebe, würden mir nicht mehr gehören.

Der Turbolift setzte sie knapp fünfzig Meter vom Transporterraum entfernt ab, und Kirk konnte das Geplapper von Stimmen und die Diskussion hören, die draußen stattfand. Da schien man irgendwie nicht einer Meinung zu sein. Aber wieso überraschte dies ihn nicht?

Noch weniger überrascht war er, als sich Botschafter Fox als Quelle der Unruhe erwies.

Fox hatte den Eingang zum Transporterraum blockiert und setzte Meyer und Boyajian, die beiden herbeigerufenen Leute von der Sicherheit, gerade in Kenntnis, daß sie sich keinen Schritt weiter vorwagen sollten. Meyer schaute so irritiert drein, als sei er bereit, Fox zu packen und in eine Jeffries-Röhre zu schieben, doch er gab sich deutlich alle Mühe, sich zu beherrschen. Kirks Ankunft ließ Meyer einen erleichterten Seufzer ausstoßen, und er sagte: »Botschafter Fox behindert uns bei der Arbeit, Captain.«

Fox wandte sich zu Kirk um. »Captain«, sagte er mit einer Geduld, die zu angespannt klang, um herablassend zu sein, »ich glaube, es wäre ein äußerst jämmerlicher Empfang für den Vertreter Calligars, wenn er bei seinem ersten Anblick dieses Schiffes sähe, daß jemand einen Phaser auf ihn richtet. Es entspräche nicht ganz dem Image, das wir präsentieren möchten.«

»Was ich gern präsentieren möchte, Botschafter«, sagte Kirk, »ist ein Schiff mit maximaler Sicherheit für die Mannschaft. Wir haben es mit einem unautorisierten Transport zu tun, und obwohl ich dazu neige, die Sache für harmlos zu halten, existieren dennoch einige Prozeduren, die befolgt werden müssen.« Er schaute die Wachen an, die ihre Waffen tatsächlich in den Händen hielten. »Waffen einstecken«, sagte er. »Aber seien Sie bereit, sie im Fall einer Bedrohung zu ziehen.« Als Meyer und Boyajian sie wegsteckten, fuhr Kirk, indem er Botschafter Fox seine Verärgerung durchaus zeigte, fort: »Seien Sie sich bewußt, Botschafter, daß die Prozeduren ebenso vorschreiben, daß jeder, der dem Sicherheitspersonal in die Quere kommt, wenn es im Begriff ist, einen Befehl des Captains auszuführen, im Arrest landen kann. Wie dicht soll ich Ihrer Meinung nach an den Vorschriften bleiben, Mr. Fox?«

Fox grunzte einlenkend und trat beiseite. Kirk machte sich ohnehin schon genug Sorgen. Wer immer auch an Bord gebeamt war – er mußte längst angekommen sein und war mit Fähnrich Tooch allein im Raum. Falls irgendeine Gefahr bestand, mußte Tooch sie ausbaden, während er sich hier draußen mit einem Bürokraten stritt.

Thak und Daystrom hatten dem Prozeß kommentarlos zugeschaut. Dorkin hingegen kicherte mit einer Stimme, die wie Sandpapier auf Metall klang, leise vor sich hin.

Kirk wandte sich von Fox ab, als spiele dieser keine große Rolle – was, wie Kirk fand, auch stimmte –, und betrat den Transporterraum.

Dort sah er seine erste Calligarierin.

Sie stand mit dem Rücken zur Tür, ahnungslos, denn sie unterhielt sich mit Tooch. Die Ingenieurin war eindeutig nicht in Gefahr; sie lachte sogar leise über etwas, was die Calligarierin gerade sagte. Als die Tür aufging, fuhr die Fremde jedoch auf dem Absatz herum und schaute Kirk und die anderen an.

Hinter Kirk keuchte jemand auf, und er warf einen raschen Blick über seine Schulter. Commodore Tyler. Seine Augen waren weit aufgerissen. Vor Erstaunen? Vor Freude? Vor Schreck? Sein Mund sah so aus, als wage er nicht zu lächeln – aus Angst, er könne den Bann brechen, der offenbar auf ihm lastete.

»Mein Gott«, sagte er leise. »Sie ist nicht um einen Tag gealtert.«

Die Calligarierin lächelte lieb. »Hallo. Es ist mir eine Freude, Sie alle kennenzulernen. Ich komme im Namen der Calligarier zu Ihnen, die erneut zögernd eine Hand zum Gruß ausstrecken. Ich bin Ecma, die Baumeisterin.«

»James Kirk, Captain der *Enterprise.*«

Kirk stellte ihr die anderen der Reihe nach vor. Ihm fiel auf, daß Tyler sich im Hintergrund hielt. Ob er sie einfach nur überraschen wollte oder plötzlich gehemmt war, wußte Kirk nicht genau. Aber dann war niemand mehr übrig, und er sagte: »Und dies ist ...«

»Ich glaube, ich kann das selbst übernehmen, Captain«, sagte Tyler. Er trat vor, blieb vor Ecma stehen und lächelte breit. Dann holte er tief Luft und sagte: »Hallo, Ecma.«

»Hallo.« Sie erwiderte sein Lächeln, und Tyler spürte irgend etwas. Es war sein Herz, das nun losraste. »Äh ...«, machte er verwirrt. Und dann: »Ich bin Commodore Tyler. José Tyler.«

»Hallo, Commodore.« Sie nahm seine Hand und schüttelte sie lebhaft.

Alle sahen ihm an, daß er entsetzt war. Ecma musterte ihn eine ganze Weile, dann sagte sie: »Stimmt irgend etwas nicht, Commodore?«

»Ob ... Ecma – kennst du mich denn nicht mehr?«

Sie starrte ihn verwirrt an. Die Frau aus der Vergangenheit, die direkte Verbindung zu seiner Jugend. Die Frau, an die er öfter gedacht hatte, als er zugeben wollte.

»Kennen wir uns?« fragte sie.

13

Dann umarmte und küßte sie ihn. Sie schmeckte und roch noch immer so wie vor vielen Jahren. Und als sie ihn anlächelte, hatte sie noch immer die gleiche Schalkhaftigkeit im Blick ... Wenn nun auch noch etwas anderes in ihren Augen war. Die Jahre. Es waren die Jahre. Jahre der Erfahrung und der Trauer.

»Wie, mein lieber Lieutenant«, sagte Ecma mit leiser, kehliger Stimme, »hätte ich Sie Ihrer Meinung nach vergessen können? Hm? Nicht mal für einen Augenblick.« Sie streichelte kurz sein Gesicht und lächelte. »Ihr Mangel an Vertrauen ...«

»Mangel an Vertrauen?« sagte Tyler und räusperte sich laut. »Unsinn. Keinen Augenblick ... Ich habe nicht einen Augenblick geglaubt, Sie könnten mich womöglich vergessen haben.«

Und dann wurden ihm die anderen bewußt, die in der Nähe standen. Einige hatten ein tölpelhaftes Lächeln aufgesetzt. Er wandte sich zu ihnen um, als sei irgendeine Art Erklärung nötig, und sagte: »Die Baumeisterin und ich ... kennen uns.«

»Sieht ganz so aus«, sagte Botschafter Fox.

»Meine Herren«, sagte Kirk nun und wandte sich den Anwesenden zu, »da wir nicht endlos Zeit haben, schlage ich vor, daß Sie in den Fährenhangar hinuntergehen.«

»Captain«, sagte Tyler plötzlich, »ginge es Ihnen sehr gegen den Strich, wenn ich Sie darum bäte, meinen Platz mit Botschafter Fox zu tauschen?«

Der Tellarit schaute Thak verwirrt an. »Und wozu soll es dienlich sein?«

»Bessere Aussicht«, sagte Thak, ohne eine Miene zu verziehen.

»Ach ...« Dorkin runzelte die Stirn. Eigentlich runzelte er sie immer, doch diesmal runzelte er sie besonders stark. »Und warum bietet man mir das nicht an?«

Kirk, der den Wortwechsel klugerweise ignorierte, schaute von Tyler zu Fox. Fox zuckte kaum merklich die Achseln. »Ich habe keine Einwände, Captain. Ich muß zugeben, es hat mich leicht enttäuscht, daß ich keine Gelegenheit erhalten sollte, den Planeten der Calligarier zu besuchen – auch wenn die Pflicht natürlich vorgeht. Und da es ganz so aussieht, als hätte Commodore Tyler ein gewisses ... Interesse daran, an Bord zu bleiben ...«

»Für mich ist es nicht relevant«, sagte Dorkin.

Thak sagte spitz: »Eigentlich hat Sie niemand gefragt.« Shondar Dorkin grunzte nur.

»Na schön, Commodore. Wenn Sie Ecma als offizieller Verbindungsoffizier während Ihres Aufenthalts an Bord dienen wollen, habe ich nichts dagegen.« Kirk bemühte sich, ein idiotisches Lächeln zu unterdrücken, auch wenn er die ganze Angelegenheit entzückend fand. »Alle anderen nehmen bitte die Ausrüstung auf, die sie benötigen, und melden sich im Fährenhangar. Abflug in fünf Minuten, Mr. Scott?«

»Aye, Sir«, sagte der Ingenieur. Er hob die Hände. »Ist zwar schon eine Weile her, seit ich zuletzt eine Fähre gesteuert habe, aber ich weiß, daß ich es noch kann.«

»Ich habe vollstes Vertrauen in Sie, Mr. Scott«, sagte Kirk. »Baumeisterin Ecma, ich bin sicher, der Commodore hat nichts dagegen, Ihnen die Unterkunft zu zeigen, die man Ihnen für die Dauer Ihres Aufenthalts zugewiesen hat. Und wenn Sie nichts dagegen haben, würden andere Angehörige meiner Mannschaft es zu schätzen wissen, sich mit Ihnen zu unterhalten.«

»Ich bin hier, um Ihnen zu Diensten zu sein, Captain«, sagte Ecma mit einer leichten Verbeugung.

Alle Anwesenden verließen den Transporterraum, doch Fox blieb noch zurück, um mit Kirk zu sprechen. »Könnte der Abflug in zehn Minuten stattfinden, Captain?« fragte er. »Nun, da ich weiß, daß ich mitkommen soll, möchte ich gern noch ein paar Dinge zusammenpacken. Forschungsmaterial, das ich mit demjenigen besprechen wollte, der an Bord kam. Und ich wollte ...«

»Zehn Minuten, Botschafter, aber mehr nicht«, sagte Kirk mit ernster Stimme. »Sie sollten sich also beeilen.«

»Mach ich, Captain.« Fox machte sich auf der Stelle auf den Weg durch den Korridor. Er fing beinahe an zu rennen. Kirk nickte zufrieden, als er ihn davoneilen sah. »Wie schön, einen Menschen seines fortgeschrittenen Alters dabei zu beobachten, wie er sich noch über etwas erregen kann.«

»Ist er denn so viel älter als Sie, Captain?« fragte Ecma.

Kirk dachte kurz darüber nach. »Ach, wissen Sie ... Als ich jünger war, kam er mir viel älter vor. Doch jetzt ist es irgendwie anders. Verstehen Sie, was ich damit meine?«

»So gut wie alles, was Menschen betrifft«, sagte Ecma. Sie lächelte Tyler an, der nun ziemlich verlegen grinste. »Sie wollten mir mein Quartier zeigen, Lieutenant?«

»Ich bin eigentlich Commodore«, sagte Tyler. »Aber nennen Sie mich doch lieber José. Oder Joe.«

»In Ordnung, Joe«, sagte sie gnädig. Er hielt ihr den Arm hin, und sie hakte sich elegant bei ihm ein. Als sie zusammen durch den Korridor gingen, schauten Kirk und McCoy hinter ihnen her.

»Ein nettes Paar, nicht wahr, Jim?« sagte McCoy.

»Kann man wohl sagen, Pille.«

»Auch wenn sie schon ›in den besten Jahren‹ sind«, fügte McCoy hinzu.

Kirk lächelte. »Zum Jungsein ist man nie zu alt, Herr Doktor.«

Fähnrich Hicks wachte auf und wußte nicht mehr, wo er war.

Nach dem Befehl seines Chefs war der leicht verkaterte junge Mann in sein Quartier zurückgekehrt, um sich auszuschlafen. Aber kurz nachdem er in den Schlaf gesunken war... gerade als er angefangen hatte, zu träumen... hatte ihn irgend etwas aufgeweckt. Hicks hatte irgendwie den Eindruck, das ferne Geräusch von Motoren zu vernehmen. Oder ein plötzliches lautes Lachen, das jemand im Vorübergehen an seiner Kabinentür ausgestoßen hatte. Was es auch gewesen war, es hatte ihn aus dem Schlaf gerissen, und nun saß er wach und etwas konfus in der Finsternis und litt immer noch an den Nachwirkungen des vergangenen Abends.

Er warf einen Blick auf seine Uhr und keuchte auf. »O mein Gott! Ich hab' doch Dienst!«

Noch immer benebelt sprang er auf die Beine und lief zur Tür hinaus. Und als er allmählich Tempo aufnahm, fiel ihm wieder ein, daß er sich laut Befehl von Mr. Scott in seiner Kabine ausruhen sollte. Er wollte die Bremse ziehen. Unter gewöhnlichen Umständen wäre es nur ein vorübergehender und unwichtiger Irrtum gewesen.

Der spezielle Moment, den Hicks gewählt hatte, um aus der Kabine zu stürzen, war jedoch zufällig derjenige, in dem Botschafter Fox, der sich zwar schon reichlich ausgepumpt, aber nicht weniger entschlossen fühlte, aus der Gegenrichtung um die Ecke gerast kam.

Das Ergebnis bestand darin, daß die Männer zusammenprallten. Hicks tat sich dabei nicht einmal weh, doch als er auf Fox stieß, hörte er etwas, das wie das Brechen von Knochen klang. Zum Glück waren es nicht die seinen. Fox schlug hart auf seine rechte Hüfte, dann ertönte ein weiteres Geräusch splitternder Knochen.

Hicks, kaum mehr als aus dem Gleichgewicht geraten, lehnte sich an die Wand und rieb sich den Brustkorb. Fox lag stöhnend auf dem Boden und verzog vor Schmerzen das Gesicht.

»Ohhh, mein Gott ...«, sagte Hicks.

»Oberschenkel gebrochen«, sagte McCoy. »Und die Hüfte auch. Zwei gebrochene Rippen; eine davon hätte beinahe seine Lunge perforiert.«

Kirk, McCoy und der verschreckte Hicks hielten sich unten im Lazarett auf. Hicks machte vage Gesten mit den Händen und sagte: »Es war ein Unfall! Ich habe ihn kaum angestoßen. Ich habe ihn nur umgerannt. Ich wollte doch nicht ...«

»Wir wissen, daß Sie es nicht absichtlich getan haben, Fähnrich«, sagte Kirk. Er bemühte sich, tröstend auf den jungen Mann einzuwirken, konnte seine Verärgerung aber andererseits nicht tarnen. »Das entschuldigt allerdings nicht die Tatsache, daß Sie, wenn Sie besser aufgepaßt hätten ...«

»Ich weiß, Sir«, sagte Hicks. Er wirkte niedergeschlagen. »Es tut mir wirklich leid. Ich habe ihn nur angerempelt ...«

»Alte Knochen brechen ziemlich leicht«, sagte Kirk. »Da nützt auch keine Pille.«

Hicks blickte McCoy leicht verwirrt an, und dieser sagte, kaum weniger irritiert: »Er meint Tabletten.«

»Ach so«, sagte Hicks.

»Mir geht's gut«, rief Fox vom Medobett ner. »Wirklich! Lassen Sie mich aufstehen, dann ...«

McCoy drehte sich um und sagte spitz: »Sie bleiben, wo Sie sind, sonst breche ich Ihnen auch noch das andere Bein. Und dazu brauche ich nur zu niesen.« Ob diese Drohung dazu diente, Fox einzuschüchtern oder nicht, das Ergebnis bestand darin, daß er den Kopf wieder auf das Kissen legte. Sein Gesicht war ein Bild des Elends. McCoy musterte Kirk und deutete auf Fox.

»Wenn du das nächste Mal vorhast, wieder auf einen verdammten Berg zu klettern«, fauchte er, »halte dir gefälligst vor Augen, was dir blühen kann!«

Kirk wollte ihm gerade eine Antwort geben, als die Kom-Einheit an der Wand summte. Kirk ging hin und aktivierte sie. »Kirk hier.«

»Captain, hier ist Spock im Fährenhangar«, antwortete die Stimme des Vulkaniers. »Ich habe gehört, mit dem Botschafter hat es einen Unfall gegeben.«

»Hochgeschwindigkeitskollision mit Fähnrich Hicks«, sagte Kirk. Er warf einen Blick auf Fox' Bett, an dem Hicks nun stand und sich wortreich entschuldigte. »Botschafter Fox hat fraglos das meiste dabei abgekriegt.«

»Sollen wir auf ihn warten?«

Kirk schaute McCoy an, der mitgehört hatte. Der Arzt schüttelte leidenschaftlich den Kopf. »Er wird eine Weile hierbleiben müssen, Mr. Spock«, erwiderte Kirk. »Am besten starten Sie jetzt.«

»Jawohl, Sir.«

»Und vergessen Sie die stündliche Meldung nicht. Viel Glück.«

»Sie werden es brauchen«, murmelte McCoy.

»Vielen Dank, Captain. Und danken Sie in meinem Namen bitte auch dem Doktor – für seine guten Wünsche.«

Kirk warf McCoy, der nun eine finstere Miene aufsetzte, einen amüsierten Blick zu. »Achte auf deine Gesichtszüge, Pille. Du siehst schon wie ein Tellarit aus.«

»Warum steuert denn der die Fähre?« quengelte Shondar Dorkin.

Scotty wandte sich im Pilotensitz um und erdolchte den Tellariten mit einem Blick. »Weil ich dieses Fahrzeug mit bloßen Händen steuern und, falls nötig, auch auseinandernehmen kann.« Dann führte er die letzen Startvorbereitungen durch und dachte: *Hätte nichts dagegen, auch mal etwas anderes auseinanderzunehmen …*

Spock trat ein und schaute Thak, Daystrom und den finster dreinblickenden Shondar an. »Botschafter Fox wird sich wohl doch nicht zu uns gesellen. Er hatte einen Unfall und liegt im Lazarett.«

»Hah!« sagte Dorkin. »Ich wußte doch, daß er für die Härten der Raumfahrt zu schwächlich ist. Es ist eine Schande, daß Sie nicht alle wie wir Tellariten gebaut sind. Wissen Sie, was Sie dann wären?«

»Nervensägen?« fragte Thak.

»Stärker!«

»Oje! Dann stürbe man auch nicht mehr so leicht, oder?«

Dorkin richtete seinen Blick auf Thak. »Die Tellariten gehören zu den robustesten Rassen der Galaxis. Wissen Sie, was es braucht, uns umzubringen?«

»Einen konzentrierten Blick in den Spiegel?«

»Nein«, sagte Dorkin gefährlich. »Mehr Mumm, als Sie aufzuweisen haben.«

»Machen Sie sich keine Sorgen«, sagte Thak arglos. »Ich kann *mehr* aufweisen.«

Daystrom, der genau vor ihnen saß, drehte sich nun langsam und mit einer würdevollen Bewegung um. »Ist Ihnen eigentlich bewußt«, sagte er langsam und mit dröhnender Stimme, »daß man mit der Energie, die Sie für diese idiotische Streiterei aufwenden, ein Schiff fast bis nach Rimbor bringen könnte?«

Dorkin stierte ihn an. »Fast, sagen Sie?«

Daystroms Blick richtete sich auf Thak. »Er hat wohl keine Antenne für Sarkasmus, was?«

»Er hat für nichts 'ne Antenne«, sagte Thak.

Spock hatte inzwischen auf dem Sitz neben Scotty Platz genommen.

Scotty rief grinsend: »Festhalten, Jungs! Wir wollen doch mal sehen, was der Kleine alles kann.«

»Was?« brüllte Dorkin. »Es ist ein Kind an Bord? Warum wurde meine Regierung nicht davon in Kenntnis gesetzt?«

Der Rest der Proteste des Shondars ging im Heulen der Schiffsmotoren unter, als die kleine Fähre in den Raum hinausschoß und sich dem gewaltigen Riß im Kontinuum näherte.

Je näher die von Impulskraft angetriebene Fähre kam, desto größer wurde der Riß. Spock behielt die Meldungen im Auge, die die an Bord befindlichen Instrumente anzeigten, um sicherzugehen, daß der Riß gleichmäßig blieb. Beim ersten Anzeichen einer Instabilität wollte er den Flug sofort abbrechen, denn er hatte nicht im geringsten die Absicht, die Kontaktgruppe in Gefahr zu bringen. Er warf einen Seitenblick auf Scotty, und als wären sie irgendwie telepathisch miteinander verbunden, erwiderte Scotty seinen Blick. Nach all diesen Jahren gab es gewisse Dinge, über die man einfach nicht mehr zu reden brauchte.

Eins davon war das Ergebnis des bedeutsamen Blickes, den Scotty einem bestimmten Aktivierungsquadrat schenkte, weil das Betätigen desselben das Warptriebwerk aktiviert hätte. Solange das Warptriebwerk des Schlittens nicht eingeschaltet war, konnte die Fähre noch immer ausscheren.

Aus dem gleichen Grund wagten sie es nicht, nur mit dem Impulstriebwerk in den Riß einzutreten. Wenn sie es taten, hatten sie nur noch wenige Minuten zu leben… das heißt, in subjektiver Zeit. Wenn sie den Kamm des Risses erreichten, mußten sie irgendwann eine Entscheidung fällen. Und diese Entscheidung mußte auf der Ansicht basieren, daß der Riß sich nicht plötzlich verändern und sie zermalmen würde.

»Erreichen letzten Umkehrpunkt«, sagte Scotty tonlos. Falls er sich irgendwelche Gedanken über den Sprung ins eiskalte Wasser machte, ließ er sich nichts anmerken. »Fünfzehn… vierzehn… dreizehn… zwölf…«

Der Riß kam immer näher und schimmerte in den

wogenden Tiefen des Weltraums. Er schien voller Farben zu sein, die spöttisch und gespenstisch in der Schwärze tanzten.

»Elf … zehn …«

»Worauf wartet er denn noch, verdammt?« fragte Shondar Dorkin.

»Auf den genauen Zeitpunkt, in dem er den Knopf für den Schleudersitz drückt, der Sie ins All hinauspustet«, erwiderte Thak.

Spock wurde plötzlich klar, daß Dorkin ihn argwöhnisch betrachtete. Es gibt vielleicht naivere Völker als die Tellariten, dachte er, aber auf die Schnelle fiel ihm keins ein.

»Sechs … fünf … vier«, sagte Scott. Nach allem, was man seiner Stimme entnehmen konnte, hätte es auch um den Start eines sportlichen Ereignisses gehen können. »Drei …«

Der Riß rief sie.

Und Spock sagte mit einem letzten Blick auf die Instrumente: »Aktiviere Warpantrieb.«

Die Fähre schien sich auszudehnen, ihr Bug sprang in den Riß hinein, und einen Sekundenbruchteil später folgte ihr das Heck.

Kirk schaute auf der Brücke der *Enterprise* zu, als sie in der Dunkelheit verschwand. Er saß im Kommandosessel, sein Gesicht zeigte keine Regung, seine Gedanken gehörten nur ihm, und seine Gebete waren äußerst persönlicher Natur.

Ecma stand, noch immer starr, in der Mitte ihrer Kabine und schaute sich um. Tyler wartete an der Tür und musterte sie mit Interesse und leichter Verwirrung. Irgend etwas schien sich urplötzlich an ihr verändert zu haben. Im Transporterraum und auf dem Weg zu ihrer Unterkunft war sie nett und freundlich gewesen und hatte sogar mit ihm geflirtet. Es war tatsächlich genauso gewesen wie vor vielen Jahren, nur daß sie nun reifer wirkte und gelegentlich sogar milde, sich selbst verulkende Witze gemacht hatte.

Doch nun schien sie Spannung und Besorgnis auszustrahlen. Tyler konnte nichts dagegen tun, er mußte die Veränderung einfach registrieren, aber er zögerte noch, etwas darüber zu sagen. Also fragte er statt dessen, um ein neutrales Thema anzuschneiden: »Gefällt Ihnen die Kabine?«

Sie antwortete nicht. Sie sah ihn nur an und sagte: »Glauben Sie, ich könnte mit Captain Kirk sprechen? Er kommandiert doch dieses Schiff, oder?«

Sie klang so amtlich, fast distanziert. »Gewiß«, sagte Tyler ruhig. Dann streckte er die Hand aus und aktivierte das Wand-Kom. »Tyler an Brücke. Captain?«

»Hier ist Kirk.«

»Können Sie vielleicht einen Moment in Ecmas Quartier kommen?«

»Stimmt irgend etwas nicht?«

»Das wohl nicht. Sie hat nur darum gebeten, mit Ihnen zu sprechen. Wenn Sie aber warten wollen, bis die Fähre abgeflogen ist ...«

»Sie hat den Riß gerade durchquert, Commodore. Ich kann jetzt ohnehin nur noch warten. Ich bin gleich da.«

»Danke.« Tyler wandte sich wieder Ecma zu und spreizte leicht die Finger. »Alles in Ordnung?«

»Danke.«

Sie setzte sich sehr vorsichtig auf den Bettrand und legte die Hände auf ihre Knie. Tyler schaute sie neugierig an. »Ecma«, sagte er, »ist Ihr Vater ...«

»Zyo ist bei seinen Ahnen«, sagte sie ruhig.

»Oh. Tut mir leid. Er war wirklich ein fortschrittlich denkendes Wesen. Es ist verdammt schade um ihn.«

»Er hatte keine Wahl.«

Tyler zuckte die Achseln und schritt langsam an der Kabinenwand entlang. »Hat vermutlich keiner von uns.«

Sie antwortete nicht, sondern starrte nur Löcher in

die Luft. Was Tyler zur nächsten Frage führte – zu derjenigen, die ihm schon seit Jahren auf den Nägeln brannte. Die Frage nach dem letzten, abscheulichen Bild, das er gesehen hatte, bevor er an Bord der *Enterprise* gebeamt worden war.

»Und Macro?« fragte er. »Ihr Bruder?«

Dies schien sie irgendwie wachzumachen. »Ja. Es geht ihm gut.«

»Ecma …« Tyler gab allen Anschein eines Versuchs auf, unbeteiligt zu klingen. »Als ich damals an Bord gebeamt wurde … Als ich ihn zum letzten Mal sah … Da lag seine Hand auf …«

Ecma schaute langsam zu Tyler hoch. Ihre Augen ähnelten Glas. »Was Sie gesehen haben … ist bei meinem Volk nicht ungewöhnlich.«

Er starrte sie an. »Was?«

»Eure Tabus sind nicht die unseren«, sagte sie einfach. »Die Eifersucht, die mein Bruder auf Sie empfand … seine Versuche, Sie zu verletzen, waren nicht nur die Taten brüderlicher Besorgnis.«

Die Vorstellung ließ Tyler schwindeln. »Soll das heißen, Sie und er … Sie …«

Ecma seufzte. Ihre Hände zuckten nervös. »Ich bin nicht mehr die, die ich bei unserer ersten Begegnung war, Joe. Damals war ich sehr … frei. Ich habe darin geschwelgt. Ich habe das Leben genossen, weil es so aussah, als würde es ewig dauern. Und es hat mir geholfen, Aspekte des Lebens zu überspielen, die ich gern … vergessen wollte.« Sie schaute zu ihm auf, und ihre nächsten Worte waren für Tyler wie ein Schlag ins Gesicht. »Ich habe einen Sohn.«

Tyler spürte, daß er erbleichte. »Einen … einen Sohn«, sagte er leise. »Von *ihm?*«

Sie nickte. »Verstehen Sie doch … Unsere genetische Struktur ist anders als die Ihre. Wir brauchen uns keine Sorgen darüber zu machen, daß rezessive Gene die Übermacht bekommen. Die Verbindung zwischen Bruder und Schwester hat einige der Besten und Intelligentesten unseres Volkes hervorgebracht.«

»Ich glaube trotzdem nicht, daß es gesund ist«, sagte Tyler. Er schüttelte sich vor Abscheu. »Ich halte es für falsch. Ich ...« Er deutete mit dem Finger auf sie. »Es geschah nach dem Tod Ihres Vaters, nicht wahr?«

»Eigentlich ja. Als neue Baumeisterin war es meine Pflicht, zu ...«

»Es ist mir egal, was Ihre Pflicht war!« sagte Tyler mit mehr Wildheit, als er zu empfinden können glaubte. Er packte ihre Handgelenke und drückte sie so fest, daß ein Mensch vor Schmerzen aufgeschrien hätte. »Es ist falsch, und würde Ihr Vater noch leben, hätte er es ebenso gesehen. Und er hätte es auch gesagt.«

Ecma lächelte freudlos. »Woher, glauben Sie, kam mein Vater, Joe? Er, das fortschrittlich denkende Wesen? Sie haben es doch selbst gesagt. Wer, glauben Sie, waren seine Eltern?«

Tyler schüttelte den Kopf. In seinen Schläfen dröhnte es. »Das glaube ich nicht.«

Ecma streckte die Hand aus, um sein Gesicht zu berühren, aber er zog sich reflexartig zurück. Als sie seine Geste sah, sagte sie traurig: »Wie schade. Sie halten sich zwar für einen Bürger der Galaxis, Joe, aber Sie sind sehr provinziell. Unwillig, Standpunkte zu akzeptieren, die denen widersprechen, mit denen Sie aufgewachsen sind.«

Tyler schwieg. Dann klopfte jemand an die Tür.

»Herein«, sagte Ecma.

Die Tür glitt auf, und Kirk kam herein. Er witterte die in der Luft liegende Spannung sofort, doch statt sie zu kommentieren, brachte er ein kleines Lächeln zustande und sagte: »Sie wollten mich sprechen?«

»Ja, Captain. Danke, daß Sie so schnell gekommen sind.«

Kirk machte eine Handbewegung, die ›Kein Problem‹ bedeuten sollte. »Für Gäste habe ich immer Zeit –

speziell für so wichtige wie Sie. Was kann ich für die Baumeisterin der Calligarier tun?«

»Nichts.«

Die platte Antwort erstaunte Kirk. Er schaute Tyler an, aber der war ihm keine Hilfe. Also zwang er sich zu einem erneuten Lächeln und sagte: »Tja, wenn ich nichts für Sie tun kann, warum ...«

»Sie können nichts für die Baumeisterin der Calligarier tun«, sagte Ecma, »weil ich diesen erhebenden Titel ablege.«

»Sie legen ihn ab?« Kirk und Tyler sprachen den Satz gemeinsam aus, und Kirk fuhr fort: »Ich verstehe nicht.«

»Dann werde ich es erklären. In unserer gesamten Geschichte ist noch nie ein Baumeister zurückgetreten. Es ist nicht gestattet. Es ist undenkbar. Aber genau das habe ich vor. Ich ersuche hiermit auf der *Enterprise* offiziell um Asyl. Ich möchte nicht nach Calligar zurück.« Sie schaute Kirk trotzig an. »Nichts in dieser Galaxis kann mich dazu bewegen.«

14

»Faszinierend.« Die Raumfähre kreiste über einer der Großstädte, aus denen das calligarische Weltennetz bestand. Die Stadt schickte ihnen eine als solche eindeutig zu erkennende Leitboje entgegen, die die Fähre zur Landeplattform geleitete. Scotty steuerte mit sicherer Hand und gab sich alle Mühe, sich nicht von dem Ehrfurcht gebietenden Anblick des fortwährend brennenden calligarischen Heimatplaneten ablenken zu lassen.

In der Kuppel der überdachten Stadt entstand eine Öffnung. Scotty schaute Spock im gleichen Moment an, in dem sie sichtbar wurde. Spock nickte leicht. Mehr Instruktionen brauchte Scott nicht, um die Fähre auf die Öffnung zuzusteuern, die vor ihnen aufgetaucht war.

Als sie hindurch waren, schloß sich die Öffnung hinter ihnen, und Scotty folgte den Aufforderungen der Leitboje, bis sie einen Landeplatz erreichten, den man offenbar speziell für sie angelegt hatte.

»Landen Sie, Mr. Scott.«

»Aye, Sir«, erwiderte Scotty leise.

Auf dem Landeplatz unter ihnen sahen sie eine Anzahl Lebewesen, die sie erwarteten. Spock erkannte aus der Ferne einen der Wartenden sofort als jenen Calligarier, der sich als Statusmeister Alt vorgestellt hatte. Der, der neben ihm stand, mußte Macro sein. Die anderen waren ihm unbekannt.

Scotty landete die Fähre zwar mit sicherer Hand, aber für einen Insassen war die Landung natürlich nicht sanft genug: Shondar Dorkin beschwerte sich lautstark und ließ ihn wissen, daß selbst ein schielendes Tellaritenkind eine bessere Landung vollbracht hätte. Scotty sagte nichts; statt dessen malte er sich lieber aus, die Fähre sei auf Dorkins Kopf gelandet.

Nachdem die Maschinen abgeschaltet waren, öffnete er die Luke, und die Gruppe verließ die Fähre. Scotty fiel schlagartig die absolute Stille auf, die in der ganzen Stadt zu herrschen schien. Es war, als lausche die gesamte Umgebung und sei in respektvoller Erwartung verstummt.

Alt trat vor und neigte leicht den Kopf. »Sind Sie Mr. Spock?«

»Ich bin geehrt, daß Sie sich an mich erinnern«, sagte Spock.

»Und Captain Pike?«

»Er ist aus dem Dienst ausgeschieden«, sagte Spock diplomatisch. Im Moment war kaum die richtige Zeit, um sich über Christopher Pikes schreckliches Schicksal auszulassen.

»Und jetzt führen Sie das Kommando?«

»Ich leite die Kontaktgruppe«, sagte Spock. »Darf ich Ihnen...«

Nun ergriff Macro das Wort. Er wirkte mürrischer, als Spock ihn in Erinnerung hatte. Gereizter. Dr. McCoy hätte wahrscheinlich gesagt, ihm sei eine Laus über die Leber gelaufen. »Befehligen Sie auch die *Enterprise?* Oder ist es vielleicht der, der... Wie hieß er doch gleich?« Er strengte sich offenbar sehr an, sich an einen Namen zu erinnern, aber Spock erkannte recht schnell, wen er meinte. »Ach, ja. Tyler?«

»Commodore Tyler ist an Bord der *Enterprise* geblieben«, sagte Spock leise, da er die Woge der Feindseligkeit spürte, die von Macro ausging. »Die Ankunft der Baumeisterin hat ihn veranlaßt, an Bord zu bleiben, um als Verbindungsoffizier zu dienen.«

»Ja«, sagte Macro leise. »Ja, das kann ich mir vorstellen. Ist er der Kommandant Ihres Schiffes?«

»Nein. Captain James T. Kirk hat das Kommando.«

Macro schob trotzig das Kinn vor. »Und warum ist er nicht hier? Sind wir seiner nicht würdig?«

»Die gegenwärtige Direktive der Raumflotte«, sagte Spock geduldig, »lautet, daß Schiffskommandanten, wenn es möglich ist, an Bord bleiben müssen.«

»Wir ziehen es vor, mit den Führern der Menschen zu sprechen«, sagte Macro.

Scott warf mit stiller Zuversicht ein: »Wenn Mr. Spock uns an das Tor der Hölle führen würde, würde ich ihm mit einem Liedchen auf den Lippen folgen. Reicht Ihnen dies als Qualifikation seiner Führerschaft?«

Alt schaute dem Wortwechsel schweigend zu, aber es gelang ihm nicht, den Ausdruck von Widerwillen aus seinem Gesicht zu verbannen. »Macro hat recht, wenn er meint, daß Führer die wichtigsten Kontaktpersonen sein sollten. Im Moment wollen wir jedoch nicht auf solchen Formalitäten beharren. – Macro«, sagte er, und es wurde klar, daß dies Teil irgendeiner unbeendeten und recht scharfen Diskussion war, »wir sprechen später noch einmal darüber. Bis dahin bin ich Ihnen dankbar, wenn Sie wenigstens ein Minimum an Takt zeigen könnten.«

Macro verbeugte sich leicht. »Wie Sie wünschen, Herr«, sagte er.

»Gut.« Alt wandte sich wieder an Spock. »Sie haben noch gar nicht gefragt, warum Zyo nicht hier ist.«

»Die Tatsache, daß Ecma sich als Baumeisterin vorstellte – laut Zyo trägt man diesen Titel sein ganzes Leben lang –, deutete an, daß er nicht mehr unter den Lebenden weilt.«

»Ja«, sagte Alt langsam. »Ja, das ist ziemlich korrekt. Er war ein großer Befürworter von Kontakten dieser Art. Ich muß zugeben, daß ich es damals, bei unserer ersten Begegnung, für die schlechtestmögliche Entscheidung hielt. Ich hatte jedoch sehr viele Jahre Zeit, um die Angelegenheit zu überdenken. Außerdem ist mir trotz meiner anfänglichen Befürchtungen klar geworden, daß der Kontakt mit Ihnen kaum das Ende unserer Kultur einleitet. Vielleicht ist die Zeit für vorsichtige Versuche einer Kontaktaufnahme gekommen. Zu Zyos Lebzeiten hätte ich es natürlich nie zugeben können. Damals konnte ich ihm unmöglich in irgendeiner Hinsicht recht geben.«

»Das, Sir«, sagte Spock, »ist eine Empfindung, die ich leicht nachvollziehen kann.«

Scott setzte ein Lächeln auf. Er wußte genau, woran Spock in diesem Moment dachte. Wäre McCoy nun bei ihnen gewesen, hätte er gewiß auch etwas dazu zu sagen gehabt.

»Dies«, sagte Alt, »sind die Mitglieder unseres Regierenden Rates.« Er deutete auf ein halbes Dutzend Calligarier, die in seiner Nähe standen.

»Ein Regierender Rat?« sagte Shondar Dorkin mit schroffer Stimme. »In den bisherigen Meldungen gab es aber keinen Hinweis auf einen Regierenden Rat. Was ist der Grund für die Veränderung?«

»Das geht Sie nichts an«, fauchte Macro.

Der Shondar richtete seinen schweineähnlichen Blick auf den Calligarier und erwiderte: »Das glaube ich aber doch.«

»Meine Herren«, sagte Spock mit stiller Autorität, »das Ziel unserer Begegnung ist der friedliche Austausch von Ideen. Ich kann mir kaum vorstellen, daß Feindseligkeiten uns in dieser Hinsicht sonderlich dienlich sein können.«

»Ganz richtig, Mr. Spock«, sagte Alt leise. »Ganz richtig.« Er machte eine alles umfassende Geste. »Wenn Sie mir folgen, werden Sie feststellen, daß wir eine ziemlich gründliche Reiseroute für Sie ausgearbeitet haben. Haben Sie etwas dagegen, wenn man Sie in Gruppen aufteilt, damit wir eine maximale Wirkung erzielen?«

»Ganz und gar nicht«, sagte Spock. Er deutete auf

das Armband-Kom, mit dem alle Angehörigen der Gruppe vor dem Verlassen der *Enterprise* ausgerüstet worden waren. »Wir sind natürlich weiterhin in der Lage, uns miteinander zu verständigen.«

»Oh, aber natürlich«, sagte Alt. »Und nun… Wollen wir uns einander vorstellen?«

Spock stellte Alt, Macro und dem Rat nacheinander die Angehörigen der Kontaktgruppe vor, dann lernten sie die Mitglieder des Regierenden Rates kennen. Schließlich gab Alt ihnen mit einer Geste zu verstehen, sie sollten ihm folgen, und sie setzten sich langsam in Richtung Stadt in Bewegung.

Die Calligarier, denen sie begegneten, schienen sich nur flüchtig für sie zu interessieren – als hätten sie sich an das Hiersein der Fremden gewöhnt und beschlossen, damit zu leben. Als sie durch die Stadt spazierten, sagte Alt: »Hatten Sie irgendwelche Schwierigkeiten, den Riß zu passieren?«

»Das verbesserte Warpfeld war mehr als ausreichend, um uns vor den mentalen Belastungen der temporalen Passage zu schützen«, sagte Spock. »Der Treibstoffverbrauch war jedoch größer als erwartet.«

»Sie werden doch keine Schwierigkeiten mit der Rückkehr haben, oder?« Macro hatte diese Frage gestellt, aber seine Stimme war völlig gefühllos, so daß man unmöglich erkennen konnte, ob es ihn besorgte, falls es zu einem solchen Ereignis kam.

»Ach, nein«, sagte Scotty. »Wir müssen zwar ein bißchen achtgeben, aber wir haben schon größere Schwierigkeiten überwunden. Obwohl… Ich bin neugierig. Verfügen Sie über eine Technik, die uns in die Lage versetzen würde, unseren Warpschlitten aufzutanken?«

»Aber gewiß«, sagte Alt. Er machte sich nicht einmal die Mühe, Scott anzusehen. »Leider können wir sie Ihnen aber nicht geben. Darin sind wir sehr streng. Wir können auch…« Er schaute Scott nun an. »…die Dilithiumkristalle neu laden, mit denen Sie Ihr Schiff antreiben. Wir könnten sogar sich selbst regenerierende Kristalle herstellen.«

Man sah Scott an, daß er nicht wußte, ob Alt ihn auf den Arm nahm oder nicht. »Ehrlich?«

Macro schnaubte laut. »Natürlich.«

»Es ist erstaunlich.«

»Nur eins ist erstaunlich«, sagte Macro. »Daß Sie es noch nicht selbst entdeckt haben.«

Scotty runzelte die Stirn, aber Macro verfiel nun gnädigerweise in Schweigen. Scotty war ihm äußerst dankbar dafür. Dann sagte er: »Falls Sie nichts dagegen haben, wenn ich danach frage … Es würde mich interessieren, aus welchem Material die Kuppel besteht. Die Öffnung schien sich aus dem Nichts zu.bilden. Ist sie irgendeine Art Kraftfeld, oder besteht sie aus einem Material, das transparentem Aluminium gleicht?«

Alt blickte Macro an. Diesmal schien Macro sich zu bemühen, ohne Feindseligkeit zu antworten. »Es handelt sich um gebundene künstliche Atmosphärenmoleküle.«

»Gebundene …«, sagte Scott. Er gab sich alle Mühe, ihn zu verstehen. »Heißt das, Sie haben im Grunde einen Schirm aus Luft erschaffen?«

»So könnte man es in der Tat ausdrücken«, erwiderte Macro. »Bei der Bildung der Öffnung wurde in Wirklichkeit eine Kraftblase aus den Molekülen selbst erschaffen. Sie blieb während des Eindringens bei Ihnen und hielt dabei die Kuppelversiegelung aufrecht. Als Sie sicher eingedrungen waren, ließ sie Sie los, damit Sie weiterfliegen konnten, und hat ihre ursprüngliche protektive Form wieder angenommen.«

»So, wie Sie es sagen, klingt es, als wäre die Kuppel lebendig.«

Macro blieb stehen und schaute Scott so fest an, daß dieser ebenfalls anhielt. Und als er sprach, sagte er mit leidenschaftlicher Intensität: »Natürlich ist sie lebendig. Sie lebt ganz und gar.«

Scotty schaute ihn stirnrunzelnd an. »Was wollen Sie damit sagen?«

»Ah«, sagte Alt. »Wir sind da, Mr. Scott.«

Sie blieben vor einem blitzenden silbernen Diskus stehen, der etwa zwei Meter durchmaß. Alt deutete auf ihn. »Mr. Scott, laut der von uns abgetasteten Schiffsunterlagen sind Sie der Chefingenieur. Ich sehe keinen Grund, warum ich Sie nicht in unsere neuesten Entwicklungen einweihen sollte, wenn wir auch nicht versprechen, Ihnen in allen Einzelheiten zu sagen, wie sie funktionieren.«

»Das ist schon in Ordnung«, sagte Scotty. Innerlich war er zuversichtlich, daß er nur einen Blick auf die Dinge zu werfen brauchte, um später in der Lage zu sein, sie aus dem Gedächtnis nachzubauen.

»Gut. Treten Sie auf diese Plattform, dann wird man Sie ins Energiezentrum bringen. Einer unserer besten Leute nimmt Sie dort in Empfang.«

»Ja«, sagte Macro. »Sein Name ist Regger. Er ist mein Sohn.«

»Ihr Sohn?« sagte Scotty.

»Ja, aber machen Sie sich keine Sorgen. Er ist ganz anders als ich.«

Alle schauten Macro überrascht an, und die völlig unschuldige Miene, die er aufsetzte, ließ mehrere Ratsmitglieder unweigerlich in Lachen ausbrechen. Dies wiederum brachte auch Thak, Scotty und sogar Shondar Dorkin zum Lachen, dessen feister Bauch auf eine Weise wippte, die ihn wie den Weihnachtsmann aussehen ließ.

Spock hingegen musterte, ohne eine Miene zu verziehen, Richard Daystrom, der lediglich die Achseln zuckte.

Alt schüttelte den Kopf und sagte: »Ich muß zugeben, Macro, daß du mich in manchen Zeiten sehr verwunderst.«

»Nur Narren kennen ihre eigenen Schwächen nicht«, erwiderte Macro. »Und von einem Narren bin ich weit entfernt. Darf ich vorschlagen, daß der Wissenschaftler Thak Mr. Scott begleitet? Shondar Dorkin und Mr. Spock können den Statusmeister Alt und den Rest des Rates begleiten, um die Philosophien und die politische Lage zu diskutieren. Ich bringe Dr. Daystrom derweil ins Computerkommunikationszentrum. Dies dürfte die Neugier der einzelnen Experten befriedigen.«

Die Angehörigen der Kontaktgruppe schauten einander an und tauschten schweigend Meinungen aus. Schließlich sagte Spock: »Es scheint mir eine zufriedenstellende Tagesordnung zu sein, Macro.«

Thak ging zu Scotty hinüber, und die beiden traten auf die blitzende Plattform. Thak sagte mit leiser Stimme: »Mir ist alles recht. Hauptsache, ich brauche mich nicht in der Nähe des Tellariten aufzuhalten.«

»Ich habe verstanden«, sagte Scotty ebenso leise. Dann fragte er etwas lauter: »Was müssen wir tun, um die ...«

»Denken Sie nur an den Ort, an den Sie wollen«, sagte Macro.

»Meinen Sie damit, wenn ich in die Ingenieursabteilung will, brauche ich nur ...«

Scott und Thak verschwanden, als hätten sie nie existiert.

»Wo, zum Henker ...«, rief Shondar Dorkin aus. Nicht, daß er sich besondere Sorgen um das Wohlergehen der beiden gemacht hätte. Hätte er sie nie wiedergesehen, wäre es ihm egal gewesen. Doch die Abruptheit ihres Verschwindens irritierte ihn.

»Machen Sie sich keine Gedanken«, sagte Alt. »Sie sind schon unterwegs.«

15

»Das ist völlig unmöglich.«

Die Versammlung im Konferenzraum war nur klein – sie bestand aus Kirk, McCoy, dem in einem Schwebestuhl sitzenden Fox, Ecma, Tyler und der als Protokollantin tätigen Uhura. Eigentlich war ihre Tätigkeit überflüssig, da der Computer automatisch Aufzeichnungen von allem machte, was besprochen wurde. Doch in solchen Situationen war ein bestimmtes Protokoll vorgeschrieben.

Fox hatte den letzten Satz ausgesprochen. Er schüttelte heftig den Kopf. »Es ist absolut unmöglich.«

»Dies«, sagte Kirk ruhig, »unterliegt aber nicht Ihrer Entscheidung, Botschafter.«

»Captain...« Fox drehte den Stuhl, um ihn anzusehen. »Ich fürchte doch.«

Einen Moment lang herrschte unbehagliches Schweigen, dann sagte Tyler mit stiller Autorität: »Ich kann Ihnen persönlich versichern, Captain, daß Sie in dieser Angelegenheit die volle Unterstützung der Flotte haben.«

»Ich würde solche Versicherungen nicht überstrapazieren, Commodore«, sagte Fox ungezwungen. »Bei allem gebührenden Respekt: Es ist ziemlich offensichtlich, daß Sie nicht klar denken. Ihr Urteilsvermögen ist durch Ihre Beziehung zur Baumeisterin...« Er deutete auf Ecma. »... die Sie eindeutig übermäßig beeinflußt, beeinträchtigt worden. Nun bin ich zwar nicht so vermessen, mir einzubilden...«

Tyler machte Anstalten, sich zu erheben. Es war nie

seine starke Seite gewesen, sein Temperament zu zügeln. »Sie bürokratischer Kissenfur …«

»Commodore!« sagte Kirk mit einer Schärfe, die eher beim Ansprechen eines Untergebenen angebracht gewesen wäre. Doch Tyler schwieg und setzte sich schon wieder hin.

McCoy behielt Ecma sorgfältig im Auge. Irgend etwas war mit ihr; ihre Körpersprache erschien ihm irgendwie falsch. Er hatte Jahre damit verbracht, das Gespür zu entwickeln, auf einen Blick hin sagen zu können, ob jemand bei guter Gesundheit war. Doch nun warnte ihn sein sechster Sinn. »Baumeisterin«, sagte er leise, »fühlen Sie sich wohl?«

Sie schaute ihn mit Augen an, die irgendwie glasig wirkten, dann lächelte sie mutig. »Es geht mir gut, Doktor. Ich bin aufgrund der … kürzlichen Ereignisse nur … etwas abgespannt.«

»Das überrascht mich nicht«, sagte McCoy vorsichtig.

»Mich aber doch«, sagte Fox. »Ich bin überrascht, Baumeisterin, daß Sie bereit sind, die sich entwickelnden Beziehungen zwischen unseren Völkern zu torpedieren, indem Sie plötzlich ankündigen, daß Sie nicht zurückkehren wollen.«

»Sie hat ihre Gründe«, sagte Tyler. »Und ich wiederhole – die Flotte wird sie unterstützen.«

»Die Flotte ist der Föderation der Vereinten Planeten unterstellt«, gab Fox zurück, »und ich bin der offizielle Vertreter dieser erhabenen Körperschaft.« Er wandte sich an Kirk. »Captain, haben Sie irgendeine Vorstellung davon, wie verdammt heikel diese Situation ist?«

»Ich glaube schon, Botschafter«, sagte Kirk ruhig. »Es macht Ihnen Sorgen, daß die Calligarier über die Abdankung ihrer Baumeisterin beunruhigt sein werden – ganz zu schweigen von der Tatsache, daß das Verlassen ihres Lebensraums wahrscheinlich die Philosophie des Isolationismus verletzt. Stimmt's?«

Die Frage war an Ecma gerichtet. Sie nickte langsam. »Die Begegnung mit den Angehörigen der Föderation stellt für mein Volk eine völlig neue Lage dar«, erwiderte sie. »Ohne den Einfluß meines Vaters wäre diese Begegnung unmöglich.«

Uhura, die den Computer überwachte, schaute auf. »Verzeihung, aber ... Ich dachte, Sie hätten gesagt, Ihr Vater sei tot.«

»Es klang wirklich so, als hätten Sie in der Gegenwart gesprochen«, warf Kirk ein. »Auch ich bin leicht verwirrt.«

Ecma hustete leise. »Mein Vater und seine Philosophien leben im Geist meines Volkes weiter«, sagte sie dann. »So wie längst verstorbene Philosophen und weise Menschen Ihres Volkes Sie beeinflussen. Ich neige dazu, von ihm zu reden, als sei er noch lebendig.«

»Sehr verständlich«, sagte Tyler.

Kirk wußte zwar nicht genau, ob er Ecma verstand, aber er ging nicht weiter darauf ein. »Wenden wir uns dem Thema zu, das uns auf den Nägeln brennt.«

»Es geht darum, die Baumeisterin davon zu überzeugen, daß der Kurs, den sie einschlagen will, für die Beziehungen zwischen unseren Völkern selbstmörderisch sein kann«, sagte Fox. »Welche Gründe sie auch hat, so zu handeln, ich kann nicht glauben, daß sie das Werk in Gefahr bringen will, das ihr Vater begonnen hat und das wir sehr gern fortsetzen möchten.«

Kirk musterte ihn abschätzend. »Botschafter«, sagte er und senkte allein durch seine Stimme die Raumtemperatur um einige Grad, »ich verstehe ja, daß Sie in dieser Sache heftige Gefühle empfinden, aber wenn Sie mich noch einmal unterbrechen, kehren Sie ins Lazarett zurück und nehmen an dieser Besprechung nur noch über den Bildschirm teil. Habe ich mich klar ausgedrückt?«

Fox warf ihm einen finsteren Blick zu, sagte aber nichts.

Kirk wandte sich kurz wieder Ecma zu. »Und jetzt, Baumeisterin …«

»Ecma, bitte«, sagte sie.

»Also Ecma … Sie haben Commodore Tyler – und nun auch mir – erzählt, daß Sie in der Föderation bleiben wollen. Ich nehme an, Sie haben dem Commodore irgendeinen Grund für diesen Wunsch genannt.« Er sah aus den Augenwinkeln, daß Tyler nickte. »Ich kenne ihn allerdings noch nicht. Ich bitte Sie also, ihn mir zu nennen.«

»Es ist ein persönlicher Grund, Captain«, sagte Tyler, bevor Ecma antworten konnte.

»Ich fürchte, das reicht nicht aus, Commodore.«

»Und ich fürchte, es wird ausreichen *müssen*, Captain.«

»Nein, Sir«, sagte Kirk. »Vielleicht hat Botschafter Fox recht, wenn er sagt, daß diplomatische Dinge, wie etwa ein Übertritt, in die Domäne des diplomatischen Dienstes fallen – und da er hier ist, ist er die Autorität. Sie könnten vielleicht als höchster anwesender Flottenoffizier argumentieren, daß Sie die Autorität haben. Aber, meine Herren …« Kirk lächelte unfreundlich. »… Tatsache ist nun mal: Dies ist mein Schiff. Meine Mannschaft. Wenn ich ›springen‹ sage, fragt man, wie hoch man springen soll, und wenn ich dem Sicherheitspersonal befehle, Sie alle in den Bau zu bringen, wird dieser Befehl ohne Zögern ausgeführt. Sind wir uns auch über diesen Punkt im klaren?«

»Sie bedrohen uns mit primitiver Stärke«, sagte Fox.

»Stimmt genau. Ich bin bekannt dafür, daß ich Stärke anwende, damit alles in meinem Sinne läuft. Eine Konsequenz dieses Rufes ist, daß Sie Eminiar VII überlebt haben. Ich bin zu alt, um jetzt noch damit anzufangen, mit Samthandschuhen zu arbeiten, Botschafter. Wenn es Ihnen nicht paßt, können Sie gern nach Hause gehen. Und bei allem gebührenden Respekt, Commodore: Sie können ihn begleiten.«

Kirk stand von seinem Stuhl auf, verschränkte die Hände auf dem Rücken und durchquerte den Konferenzraum. »Commodore, Sie bitten mich, meinen Kopf auf einen Block zu legen, während Botschafter Fox sich mehr als freuen würde, die Axt zu schwingen. Nun habe ich zwar nichts dagegen, meinen Hals zu riskieren – Gott weiß, daß ich es schon oft genug getan habe –, aber ich muß irgendeine Vorstellung von dem haben, was auf dem Spiel steht. Ich tue so etwas nicht mit verbundenen Augen.« Er musterte Ecma. »Es liegt an Ihnen, Ma'am. Sagen Sie mir, warum Sie zurücktreten wollen. Liegt es an Commodore Tyler? Oder ist es etwas anderes?«

Ecma schwieg. Sie schien irgendwie erstarrt. Sie biß sich auf die Unterlippe und zeigte nur dadurch, daß sie Kirk überhaupt gehört hatte und über irgend etwas nachdachte.

»Sie möchte bei mir bleiben«, sagte Tyler.

»Das ist nicht der Grund«, sagte Ecma. Sie wirkte ziemlich geistesabwesend. McCoy fiel auf, daß sie unregelmäßig atmete. »Oh, ich mag Sie sehr gern, Joe... Ich glaube sogar, daß ich Sie liebe... Aber das allein würde nicht ausreichen.«

Tyler schien von ihren Worten verwirrt, aber er erholte sich wieder. »Na schön«, sagte er dann. »Dann müssen Sie dem Captain von Ihrem Bruder erzählen.«

»Es ist nicht mein Bruder«, sagte sie.

»Ihr Bruder?« fragte Kirk.

Ecma zwang sich zu einem rauhen Lächeln. McCoy, der in seiner Tasche einen Tricorder mitgebracht hatte, um Fox im Auge zu behalten, kalibrierte nun heimlich das Gerät, um es auf Ecma einzustellen.

»Joe Tyler ist moralisch entrüstet«, sagte Ecma, »weil ich intime Beziehungen zu meinem Bruder Macro unterhalte.«

»Eine Beziehung, der ein Sohn entsprungen ist«, sagte Tyler finster.

Kirk blinzelte überrascht. Uhura gelang es kaum, ihre Reaktion zu verbergen. McCoy war zu beschäftigt, da er sich um ihre Lebenszeichen kümmerte. Ecmas Puls raste.

»Es ist nicht eben eine glückliche Beziehung«, fuhr sie fort, »aber wie ich Joe schon sagte, ist dies bei meinem Volk nichts Ungewöhnliches. Es ist auch kein Tabu, wie in Ihrer Gesellschaft. Wir haben unsere eigenen …« Sie hüstelte kurz, wirkte schwach, aber dann fuhr sie fort. »Wir haben unsere eigenen Tabus. Und was das anbetrifft, so schwer es auch zu glauben ist, ich liebe meinen Sohn. Aber ich liebe das Leben mehr, und ich …«

»Captain«, sagte McCoy. »Ich glaube, wir sollten …«

Doch Kirk hatte ihn nicht gehört. »Sie lieben das Leben? Wird es denn von irgend jemandem bedroht?«

Ecmas Atmen kam nun stoßweise. McCoy sprang sofort auf, der Tricorder hatte für ihn eindeutige Beweiskraft.

»Ich möchte nicht verringert werden«, keuchte Ecma, und ihr Körper schien sich in Gummi zu verwandeln. »Ich … Ich will n …«

»Verringert? Was soll das heißen, verdammt?« fragte Kirk. »Commodore …«

»Das ist mir neu«, sagte Tyler verwirrt. »Ich habe nie …«

»Captain!« fauchte Fox. »Die Frau ist unberechenbar!«

»Jim!« sagte McCoy. »Ihr Herzschlag ist arhythmisch, sie atmet zu schnell!«

»Es ist noch nicht so weit! Es ist nicht richtig!« Ecma stand nun auf den Beinen, ihr Körper zitterte, dann fiel sie langsam vornüber. Tyler fing sie auf, setzte sie wieder auf den Stuhl zurück, und McCoy war sofort am Interkom und rief ein Team aus dem Lazarett.

Und dann schrie Ecma lauthals: *»Ich will nicht sterben!«*

»Sterben?« echote Fox. »Was, um alles in der Welt ...«

»Maul halten!« fauchte Tyler. »Halten Sie doch die Klappe!«

Trotz der Kraft, die ihr Körper zur Schau gestellt hatte, schienen sich ihre Knochen aufzulösen. Sie rutschte langsam vom Stuhl, und Tyler hob sie auf seinen Armen hoch. Sie erschien ihm gewichtslos.

»Tun Sie etwas für sie!« schrie er McCoy an. »Das ist ein Befehl!«

»Ich kenne ihren biologischen Aufbau nicht genau«, sagte McCoy. »Medikamente, die uns helfen, könnten sie umbringen. Ich muß sie mit ins Lazarett nehmen.«

Wie aufs Stichwort stürzte das Team aus dem Lazarett mit einem Antigravtisch und einem Medowagen in den Konferenzraum hinein. Tyler legte Ecmas bebenden Leib auf den Tisch. Kirk stand sofort neben ihr. »Sie sind in besten Händen«, sagte er.

Ihre Augen waren halb geschlossen, aber plötzlich schlug sie sie auf, und Kraft schien durch ihren rechten Arm zu strömen. Sie packte Kirks Unterarm mit einem schraubstockartigen Griff. »Schicken Sie mich nicht zurück!« zischte sie. »Bitte ... Sonst sterbe ich ... Bitte ...«

»Tu' ich nicht«, sagte Kirk. »Ich verspreche es. Ich gewähre Ihnen Asyl. Sie haben mein Wort.«

Ihre Lippen bewegten sich, aber sie war nicht fähig, ein Wort zu äußern. Dann sackte ihr Kopf nach hinten. Ihre Hand ließ Kirks Arm los, und McCoy fauchte: »Los, ins Lazarett mit ihr, aber schnell!«

Der Medowagen rollte hinaus. Tyler wollte der Gruppe folgen, doch McCoy ließ ihn mit einem Blick erstarren. »Ich brauche keine Zaungäste, verdammt«, sagte er scharf. Dann drehte er sich um, warf noch einen Blick über die Schulter und fügte *»Sir«* hinzu.

Nachdem man Ecma in aller Eile hinausgebracht hatte, herrschte im Konferenzraum eine ganze Weile Schweigen. Dann sagte Botschafter Fox ziemlich leise:

»Das haben Sie doch wohl nicht ernst gemeint, Captain …«

Kirk erwiderte ziemlich geistesabwesend: »Ernst?«

»Daß Sie sie nicht zurückschicken. Unsere Kontaktaufnahme mit den Calligariern ist sehr heikel. So etwas … Daß einer ihrer höchsten Vertreter …«

»Botschafter …«, sagte Kirk langsam.

»Jetzt lassen Sie mich ausreden!« sagte Fox. »Mein Gott, Kirk, ich bin doch kein Unmensch! Ich sehe doch, wie dreckig es ihr geht. Die Frau ist eindeutig außer sich. Ich bin aber auch nicht so dumm oder gefühllos, um Commodore Tylers offensichtliche Zuneigung zu ihr zu übersehen.«

»Was wissen Sie denn schon davon, Fox?« sagte Tyler mit offener Verachtung.

Fox schüttelte bedauernd den Kopf. »Ich habe den Blick gesehen, mit dem Sie sie betrachten, Commodore. Und ich habe auch gesehen, wie sie Sie anschaut. Zwischen Ihnen beiden besteht eine Verbindung. So etwas kann man nicht vorhersehen, und man weiß nie, wann und wo man so etwas in unserer riesigen Galaxis findet. Aber Sie haben einander gefunden, und unter normalen Umständen würde ich Ihnen gern die Hand schütteln. Leider sind wir weit von normalen Umständen entfernt. Unsere Beziehungen zu den Calligariern sind noch immer äußerst tastend. Wir haben zwar keine Ahnung, wie sie reagieren, wenn sie von der Sache erfahren, aber ich glaube, die Chancen sind verdammt hoch, daß sie nicht allzu erfreut darüber sind. Wenn Sie den Wunsch eines einzelnen Lebewesens überbewerten, bringen Sie das gesamte Unternehmen in Gefahr.«

»Es sind zwei Lebewesen«, sagte Tyler ruhig.

»Es ist unfair«, fuhr Fox fort, als hätte er Tyler überhört, »die ganze gute und schwere Arbeit in Gefahr zu bringen, die bisher geleistet wurde. Sie sind Ihrer Mission verpflichtet, Captain. Und Ihre Mission besteht darin, Beziehungen zu den Calligariern aufzunehmen. Nicht das Risiko einzugehen, sie gegen uns aufzubringen.«

»Ich wäre Ihnen dankbar, Botschafter«, sagte Kirk, »wenn Sie mich nicht daran erinnern, was meine Mission ist.« Er hielt inne. »Sie haben jedoch, ich gebe es zu, eine Reihe wichtiger Punkte über die Prioritäten und deren möglichen Stellenwert angesprochen. Tatsache ist, daß Sie wahrscheinlich recht haben.«

Tyler schaute Kirk offen gekränkt an. »Captain, ich kann einfach nicht glauben …«

Kirk hob eine Hand, um zu verdeutlichen, daß er noch nicht fertig war. »Tatsache ist aber auch, daß wir nicht wissen, wie die Calligarier reagieren, solange wir es ihnen nicht sagen. Also sollten wir es ihnen meiner Meinung nach erzählen – und abwarten, was dann passiert.«

»Moment«, sagte Fox. »Sie vergessen des Pudels Kern. Ich weiß, daß dies Ihr Schiff ist. All das weiß ich. Aber ich glaube, daß ich meinem Rang und meiner Stellung zufolge berechtigt bin, es zu wissen: Wenn die Calligarier ihre Baumeisterin zurückhaben wollen, geben wir sie dann heraus?«

»Ich habe mein Wort gegeben«, sagte Kirk fest. »Ich gebe niemanden heraus, der sagt, daß sein Leben auf dem Spiel steht und er sterben wird. So etwas tue ich nicht.«

»Selbst wenn es bedeutet, daß wir ein Bündnis zunichte machen, das ein unglaublicher Segen für die Zukunft der Föderation sein könnte?«

Kirk stand auf und ragte vor dem unbeweglichen Fox auf. »Was kann gut für unsere Zukunft sein, Botschafter, wenn unsere Moral und unsere Empfindsamkeit für die menschlichen Bedürfnisse dabei auf der Strecke bleiben?«

»Es klingt sehr anspruchsvoll, Captain«, erwiderte Fox. »Nur hat die Sache einen Haken: Ecma ist kein

Mensch. Die Calligarier sind keine Menschen. Sie zwingen anderen Lebewesen menschliche Einstellungen auf und wollen die Kluft zwischen der Menschheit und dem Rest der Galaxis überbrücken, indem Sie ein Netz der Ethik mit terranischen Philosophien als Ankerpunkten knüpfen. Sie überraschen mich, Captain. So funktioniert es nicht. Sie wissen es selbst, und auch ich weiß es – und ebenso die Erste Direktive.«

»Dies ist kein Fall für die Erste Direktive.«

»Und ob es einer ist. Wir dürfen uns nicht in die gesellschaftlichen Belange der Calligarier einmischen und etwas unternehmen, wie …«

»… wie etwa Computer in die Luft jagen, die einen jahrhundertelangen Krieg steuern?« fragte Kirk gelassen.

Fox' Gesicht wurde hart. »Wann hören Sie endlich auf, mir das unters Hemd zu jubeln?«

»Aus irgendeinem Grund«, sagte Kirk mit trügerischer Herzlichkeit, »scheint das Thema sein Haupt immer wieder zu erheben.«

»Was Sie damals getan haben, war reine Selbstverteidigung.«

»Und das hat mein Tun legalisiert, nicht wahr?« sagte Kirk herausfordernd.

»Es hat Ihre Handlung zumindest verständlich gemacht.«

»Ich weiß, was sie verständlich gemacht hat: daß wir Sie und uns verteidigt haben. Und nun hören Sie mir zu: Wir handeln in Selbstverteidigung für Ecma. Ihr Leben ist es mindestens ebenso wert, daß man es verteidigt.«

»Jedenfalls mehr als das von manchen Leuten, die mir gerade so einfallen«, brummte Tyler.

»Deswegen«, sagte Kirk, »ist des Pudels Kern, der Ihnen so wichtig ist, der: daß wir es hier mit einer Situation zu tun haben, mit der man sich abfinden muß. Ecma im Sarg nach Hause zu bringen ist keine Option.

Die Lage verlangt allerdings nach dem Geschick eines Diplomaten. Sie werden also ...« Er hielt inne und suchte nach dem richtigen Wort, aber keines wollte so richtig passen. »... diplomieren«, sagte er mit einem Achselzucken.

»Eins will ich mal klarmachen«, sagte Fox. »Tyler will, daß sie hierbleibt, weil er sie liebt. Und Sie unterstützen diese Ansicht aufgrund irgendeines verkorksten – ich weiß nicht, warum – Lanzelot-Komplexes, den Sie haben. Und Sie erwarten, daß *ich* versuche, all diese Dinge auszubügeln?«

»Genau das.«

»Und warum?«

»Weil es Ihr Beruf ist, verdammt«, sagte Kirk. »Und weil ich es Ihnen sage. Und weil Sie es – ob es Ihnen nun gefällt oder nicht – mir schuldig sind, Botschafter.«

Fox setzte eine finstere Miene auf, schüttelte den Kopf und schwang den Stuhl herum. Als er den Konferenzraum verließ, murmelte er unverständlich vor sich hin.

Tyler wandte sich an Kirk und sagte: »Danke, Captain. Wenn Sie nichts dagegen haben, gehe ich nun ins Lazarett, um abzuwarten.«

»Falls Dr. McCoy Sie reinläßt ... Tun Sie es.«

Sobald Tyler hinausgegangen war, wandte sich Kirk mit einem fragenden Blick an Uhura. »Nun? Haben Sie irgend etwas zu der Sache zu sagen?«

Uhura zuckte die Achseln. »Nur eins: Wenn ich in Schwierigkeiten wäre, wüßte ich niemanden, den ich lieber an meiner Seite hätte.«

Kirk lächelte blaß. »Danke, Commander.«

»Außerdem stecken Sie in großen Schwierigkeiten.«

»Wem sagen Sie das ...«

16

In Montgomery Scotts Schädel schien es zu kreischen. Sonst hörte er nichts. Nichts umgab ihn, nichts wirkte auf ihn ein. Es gab ihn gar nicht.

Er schwebte seit Ewigkeiten durch die Zeit, und obwohl er zu existieren aufgehört hatte, hatte er das Gefühl, sich voranzubewegen. Die gesamte Existenz brüllte an ihm vorbei, ein ungeheurer Ansturm raste neben ihm dahin, umgeben von einem Summen und einer Luftflut, die rings um ihn zu knistern schien.

Und plötzlich war es einfach vorbei.

Scotty wankte leicht, und die Stimme, die er verloren hatte, schien ihn nun wieder einzuholen. »*Ahhhhh*«, kam es über seine Lippen, und er setzte zu einem unsicheren Schritt an.

Neben ihm stand Thak. Er war ähnlich desorientiert. Der Andorianer erholte sich jedoch etwas schneller und legte die Hand auf Scottys Schulter, um die Balance nicht zu verlieren.

Scotty nickte ihm dankbar zu, dann holte er tief Luft und schaute sich um.

An den Wänden befand sich eine Anzahl von Röhren, die aus pulsierendem blauen Plasma zu bestehen schienen, welches dem ähnlich war, das die Oberfläche des Planeten unter ihnen bedeckte. Lange Röhren erstreckten sich an der Decke des wie eine Kaverne wirkenden Raumes und verschwanden irgendwo im Nichts.

In der Mitte des Raumes stand irgendeine Anlage,

die nichts glich, was Scotty je zuvor gesehen hatte. Sie stand in einem eigenen unabhängigen Behälter, durch dessen transparenten Deckel ein Gerät sichtbar wurde, daß so groß war wie seine Faust. Aus ihm ragten kleine Dorne hervor, die abwechselnd schwarz und rot blitzten.

Scotty und Thak traten unsicher von der flachen Silberscheibe herunter, die genauso aussah wie jene, auf der sie noch vor wenigen Sekunden gestanden hatten. Der Raum war von einem beständigen, langsamen Summen erfüllt.

»Was, in aller Welt ...«, sagte Thak. Er und Scotty gingen auf den Behälter in der Raummitte zu. Sie umkreisten ihn langsam, ohne sich mehr als einen Meter an ihn heranzutrauen.

»Sieht fast so aus wie eine Dilithiumkammer«, sagte Scotty, »aber es ist kein Kristall drin. Hmmm.« Er rieb sich das Kinn. »Irgendeine Art Energieumverteilungssystem, meinen Sie nicht auch?«

»Ein Verteiler? Aber müßte er nicht viel größer sein?«

»Aye. Wir haben auf der *Enterprise* ähnliche Knotenpunkte, aber sie sind viel größer – und sie liefern nur die Energie für ein Raumschiff. Können Sie sich vorstellen, wie groß eine solche Anlage sein müßte, wenn sie den Energiebedarf einer ganzen Welt abdeckt?«

»Etwa so groß wie die Anlage hier«, sagte eine leise, amüsierte Stimme.

Sie drehten sich um und erblickten den Sprecher. Es war ein Calligarier, der eine leichte Ähnlichkeit mit Macro aufwies, wenn seine Gesichtszüge auch etwas weicher und sein Hals etwas länger wirkten. Er hatte zudem leicht gebeugte Schultern, die ihm das Aussehen eines Wesens verliehen, das sich fortwährend anstrengen muß, um zu hören, was man ihm sagt. »Sie müssen Regger sein«, sagte Scotty.

»Ja, der bin ich«, sagte Regger. Er nickte Scott und Thak zu. »Und Sie sind die Herren aus der Föderation.«

»Aye, das sind wir.«

»Ich hoffe, unser Rangiertransporter hat Sie nicht zu sehr außer Fassung gebracht.«

»Ach, ein Rangiertransporter?«

»Ja. Ihre Partikelströme wurden in einen Verströmer eingespeist und über eine Ihren Neuronen entnommene vorprogrammierte Route hierhergeschossen.«

»Wie lange hat es gedauert?« fragte Thak. Ich hatte den Eindruck, es nimmt kein Ende mehr.«

»Sie waren sofort hier. Weitaus schneller als mit Ihren Transportern.«

Scotty stieß einen Pfiff aus. Er schaute sich, die Hände in die Hüften gestützt, lange und prüfend um. »Eine tolle Anlage haben Sie hier. Und das Gerät da – Sie haben gesagt, es dient zum Kanalisieren von Energie?«

Regger nickte, ging zu dem Behälter in der Mitte und legte die Hände auf ihn. »Der Illidium-36-Explosiv-Raummodulator«, sagte er mit zufriedener Stimme. »Ich habe ihn selbst konstruiert. Er hat die Energieleistung im ganzen Weltennetz um siebzehn Prozent erhöht.«

»›Explosiv‹?« sagte Thak nervös.

»Ach, machen Sie sich keine Sorgen. Es bezieht sich auf den Prozeß der Datenverarbeitung, nicht um Explosionen üblicher Art.«

»Das beruhigt mich«, sagte Thak mutig.

Scotty studierte das Gerät und kniff die Augen leicht zusammen. »Erstaunlich«, sagte er. »Einfach erstaunlich. Wenn es eine Möglichkeit gäbe, dies an unsere Generatoren anzuschließen …«

»… würden die Schrauben rausfliegen«, sagte Regger beiläufig. »In Ihrer Datenbank wird etwas erwähnt, das Transwarp-Antrieb heißt. Richtig?«

»Ach«, schnaubte Scotty geringschätzig. »Kokolores. Hat nie richtig funktioniert.«

»Nein«, korrigierte Regger ihn. »Er wurde nur nie

richtig konstruiert. Aber die Grundlagen sind ganz in Ordnung. Wenn die Wissenschaftler Ihrer Flotte die Sache weiterverfolgen würden, könnten sie den Fehler finden und korrigieren.«

»Was meinen Sie damit?« fragte Thak. »Behaupten Sie, Sie könnten die Sache ...«

»Nein«, sagte Regger. »Ich fürchte, ich kann Ihnen nicht das Händchen halten und es für Sie machen, so gern ich es auch täte. Sie machen auf mich den Eindruck anständiger Burschen. Aber es hat mit Politik zu tun, Disputen zwischen unterschiedlichen Ideologien und dergleichen. Ich habe mich nie groß damit abgegeben. Ich erfreue mich nur an der reinen Forschung. Ich will damit folgendes sagen: Wenn man das Transwarpsystem zum Funktionieren bringen könnte, würden Sie die Möglichkeiten, die es bietet, nicht glauben. Es würde Ihre Vorstellung von dem, was Geschwindigkeit ist, völlig auf den Kopf stellen. Sie müßten Ihre gesamte Warpdefinition völlig neu justieren.«

Durch Scotts Kopf tanzten jetzt schon allerhand Möglichkeiten. »Ich hätte nie gedacht, daß ...«

»Ja«, sagte Regger. »Das kann ich mir vorstellen.«

Einen Augenblick lang klang er ungeheuer arrogant, und Scotty beäugte ihn argwöhnisch. Doch dann zeigte Regger ein entspanntes Lächeln und sagte: »Kommen Sie, ich zeige Ihnen ein paar Energiemessungen, die unser Plasmabrenner gemacht hat. Ich glaube, sie werden Sie gewaltig beeindrucken.«

»Ich finde Ihr UMUK-Konzept äußerst faszinierend«, sagte Alt. »Unendliche Mannigfaltigkeit in unendlicher Kombination.«

Sie hielten sich in einem zentral liegenden Saal der Calligarier auf, der mit einfachen, aber bequemen Möbeln ausgestattet war, die derart seltsame Formen aufwiesen, daß man zuerst kaum glauben konnte, daß es sich überhaupt um Möbel handelte. Doch es waren

Möbel, und zwar so eindeutig, daß sich sogar der ständig nörgelnde Shondar Dorkin dazu bemüßigt fühlte, einen positiven Kommentar abzugeben.

»Das ist die irdische Definition«, sagte Spock. »Das Akronym UMUK geht auf einen vulkanischen Begriff zurück. Es ist für die Terraner eine günstige Methode, in ihrer Sprache das zusammenzufassen, was eigentlich eine Vorstellung ist, die vulkanische Philosophen seit Jahrhunderten diskutieren.«

»Typisch«, schnaubte Dorkin geringschätzig. »Die Erdlinge müssen für alles eine griffige Abkürzung finden.«

Spock musterte ihn mit unverhohlener Verblüffung. »Würde dies stimmen, Shondar, hätte sich die Erste Direktive der Föderation nie entwickelt. Gäbe es eine leichtere Lösung für Probleme, als sich einfach auf seine überlegene Technik und Feuerkraft zu verlassen? Doch genau das verbietet die Direktive der Nichteinmischung streng.«

»Gibt es denn eine einfachere Lösung?« Dorkin lachte. »Ich will Ihnen sagen, welche es gibt: Das Problem ignorieren. Ihm den Rücken zukehren. Indem man sagt: ›Ich bin nicht in Not, also mische ich mich nicht ein.‹ Das, mein vulkanischer Gefährte, ist die einfachste Methode, mit irgend etwas fertig zu werden. Man geht einfach.«

Alt beugte sich vor und sagte: »Nein. Nein, Shondar Dorkin. Dies wäre in jedem Fall das Schwierigste, was man tun kann.«

»Es gibt noch eine andere terranische Philosophie«, sagte Spock. »Die der sogenannten Quäker, beziehungsweise der Gesellschaft der Freunde. Ein Grundpfeiler ihres Glaubens ist, daß man, wenn man Zeuge eines Problems wird, helfen muß, es zu lösen. Wenn es um Einmischung oder Nichteinmischung geht, haben alle Philosophien individuelle Anforderungen.«

Shondar Dorkin nickte leicht. »Da haben Sie recht.«

Spock fand Dorkins Einstellung faszinierend. Obwohl er sich ständig bis zur Unerträglichkeit aufplusterte, schien er doch ein äußerst interessiertes Individuum zu sein, wenn es um Dinge ging, die zu seinem Spezialgebiet gehörten, etwa fremde Gesellschaftsformen und deren Entwicklung. Es war für Spock eine Erleichterung – denn bis dato hatte es so ausgesehen, als sei Dorkin auf ihrer Mission nichts anderes als ein Hindernis.

Und tatsächlich war es auch Dorkin, der das Gespräch fortsetzte, indem er zu Alt sagte: »Wir haben zwar über die verschiedenen Philosophien der Föderation gesprochen, aber über die Ansichten der Calligarier wissen wir, von Ihrem Verlangen nach Isolation abgesehen, noch nichts. Ich frage mich, was Sie bewegt.«

Alt schürzte kurz die Lippen, dann schaute er die Ratsmitglieder an. Die Anwesenden tauschten Blicke, dann nickten sie.

»Unser Glaube, wie Sie es nennen, gründet sich auf das Konzept der Harmonie«, sagte Alt, »weswegen wir auch das Konzept des UMUK so interessant finden. Unser Glaube besteht darin, miteinander in Harmonie zu leben – und, was noch wichtiger ist, mit unserer Umwelt.«

»Aber als wir Ihnen zum ersten Mal begegneten«, sagte Spock, »waren Sie sich nicht einig, wie Sie mit uns umgehen sollten.«

»Das ist richtig«, sagte Alt. »Zyo und ich hatten hinsichtlich der Föderation unterschiedliche Einstellungen. Als Statusmeister besteht meine Aufgabe darin, die Harmonie für alle Betroffenen zu erhalten. Zyo war als Baumeister für das eigentliche Funktionieren der Mechanik unserer Welt und deren Fortschritt verantwortlich. Anders ausgedrückt: Ich bin für den Geist verantwortlich, während er für den Körper verantwortlich war.«

»Und Geist und Körper waren getrennt.«

»Ja. Zyo argumentierte, Ihr Eindringen in unseren Lebensraum werde – selbst in der relativ unbedeutenden Art des Subraum-Kontakts – Auswirkungen auf die Harmonie haben. Und die einzige Möglichkeit, die Harmonie aufrechtzuerhalten, bestünde darin, Ihre Existenz in die unsere einzugliedern.«

»Uns zu absorbieren?« fragte Spock vorsichtig.

Doch Alt schüttelte den Kopf. »Sie anzuerkennen. Dies stand im Gegensatz zu meinen Gefühlen, die besagten, man sollte Sie ganz und gar ignorieren. Aber Zyos Gefühle gewannen die Oberhand, und seinem Plan sind wir gefolgt.«

»Wie hat sein Plan Oberhand gewonnen?« fragte Dorkin, der Spock mit der Frage eine Sekunde zuvorkam. »Wie wurde die Frage entschieden?«

»Sie wurde entschieden.«

»Aber wie?« beharrte Dorkin.

Alts Gesicht verhärtete sich. »Nun, sie wurde einfach entschieden. Sie wurde durch Harmonie entschieden. Die Idee wurde zu einem Teil von uns, und wir optierten dafür, sie anzunehmen. Wir müssen nämlich in Harmonie leben, meine Herren. Wir können nicht woanders hingehen.«

»Was meinen Sie damit, Sie können nicht woanders hingehen?« fragte Dorkin. »Der Weltraum ist doch groß genug. Nun, da Sie gesehen haben, daß die Begegnung mit anderen Lebensformen alles andere als der Untergang ist, werden Sie sich doch wohl nicht mehr in diesen Kuppelstädten verstecken.«

»Genau das«, sagte Alt, »haben wir vor. Wir leben seit Jahrhunderten so. Wir haben nicht die Absicht, es nun zu ändern.«

»Aber Sie haben keine andere Wahl«, sagte Spock. »Die Notwendigkeit wird es irgendwann verlangen. Ich verstehe beispielsweise nicht, wie Sie mit der Bevölkerungsexplosion fertig werden. Wenn Sie sich auf Satellitenstädte beschränken, die in Größen- oder Ausdehnungsbegriffen unveränderlich sind, muß Ihr Volk doch irgendwann an seine Grenzen stoßen. Wie haben Sie vor, dieses Problem zu lösen?«

»Wir haben es gelöst«, sagte Alt einfach. »Mehr brauchen Sie nicht zu wissen.«

Nun war Dorkin nicht mehr zu halten. »Wir haben die lange Reise doch nicht gemacht, um uns mit Ausflüchten abspeisen zu lassen.«

»Ausflüchten?« Alt schien sich über das Wort tatsächlich zu amüsieren. »Wir haben Ihnen gestattet, in unsere Existenz einzudringen. Wir hätten es nicht tun müssen. Wir müssen es auch in Zukunft nicht tun. Wir bemühen uns, zu beachten, welchen Platz wir in der galaktischen Ordnung der Dinge einnehmen. Wir ziehen die Privatsphäre aber vor, wenn es um Dinge persönlicher Natur geht. So wie wir unsere Grenzen eng gesteckt haben, müssen Sie lernen, die Grenzen dessen kennenzulernen, was wir anderen mitteilen oder nicht mitteilen wollen. Wir haben mit Ihnen über die Harmonie gesprochen. Bitten Sie uns nicht, mehr preiszugeben, als wir von selbst zu sagen bereit sind.«

»Dann möchte ich, wenn ich darf, etwas anderes diskutieren, was Sie angesprochen haben«, sagte Spock. »Die Vorstellung, daß die ›Harmonie‹ auf Ihre Umwelt einwirkt. Wie macht sie es, Sir? Vom rein mechanischen Standpunkt aus betrachtet.«

»Dr. Daystrom ist gewiß in der Lage, Ihnen diese Frage zu beantworten«, sagte Alt. »Wir haben ein Computersystem. Die Hauptanlage befindet sich auf dem Satelliten am Südpol.«

»Dürfen wir ihn inspizieren?«

»Nein, Mr. Spock, das dürfen Sie nicht«, sagte Alt fest. »Macro wird Dr. Daystrom allerdings zu einer der Computerzugriffsanlagen begleiten, die die Harmonie aufrechterhalten.«

Spock empfand allmählich Unbehagen, und ihm fielen unheilvolle Entitäten wie Landru und das Orakel ein. »Ist diese Computeranlage ... etwas, das Sie anbeten?«

Alt riß die Augen weit auf, dann fing er an zu lachen. Die restlichen Angehörigen des Rates stimmten ein, aber Spock konnte dennoch nicht erkennen, ob sie seine Frage für lustig hielten oder nur lachten, weil Alt lachte. »Mein lieber Mr. Spock«, sagte Alt, »beten Sie etwa die Computer auf Ihrem Schiff an?«

»Nein, Sir.«

»Auch wir machen sie nicht zum Gegenstand der Verehrung. Unsere Computer sind Werkzeuge, mehr nicht. Wir wirken gegenseitig aufeinander ein, um unsere Fähigkeit zu erhöhen, die Umwelt zu steuern. Es sind Maschinen. Nützliche Maschinen. Das ist alles. Schreiben Sie uns nicht die primitiven Illusionen einfältiger Völker zu.«

»Ich wollte niemanden beleidigen, Sir.«

»Wir sind auch nicht beleidigt. Nun, denn ... Da gibt es noch etwas, von dem wir aus Ihren Computerbanken wissen, daß es bemerkenswerten Einfluß auf Ihre Kultur hat. Etwas, das Ihre Vorfahren offenbar angebetet haben, auch wenn es keine Religion, keine Schule des Geistes und nicht einmal eine Gottheit ist. Wir sind, was seine Natur angeht, etwas verwirrt und sehr neugierig über seinen Ursprung und seine Auswirkungen.«

»Wenn Sie wollen, kann ich Ihnen helfen«, sagte Spock.

»Gut. Dann erzählen Sie uns bitte ...« Alt lehnte sich vor und legte die Finger aneinander. »Was genau ist diese mächtige Entität, die man ›Fernsehen‹ nennt?«

Wie alle anderen Gebäude, die Daystrom besichtigt hatte, wirkte auch dieses unscheinbar. Die Calligarier waren eindeutig mehr an Funktion als an Form interessiert. Er stand neben Macro vor dem Haus, verschränkte die Arme vor der Brust und nahm es in Augenschein. »Und was ist das hier? Ihr Computerzentrum?«

»Eine Zugriffsanlage«, sagte Macro. »Nicht das Zentrum selbst.«

»Und wozu dient der Zugriff?«

»Er dient allen möglichen Dingen. Es ist... meditativ«, sagte Macro unruhig. Plötzlich wandte er sich zu Daystrom um und sagte: »Vergessen Sie nicht, daß ich über die Situation noch immer nicht glücklich bin. Ich kooperiere, weil das Verlangen besteht, die Harmonie aufrechtzuerhalten. Aber nur aus diesem Grund. Deswegen läge es auch in Ihrem Interesse, nicht viele Fragen zu stellen, da ich sie nicht beantworten werde und sie mich nur unnötig verärgern. Wenn es etwas gibt, von dem ich meine, daß Sie es erfahren sollten, werde ich es Ihnen erzählen. Ansonsten seien Sie lieber still.«

Daystrom öffnete den Mund, um etwas zu sagen, doch dann schloß er ihn wieder. Er reckte die Schultern und folgte Macro in die Computeranlage.

Er hatte nicht genau gewußt, was er erwarten sollte. Vielleicht eine Reihe von Computerarbeitsplätzen. Oder etwa eine Reihe von Sitzgelegenheiten mit Helmen für die Partizipanten, die sie sich aufsetzten, um sich geistig mit dem Rechner zu verbinden.

Statt dessen fand er sich in einer Umgebung von solch erstickender Stille wieder, in der er das Gefühl hatte, kaum atmen zu können.

Das einzige Geräusch, das er hörte, war das seiner polierten Stiefel auf dem Fußboden. Er wurde sich seiner Schritte sofort bewußt, und kurz darauf auch seines Atems. Sogar sein Herzschlag klang wie Donner.

Macro, der größer war als Daystrom, schien nicht das kleinste Geräusch zu erzeugen. Er trug offenbar irgendwelche schallschluckenden Sohlen. Vielleicht absorbierte er aber die Geräusche auch nur, wie Schwarze Löcher Licht absorbierten.

Die Beleuchtung im Inneren der großen Kammer war

matt und kam aus Kegeln reinen weißen Lichts, die von der Decke herabstrahlten. Es war Daystrom unmöglich, in Erfahrung zu bringen, wie viele Lebewesen sich hier aufhielten oder wie viele einzelne Lichtstrahlen es gab. Drei, vier, fünf Dutzend, vielleicht auch mehr.

Unter jedem Licht stand ein Calligarier. Jung, alt, männlich, weiblich, alles war vorhanden. Sie standen absolut unbeweglich in dem starren Licht, schauten weder nach rechts noch nach links, schienen nicht mal zu atmen. Erst als er ganz genau hinsah, entdeckte er, daß ihre Brustkörbe sich ganz langsam hoben und senkten.

Er trat ziemlich nahe an einen Mann heran und schaute ihm genau in die Augen. Er stellte fest, daß der Mann nichts sah. Sein Blick schien nach innen gerichtet, als starre er in seine eigene Seele.

Daystrom musterte die Anwesenden in einer Mischung aus Verwunderung und Entsetzen. »Was tun diese Leute?«

»Sie kommunizieren.«

»Mit wem ...?«

»Mit sich. Sie tauschen und studieren philosophische Gedanken miteinander, mit dem Computer ... Es ist eine Art formlose Verbindung mit allen und jedem, aus dem ihre Umwelt besteht. Unser Umweltmißbrauch vor vielen Jahren hat zu unseren ursprünglichen Schwierigkeiten geführt. Nur wenn wir uns des eigenen Ichs und des Weltennetzes ständig bewußt sind, können wir einem solch schwerwiegenden Schicksal entgehen.«

»Eine sehr interessante Ideologie«, sagte Daystrom. »Aber wie funktioniert es genau?«

Macro lächelte ihn tatsächlich an. Er zeigte alle Zähne und wirkte durchaus freundlich. »Zauberei«, sagte er.

Daystrom musterte ihn verständnislos. »Zauberei?«

»Das System der neuralen Interaktion würde Ihre

Fähigkeit übersteigen, es nachzubauen oder auch ganz zu verstehen«, informierte Macro ihn hochnäsig. »Ebensogut kann ich Ihnen erzählen, daß kleine Elfen dafür verantwortlich sind oder ein Volk riesiger Zyklopen, aus deren Augen Strahlen kommen. Aber das würden Sie wenigstens verstehen.«

»Ihr Vertrauen in meine Auffassungsgabe ist äußerst schmeichelhaft«, sagte Daystrom trocken. »Ich bin die Nummer eins in der Computerentwicklung der Föderation. Man sollte annehmen, daß dies einen gewissen Stellenwert hat.«

»In der Föderation ganz bestimmt. Aber hat die Ratte Nummer eins im Labyrinth auch die Potenz, die Werkzeuge zu verstehen, die man eingesetzt hat, um das Labyrinth zu bauen?«

Und dann lachte er, laut und gemein.

Daystrom blickte sich um und sagte: »Wenn Sie nichts dagegen haben, möchte ich gern auch einmal kommunizieren.«

Macros Gelächter brach sofort ab. »Ich habe etwas dagegen«, sagte er mit einer stillen Drohung. Doch in seiner Drohung schwang Unbehagen mit.

»Und warum, wenn ich fragen darf?«

»Das Gehirn eines Menschen wäre nicht stark genug, um damit fertig zu werden.«

Daystrom machte einen Schritt zurück und sah Macro nachdenklich an. »Sagen Sie das«, fragte er, »weil Sie die menschliche Rasse so verabscheuen? Oder weil es neurologisch der Wahrheit entspricht?«

Macro lächelte dünn. »Das werden Sie nie erfahren.«

Plötzlich zischte ein Lichtstrahl von der Decke herab und hüllte Macro ein. Die momentane Überraschung auf seinem Gesicht fiel Daystrom sofort auf, und er erkannte, daß Macro mit dem plötzlichen Licht nicht gerechnet hatte. Dies konnte nur bedeuten, daß der Computer aus eigenem Antrieb mit ihm kommunizieren wollte – und das war etwas, das Daystrom im höchsten

Sinne ungeheuer war. Wie weit konnte der Computer eigene Entscheidungen treffen?

Macro stand eine Weile wie erstarrt da, dann ging das Licht aus. Es dauerte jedoch einen Moment, bis er etwas sagte. Daystrom schaute ihn neugierig an und fragte: »Ist alles in Ordnung mit Ihnen, Macro?«

»Nein«, sagte Macro. Sein Blick fiel auf Daystrom hinab, und er strahlte offene Bedrohung aus. »Nein, gar nichts ist in Ordnung. Meine Schwester hat den Versuch gemacht, uns zu verlassen. Und wenn Sie es tut ... wird es sehr übel für Sie ausgehen. Sehr übel.«

Dieses kalte Pulsieren hatte Daystrom zuletzt in seinen Adern verpürt, als er sich über den M5 gebeugt hatte, um den Computer von dessen geistiger Gesundheit zu überzeugen, während ihm die eigene allmählich entglitten war. Es war ein Gefühl, das man nicht allzu leicht vergaß. Es war wie eine Bedrohung von Körper und Seele.

Und genau dies empfand er nun, als er unter Macros durchdringendem Blick fröstelte.

17

Abgesehen davon, daß sie ohne Bewußtsein ist und ihre Lebenszeichen reichlich seltsam wirken, ist alles mit ihr in Ordnung.«

Die schwach atmende Ecma, die in der Nähe auf einem Medobett lag, rührte sich nicht. Die Anzeigen auf den Monitoren schwankten und schienen zu sinken, aber dann gingen sie wieder leicht nach oben und blieben konstant.

McCoy stand ein paar Schritte von ihr entfernt. Er hatte die Arme vor der Brust verschränkt und setzte eine besorgte Miene auf. Auch Kirk und Tyler waren anwesend. Zu Kirks Erleichterung hatte McCoy keine verärgerten Kommentare über ihre Anwesenheit im Lazarett abgegeben. In der Regel bedeutete dies, daß er entweder zuversichtlich war, daß der Patient problemlos wieder auf die Beine kam oder daß es keine große Rolle spielte, ob jemand anwesend war. Kirk hatte das unbehagliche Gefühl, daß in diesem Fall das letztere zutraf.

»Sie kann doch nicht grundlos zusammengeklappt sein«, sagte Tyler, dessen Stimme inzwischen leicht schrill klang.

»Beruhigen Sie sich, Commodore«, sagte Kirk fest. Er blickte McCoy an. »Es gibt doch keinen physiologischen Grund? Oder?«

»Möchten *Sie* sie vielleicht noch mal untersuchen, Herr Doktor?« erwiderte McCoy trocken. »Ich hab' doch gesagt, daß ich nichts finden kann! Ich habe ihre Physiologie so weit studiert, wie ich es konnte, ohne sie zu sezieren. Ich glaube, ich weiß jetzt, wie sie funktioniert. Die Frage ist nur, wie kriege ich sie wieder auf die Beine?«

Kirk dachte kurz nach, dann trat er an den Computer. Er beugte sich vor, stützte sich mit den Knöcheln auf dem Tisch ab und sagte: »Computer, die Aufzeichnung der Konferenz von vor einer Stunde.«

Der Schirm erhellte sich und zeigte ein starres Bild von Ecma, Fox und sämtlichen anderen. Kirk bemerkte, daß McCoy plötzlich neben ihm stand. »Was willst du denn da finden?« fragte er.

»Irgend etwas. Ich weiß nicht. Irgendeinen Hinweis. Computer – Aufzeichnung abfahren.«

»Geschwindigkeit?« fragte der Computer.

»Eins zu eins«, sagte Kirk. »Auf das Lebewesen Ecma konzentrieren.«

Die Sequenz lief ab. Bloß zeigte der Schirm diesmal nur Ecma.

Sie schauten sich die ganze Szene an, bis Ecma zusammenbrach und schrie, daß sie nicht sterben wolle. »Bild anhalten«, sagte Kirk. Dann wandte er sich langsam zu McCoy um. »Erinnert dich das an irgend etwas?«

»Sollte es?« fragte McCoy.

»Es wirkt so, als hätte sie uns etwas sagen wollen«, sagte Kirk. »Weißt du noch? Sie sagte, unsere Tabus seien nicht die ihren. Das bedeutet, daß Sie und die Calligarier andere Tabus haben.«

»Wir wissen, daß sie im allgemeinen nicht großartig aus sich herausgehen«, sagte McCoy. »Und darüber hinaus …«

»… wissen wir, daß wir nicht sehr viel wissen«, erwiderte Kirk. »Ich glaube, sie hat in diesem Moment versucht, eins dieser Tabus zu brechen. Sie wollte uns irgend etwas sagen; irgend etwas, das mit ihrer Gesellschaft zusammenhängt – von dem man nicht will, daß Fremde es erfahren. Und irgend etwas – irgendeine Art Befehl – hat sie daran gehindert.«

McCoy runzelte die Stirn. Dann schnippte er mit den Fingern, als könne dies seine verschütteten Erinnerungen zurückholen. »Es klingt irgendwie vertraut…« Dann weitete sich sein Blick, und er starrte Kirk an. »Yonada.«

»Daran habe ich auch gedacht«, erwiderte Kirk. »Als der Alte zusammenbrach…«

»Das Instrument des Gehorsams.«

»Ja«, sagte Kirk.

»Das Gerät, das chirurgisch in sie eingepflanzt wurde und das Volk an das Orakel band.«

»Genau.«

»Glaubst du, Ecma könnte an irgendeine Art Supercomputer oder so etwas gebunden sein – der sie über ein Implantat abgeschaltet hat?« McCoy klang nun erregt.

»Genau das«, sagte Kirk.

»Perfekt! Mein Gott, Jim, es ist genial!«

»Vielen Dank, Doktor.«

»Wirklich! Es ist eine tolle Antwort.«

»Gut. Also…«

»Sie hat nur einen Haken.«

»Und der wäre?«

»Daran habe ich auch schon gedacht.«

Kirk zog eine Grimasse. »Was? Du hast schon…?«

»Yeah. Ich bin schließlich auch nicht beim Erdbeerpflücken von der Leiter gefallen. Ich habe sie gründlich nach jeder Art von mechanischen Implantaten untersucht. Aber es ist nichts da.«

Kirk war äußerst niedergeschlagen. »Dann hast du mich also nur…«

»…ausreden lassen, ja. Um dich daran zu erinnern, wer hier der Arzt ist.«

Kirk sagte mit einem verärgerten Blick: »Mit zunehmendem Alter wirst du immer garstiger, Pille.«

Und dann hörten sie etwas Eigenartiges.

Ein Summen.

Einen leisen Singsang, fast so, als werde irgendwo ein Kind in den Schlaf gesungen.

Sie drehten sich um und stellten fest, daß Commodore José Tyler neben dem Medobett stand. Er hielt Ecmas Hand und streichelte langsam, auf beruhigende Weise, ihre Finger. Und dazu summte er ihr etwas vor. Es war nichts, was man leicht identifizieren konnte. Auch nicht zusammenhängend. Nur langsam, beständig, beruhigend.

Kirk und McCoy gingen zu ihm hin und schauten ihm in stillem Erstaunen zu. Dann warf McCoy einen Blick auf die Bioanzeigen. »Sie stabilisiert sich. Zwar weniger, als mir lieb wäre, aber wenigstens verschlechtert sich ihr Zustand nicht. Ich weiß zwar nicht warum, aber das, was Sie tun, Commodore, ist eindeutig hilfreich. Machen Sie weiter.«

»Ecma harmoniert gern mit ihrer Umwelt«, sagte Tyler zwischendurch. »Nach dem, was ich gesehen habe, und nach dem, was Captain Pike gemeldet hat, reagiert ihre Welt stark auf Gedanken. Ich wollte sie nur auf mich... und uns... einstimmen. Ich dachte, wenn man die Umgebung mit etwas Besänftigendem erfüllt, etwa mit Musik, dringt es vielleicht zu ihr durch und macht es für sie leichter.«

»Ich kann anordnen, daß Musik ins Lazarett überspielt wird«, sagte Kirk.

»Nur ich und mein Schatten...«, sang Tyler nun.

»Das Lied kenne ich auch«, sagte Kirk.

»Gut. Dann singen Sie mit.«

»Aber Commodore...«

»Muß ich auf meinen Dienstgrad verweisen, Captain?«

Kirk zuckte die Achseln. Bei »Ich schlendere die Straße entlang« fiel er ein, dann sangen Tyler und er im Duett »Ich und mein Schatten...«

Sie sangen das ganze Lied zweimal, und Ecmas bisher sprunghafter Atem wurde langsam und normal. Dann machten sie auf Tylers Drängen hin weiter und sangen gemeinsam ›Rockabye Baby‹, ›Twinkle, Twinkle, Little Star‹ und ›Fly Me To The Moon‹. Dann kam, etwas schiefer, ein berühmtes Sauflied von der Akademie, das ›Runter vom Saturn, rauf auf'n Uranus‹ hieß. Dem folgte ›Dixie‹, wobei McCoy die erste Stimme sang und Kirk zum Interkom ging.

»Kirk an Brücke. – Uhura?«

»Ja, Captain«, erwiderte Uhura und fügte dann hinzu: »Captain, irgendwas stört die Verbindung. Es hört sich an wie Gesang.«

»Es *ist* Gesang. Uhura, ich möchte, daß Sie ein paar Lieder programmieren und ins Lazarett überspielen.«

»Lieder?«

»Ja, Uhura, Lieder.«

»Haben Sie irgendeine Vorliebe?«

»Nein, keine. Nur beruhigend sollten sie sein.«

Sulu, der momentan das Kommando hatte, mischte sich in das Gespräch ein. »Hier ist Sulu, Captain. Gibt es irgendwelche Schwierigkeiten?«

»Nein, Mr. Sulu, ich bemühe mich nur gerade, etwas Musik ins Lazarett überspielen zu lassen.«

Sulu schien angestrengt darüber nachzudenken. »Darf ich Ihnen ein paar Revuesongs empfehlen, Sir? Ich war immer Experte für Revuesongs.«

»Opern«, sagte nun Chekov. »Wenn du wirklich auf irgend etwas stehst, dann auf Opern.«

»Drei Stunden lang korpulente Diven«, sagte Uhura geringschätzig, »die auf Italienisch quieken. Nein, danke. Was die wahre Schönheit angeht, kann nichts ein Madrigal übertreffen.«

»Es geht hier nicht um Freizeitgestaltung!« sagte Kirk aufgebracht. »Wir haben hier eine Patientin, die sehr gut auf musikalische Klänge reagiert. Es ist mir gleichgültig, ob Sie Schlager, Walzer oder einen rigelianischen Candigal abspielen, aber sorgen Sie endlich für irgendwelche Musik, verdammt noch mal!«

»Jawohl, Sir«, sagte Uhura, die nun eindeutig verstand, daß es um medizinische Zwecke ging. »Ich brauche zehn Sekunden.«

Exakt zehn Sekunden später erfüllte sanfte, süße, eindringliche Musik die Luft. Kirk erkannte sie auf der Stelle wieder. Es war eine Aufzeichnung, bei der Spock auf seiner Lyra spielte.

»Ich lasse das Licht auf fünfzig Prozent reduzieren«, sagte McCoy. »Wenn sie eine friedliche Umgebung braucht, trägt es sicher dazu bei.«

»Eine gute Idee, Pille«, sagte Kirk.

Kurz darauf strahlten die Lampen nur noch die Hälfte der Helligkeit ab, und selbst Kirk spürte die fast hypnotische, entspannte Atmosphäre, die die friedliche Umgebung des Lazaretts verbreitete. Tyler summte im Takt mit der vulkanischen Musik und streichelte weiterhin Ecmas Hand.

»Ich habe den Eindruck, Jim«, sagte McCoy mit leiser Stimme, »daß sie irgendeine Art Entzug durchlebt.«

»Die Frage ist nur: Entzug von was?«

»Ich weiß nicht«, sagte McCoy. »Das Problem besteht darin, daß Entzüge im allgemeinen scheußlich sind, bevor man sich besser fühlt. Anders ausgedrückt …«

»Ihr Zustand könnte sich weiter verschlechtern, und wir haben ihr nur mehr Zeit verschafft«, sagte Kirk langsam. »Na schön. Das ist uns immerhin gelungen.« Er verzog das Gesicht. »Verringert, hat sie gesagt. Was, zum Teufel, hat sie damit ausdrücken wollen?«

»Das weiß ich auch nicht«, sagte McCoy. »Aber es sieht so aus, als hätte es fatale Konsequenzen.«

»Brücke an Captain.«

Kirk trat an das Wand-Kom und aktivierte es. »Hier ist Kirk. Die Musik ist hübsch, Commander.«

»Darum geht es nicht, Captain«, sagte Uhura. »Wir haben eine Botschaft der Calligarier erhalten. Sie bestehen darauf, mit dem Führer des Raumschiffes zu reden, und klingen äußerst unzufrieden.«

Kirk und McCoy tauschten einen Blick. McCoys Lippen formten lautlos die Worte: *Sie wissen es.* Kirk nickte grimmig. »Ich bin gleich oben, Uhura.« Dann wandte er sich zu Tyler um. »Ich glaube, das dürfte Sie auch interessieren, Commodore.«

»Ich würde wirklich lieber bei Ecma bleiben«, sagte Tyler.

Aber Kirk wollte nichts davon hören. »Als ranghöchster Offizier sollten Sie anwesend sein, wenn die Botschaft uns erreicht. Und hören Sie um Himmels willen auf, sich wie ein verknallter Schuljunge aufzuführen.«

Tylers Gesicht verhärtete sich. »Werden Sie nicht frech, Captain.«

»Ich verliere nur allmählich die Geduld, Commodore.«

Die Lippen Tylers zuckten kurz, dann nickte er. »Na schön. Sie haben natürlich recht. Doktor – rufen Sie mich bitte, wenn ihr Zustand sich irgendwie verändert.«

»Natürlich«, sagte McCoy.

Tyler legte Ecmas Hand vorsichtig auf ihren Bauch, warf noch einen Blick auf die Lebensanzeigen, die sich stabilisiert hatten, und nickte Kirk dann zu. »In Ordnung. Gehen wir.«

Kirk aktivierte noch einmal das Interkom. »Kirk an Botschafter Fox.«

»Hier ist Fox«, kam sofort die Antwort.

»Wo sind Sie, Botschafter?«

»In meinem Quartier. Ich ruhe.«

»Bleiben Sie dort, aber schalten Sie sich durch Ihren Computer in die externe Leitung ein. Wir erhalten gleich eine Nachricht von den Calligariern, und vielleicht möchten Sie etwas dazu sagen.«

Fox' Stimme troff vor Sarkasmus. »Erwarten Sie von mir, daß ich eine Position verteidige, mit der ich nicht einverstanden bin?«

»Genau, Botschafter. Das erwarte ich.«

»Na, fein!«

Kirk fuhr herum und eilte aus dem Lazarett. Tyler folgte ihm. Hinter ihnen verklang die gespenstische Musik des vulkanischen Saiteninstruments.

McCoy seufzte. »Gott im Himmel«, murmelte er vor sich hin, »ich kann dieses vulkanische Geklimper nicht ausstehen. Sie hätten doch lieber bei Revuesongs bleiben sollen.«

Gefolgt von Tyler, betrat Kirk die Brücke. »Auf den Bildschirm legen, Uhura«, sagte er.

»Jawohl, Sir.«

Der Riß, der auf dem Schirm zu so etwas wie einer festen Installation geworden war, verschwand und wurde durch die Abbilder mehrerer Calligarier und Mr. Spocks ersetzt, der gleichmütig wie immer dreinschaute.

»Captain«, sagte Spock so beiläufig, als wolle er den Wetterbericht verkünden, »es gibt offenbar einige Schwierigkeiten, die die Calligarier ziemlich beunruhigen.«

»Ich glaube, ich ahne, was es sein könnte, Mr. Spock«, sagte Kirk, indem er die Gelassenheit des Vulkaniers imitierte.

»Diese Herren«, sagte Spock und neigte den Kopf leicht in ihre Richtung, »sind Statusmeister Alt, Macro und Regger, der Bruder und der Sohn des Lebewesens, um das es geht.«

»Das Lebewesen, um das es geht«, sagte Alt, der sich deutlich Mühe gab, die Geduld nicht zu verlieren, »ist unsere Baumeisterin. Ecma hat es allem Anschein nach auf sich genommen, ihrem Volk den Rücken zu kehren. Das kann nicht gestattet werden. Sie muß zu uns zurückkehren.«

»Darf ich fragen, wie Sie sich dieser Situation bewußt geworden sind?« fragte Kirk.

»Ich wurde von Macro informiert«, sagte Alt. »Und Macro ...«

»… hat Ihnen nichts zu sagen, was darüber hinausgeht, daß ich Sie für betrügerische und heuchlerische Kretins halte«, sagte Macro enthemmt. Dann deutete er auf Tyler. »Ich mache Sie dafür verantwortlich, Tyler! Sie haben sie dazu überredet. Sie war glücklich und zufrieden – bis sie Ihnen begegnet ist.«

»Ich kannte sie nur ganz kurz, und das ist viele Jahre her, Macro«, erwiderte Tyler. »Ich bezweifle, daß ich einen solchen Einfluß auf sie hätte ausüben können. Mir scheint eher, sie hat Schwierigkeiten mit ihrer Gesellschaftsform.«

»Die Unzufriedenheit der Baumeisterin tut jetzt nichts zur Sache«, sagte Alt. »Hier geht es um den Gedanken des anhaltenden Vertrauens und der Kooperation zwischen unseren Völkern. Er wird uns jedoch unmöglich gemacht, wenn wir nicht die Zuversicht haben, daß Sie uns einen unserer wertvollsten Besitztümer zurückgeben.«

»Sie ist nicht nur irgendein Besitztum«, sagte Regger. Sein Groll schien sich mehr gegen Alt als die Mannschaft der *Enterprise* zu richten. »Sie ist meine Mutter. Sie ist unsere Baumeisterin. Wir sind von ihr abhängig. Wir brauchen sie. Sie hat mich zwar mein Leben lang dazu ausgebildet, nach ihr alles zu übernehmen, aber ich würde nie so verwegen sein zu behaupten, daß ich dazu schon in der Lage wäre.« Er wandte sich an Kirk. »Captain, ich flehe Sie an … Sorgen Sie dafür, daß sie Vernunft annimmt.«

»Im Moment kann ich gar nichts tun«, sagte Kirk. »Sie hat die Besinnung verloren und befindet sich momentan im Lazarett.«

»Natürlich können Sie es«, sagte Macro. »Sie kann ohne uns nicht überleben. Es wäre gegen alles, wozu sie erzogen wurde. Es wäre gegen alles, was wir sind. Ihr Lebenszyklus beginnt und endet mit Calligar, und wenn Sie glauben, Sie könnten sich darin einmischen, müssen Sie auch für die Folgen geradestehen.«

»Für jemanden, der nichts zu sagen hat«, merkte Tyler an, »haben Sie freilich große Schwierigkeiten, den Mund zu halten.«

»Reizen Sie mich nicht, Föderierter«, sagte Macro wütend und deutete mit dem Finger auf Tyler.

»Captain«, meldete sich nun Fox. »Darf ich mal ...«

Kirk holte Luft. Es war von seiner Seite ein kalkuliertes Risiko gewesen. Er hatte schon einmal mit Fox zu tun gehabt, und mit anderen seiner Art. Aber er hatte erwartet, daß die Calligarier über die Situation nicht gerade erfreut waren, und er glaubte, daß eins der Dinge, die ihn in dieser äußerst heiklen Lage retten konnten, eine vereinte Front war. Das letzte, was er jetzt brauchte, war internes Gequengel. Er hatte entschlossen und schnell handeln müssen, um Fox auf seine Seite zu ziehen, und an alles in ihm appelliert, von der Diplomatie bis zur Menschlichkeit.

»Fahren Sie fort, Botschafter«, sagte er.

»Hier spricht Botschafter Fox«, sagte Fox, und auf einen stummen Befehl Sulus hin blendete der Bildschirm in die untere rechte Ecke ein Bild aus seiner Kabine ein. »Sie haben angesichts der Lage offenbar starke Gefühle. Aber die hat Captain Kirk allem Anschein nach auch.«

»Ecma unterliegt dem calligarischen Recht«, sagte Alt.

»Ich neige dazu, Ihnen zuzustimmen«, sagte Fox, »und wenn wir uns auf Calligar befänden, stünde dies außer Frage. Wir befinden uns jedoch im Herrschaftsbereich der Föderation, meine Herren. Was bedeutet, daß Ecmas Ersuchen um Asyl unseren Gesetzen unterworfen ist. Und die Gewährung eines solchen Ersuchens obliegt allein dem Gutdünken des betroffenen Captains.«

»Und in diesem Fall«, sagte Kirk rasch, während er tief im Inneren einen Seufzer der Erleichterung ausstieß, »setze ich mein Gutdünken dazu ein, um der

Baumeisterin, wenn auch nur zeitweise, Zuflucht zu gewähren. Sie sollten übrigens wissen, daß sie gesagt hat, sie gäbe alle Rechte auf ihren Titel auf.«

Alt wirkte so sprachlos, als sei ihm dieser Gedanke noch nie gekommen. Er schaute Regger fragend an, und auch dieser wirkte erstaunt. »Das würde bedeuten, Captain«, sagte Regger langsam, »daß ich nun der Baumeister bin. Ein höchst erhabener Titel. Aber ein Titel, den ich mit Freuden an jene zurückgebe, die viel mehr getan hat als ich, um ihn wirklich zu verdienen.«

Nun wandte sich zum allgemeinen Erstaunen aller Macro an Regger und sagte: »Du unausstehlich kleine Rotznase. Deine Rede klingt so, als hättest du den Titel nie haben wollen. Ich weiß, was du vorhast, Regger; glaube nur nicht, daß ich keine Ahnung habe. Das wolltest du doch schon immer, nicht wahr? Nur dämliche Väter kennen ihre Söhne nicht.«

Kirk war in diesem Augenblick äußerst erfreut darüber, daß er den Calligariern eine geeinte Front präsentiert hatte, denn der Anblick des internen Streits unter den Calligariern stärkte seine Position.

Regger schaute verletzt drein, aber er ignorierte seinen Vater und sagte in den Monitor hinein: »Bitte... Entschuldigen Sie meinen Vater. Er ist äußerst aufgebracht, wie wir alle. Aber er spricht unpassende und unwahre Worte.«

»Auch Ecma hat einiges gesagt«, warf Tyler ein. »Sie sprach von Dingen wie ...«

»Dingen wie ...«, sagte Kirk und gab Tyler mit einer Geste zu verstehen, er solle im Moment schweigen. Er nahm langsam in seinem Kommandosessel Platz und blickte sich äußerst beiläufig um, als hätte er alle Zeit der Welt. Er lächelte sogar leicht.

»Zum Beispiel?« fragte Macro ungeduldig.

»Sie hat uns vom Verringern erzählt. Und daß dieses Verringern ihren sicheren Tod bedeutet, wenn sie zu Ihnen zurückkäme.«

Tyler schaute Kirk fragend an, aber Kirk erwiderte den Blick nicht. Er hatte natürlich keine Ahnung, was Ecma mit dem Wort gemeint hatte, aber es gab keinen Grund, es den Calligariern auf die Nase zu binden.

Der Gesichtsausdruck der Calligarier war in der Tat ein Anblick, den man gesehen haben mußte – sie waren, um es milde auszudrücken, höchst verblüfft. Dann schien Alt sich zusammenzureißen, und er sagte fest: »Das hätte sie nie getan. Sie lügen, Captain. Aber es spielt keine Rolle.«

»Volk von Calligar«, sagte nun Fox, »das letzte, was die Föderation wünscht, sind hausgemachte Schwierigkeiten. Unsere Verpflichtung zum Recht des freien Willens macht es allerdings ...«

»Falls ich auch einmal etwas sagen darf«, mischte sich nun Spock in das Gespräch ein. »Ich bin sicher, daß man irgendeinen gerechten Kompromiß erreichen könnte, wenn wir einfach nur die Kommunikationsfrequenzen offenhalten.«

»Wir wären mehr als glücklich, wenn die Frequenzen offen blieben«, sagte Alt knapp, »aber was wir Ihnen mitzuteilen haben, ist folgendes: Sie geben uns die Baumeisterin zurück, und zwar schnell. Soviel Respekt wir auch vor Ihren allgemeinen guten Absichten haben – und auch vor den Ihren, Kirk, als Anführer –, wir sehen keinen anderen Weg.«

»Es ist seine Schuld!« sagte Macro wieder und deutete auf Tyler. »Alles wäre gutgegangen, wenn ...«

Tyler platzte allmählich der Kragen. »Haben Sie schon mal einen Gedanken daran verschwendet, daß alles nur Ihre Schuld sein könnte, Sie widerliches Schwein?«

»Commodore!« sagte Kirk gefährlich leise.

Aber Tyler hörte ihm nicht zu. Sein Blick heftete sich auf Macro, dann sagte er: »Ist es nicht vielmehr so, daß sie nicht zu mir flieht, sondern *vor Ihnen?* Vielleicht ist sie ihre engstirnige, eingeengte Welt leid. Vielleicht hat sie auch nur Sie über!«

»Uhura, Verbindung kappen!« befahl Kirk. Uhura befolgte den Befehl, und Kirk wirbelte auf der Stelle herum, um Tyler anzusehen. »Commodore, Sie sind nicht hilfreich.«

»Entschuldigung, Captain.« Tyler sprach ohne Ironie. Es tat ihm wirklich leid.

»Uhura ...« Kirk gab ihr mit einem Nicken zu verstehen, sie solle die Verbindung wiederherstellen. »Mr. Spock hat recht, Alt. Wir sind vernünftige, intelligente Wesen. Ich bin sicher, wir können etwas ausarbeiten, das beiden Seiten gerecht wird.«

»Sind Sie bereit, Ihre Mannschaft darauf zu verwetten, Captain?« fragte Alt.

»Was soll das heißen?«

»Er meint«, sagte Macro nun, »daß wir Ihre Gruppe hierbehalten, bis Sie uns Ecma zurückgeben.«

»Das können Sie nicht machen!« schrie Tyler.

Sogar Botschafter Fox schnaubte. »Ich habe fast den Eindruck«, sagte er angespannt, »daß die Calligarier durch eine billige Erpressung mit uns fertig werden wollen!«

»Was Sie können, können wir schon lange«, sagte Macro.

Regger schaute unbehaglich drein. »Vater, es ... es ist nicht richtig.«

»Maul halten. Was sie können, können wir schon lange.«

»Sir«, sagte Spock geduldig, »Sie können die beiden Dinge doch nicht miteinander vergleichen. Ecma hat darum gebeten, in der Föderation zu bleiben. Wir hingegen werden gegen unseren Willen von Ihnen festgehalten.«

»Wortklauberei«, sagte Macro geringschätzig.

»Nein, Sir. Tatsachen.«

»Das spielt doch nun keine Rolle mehr, oder?« sagte

Alt. »Die Situation sieht folgendermaßen aus: Wir sind keine Barbaren, Captain, und auch keine Entführer. Wir wissen jedoch, was wir wollen, und wir wissen, daß wir ein Recht darauf haben. Schicken Sie die Baumeisterin zu uns zurück. Bis dahin bleibt das Föderationskontingent bei uns. Und ich erinnere Sie daran, Captain, daß sich der Riß – von jetzt an gerechnet – in etwa sechzig Stunden schließt. Sie haben also nicht mehr viel Zeit. Ich schlage vor, Sie fällen eine kluge Entscheidung.«

Und mit diesen Worten wurde die Sendung der Calligarier beendet.

Kirk sackte in seinen Sessel zurück und rieb sich die Stirn. »Na, prima«, sagte er. »Ausgezeichnet.«

18

Sämtliche Materialien wurden aus der Fähre in den großen Gemeinschaftsraum gebracht, den man für den Verbleib der Kontaktgruppe hergerichtet hatte. Vom Gemeinschaftsraum zweigten Schlafzimmer für Spock, Scott, Daystrom, Thak und Dorkin ab. Die Gruppe brauchte nur ein paar Minuten, um die subjektive Natur der Möblierung des Raumes zu erkennen, und zum ersten Mal, soweit sich alle erinnerten, hatte Shondar Dorkin keinerlei Beschwerden gegen irgend etwas vorzubringen – und ganz besonders nicht gegen das Dekor.

Was den Charme der Einrichtung jedoch störte, war das von Mr. Spock an sie weitergegebene Wissen, daß die Dinge an Bord der *Enterprise* ernsthaft schiefgelaufen waren. Dies hatte natürlich, wie zu erwarten, seitens Dorkin das lauteste Gebell zur Folge.

»Ihr idiotischer Captain wird uns noch alle hier stranden lassen!« jaulte er.

»Ich bin mir ziemlich sicher«, sagte Spock voller Zuversicht, »daß dies nicht in der Absicht des Captains liegt.«

»Aye«, bestätigte auch Scott. »Wenn es irgendeinen Ausweg gibt, ist Captain Kirk der Mann, der ihn findet.« Er lächelte Spock an, der, was nun auch niemanden überraschte, sein Lächeln nicht erwiderte.

»Nun, ich bin sicher, daß diese Kommentare von Leuten kommen, die keinerlei Vorurteile haben«, sagte Dorkin sarkastisch, »da sie Captain Kirk schon seit Anbeginn der Zeiten dienen. Sie verwetten Ihre persönliche Freiheit auf seine Fähigkeit, uns hier herauszuholen.«

»Captain Kirk wirkt ziemlich tüchtig auf mich«, sagte Daystrom. »Und er ist auch sehr findig. Wenn uns überhaupt jemand hier herausholen kann, dann er.«

»Tja, das ist ja schön für Sie«, sagte Dorkin. »Wenn Sie freilich die Absicht haben, hier herumzusitzen, bis der Captain uns rettet, mag dies für Sie in Ordnung gehen, aber ich ziehe es vor, mein Schicksal lieber in die eigenen Hände zu nehmen.« Und schon stand er auf den Beinen und eilte zur Tür.

Außer Shondar überraschte es niemanden, daß die Tür sich weigerte, sich zu öffnen.

»He!« knurrte er und versetzte ihr einen Schlag. Als sie ihn ignorierte, drosch er knurrend erneut auf sie ein. Doch auch diesmal hatte er nicht mehr Glück. Er wirbelte herum. »Wir sind Gefangene!«

»Das«, sagte Spock, »war der nächste logische Schritt.«

»Es ist zum Borstenraufen!« sagte Dorkin. »Wir haben doch keine Schuld daran! Sie können uns doch nicht bis in alle Ewigkeit hier festhalten. Ich schlage vor, daß wir angreifen, sobald sich einer von ihnen zeigt. Vulkanier sind gefürchtete Kämpfer, wie auch die Andorianer – obwohl natürlich keiner von Ihnen die Fähigkeiten eines Tellariten besitzt.«

»Warum, in Ghus Namen, sollten wir dies wollen?« fragte Thak verwundert.

»Körperliche Gewalt führt zu nichts«, sagte Spock. »Sie bringt uns nicht das Wissen ein, das wir brauchen. Wenn wir irgendwelche Calligarier verletzen oder töten, kann es die Lage nur verschlimmern. Und selbst wenn es uns gelingt, in die Fähre zu steigen, können wir die Kuppel nicht verlassen, ohne daß sie für uns geöffnet wird. Wir brauchen keine Stärke zu demonstrieren. Wir brauchen Informationen.«

»Was also machen wir?« fragte Thak.

»Wir warten ab«, sagte Spock.

Im Lazarett der *Enterprise* beobachteten Kirk und Tyler erneut den reglosen Körper Ecmas. Kirk beugte sich über ihr Bett und sagte mit leiser, doch beharrlicher Stimme: »Ecma, sprechen Sie mit uns. Wir müssen mit Ihnen reden, Ecma.«

Sie gab keine Antwort, und auch ihr Atem klang etwas mühsam. McCoy schaute vorsichtig auf die medizinischen Anzeigen und bemühte sich, die vulkanische Harfenmusik zu ignorieren, die seiner Meinung nach schon seit Ewigkeiten im Lazarett erklang. Wäre Spock nicht von Bord gegangen, ohne an dieser Entscheidung beteiligt zu sein, hätte McCoy geschworen, sie sei Teil eines vulkanischen Meisterplans, um ihn in den Wahnsinn zu treiben.

»Die Entzugserscheinungen werden deutlicher«, sagte er gedehnt.

»Was ist es für ein Entzug?« fragte Kirk frustriert. »Welchen Charakter hat er?«

»Ich weiß nicht genau«, sagte McCoy, dessen professionelle Distanz einen deutlichen Kontrast zu Kirks Verhalten bildete. »Wenn ich es wüßte, könnte ich ihr irgendein Ersatzmittel geben. Die Musik scheint ihr zwar eindeutig geholfen zu haben, aber ...«

Und plötzlich fingen Ecmas Lebenszeichen jäh an zu sinken. Die Anzeigen blinkten schneller, und ein Alarmsignal erklang.

»Verdammt!« sagte McCoy und griff nach seinen Instrumenten. »Sanitäter!«

Als wären sie plötzlich materialisiert, tauchten zwei Medotechniker mit einem Stabilisatorgerät auf. McCoy stellte es blitzschnell ein.

Ecmas Körper war schweißbedeckt und zitterte. Sie stöhnte leise, und aus ihrem Mund drangen schwache Pfeiftöne, als hätte sie eine offene Brustwunde.

»Tun Sie etwas!« sagte Tyler.

»Klappe halten!« fauchte McCoy. Er bereitete rasch eine Spritze vor.

»Puls und Atmung sinken, Doktor«, sagte einer der Techniker. »Und zwar ins Bodenlose.«

»Sie stirbt uns weg«, sagte der andere. »Lebenszeichen weniger als minimal.«

»Gehirnwellenaktivität asynchron.«

Es war so schnell geschehen, und Tyler schrie ihr zu: »Mach weiter! *Mach weiter!* Was dir auch passiert ist, halt es an! Halt es an! Du kannst es! Du kannst es schlagen! *Halt es an!*«

»Halten Sie sie fest«, sagte McCoy. Er drückte die Spritze gegen ihren Unterarm. »Ich gebe ihr fünf Kubik Cordrazin.«

»Fünf?« sagte Kirk erschreckt, da ihm einfiel, was die Droge schon in viel geringeren Dosierungen anrichten konnte.

»Laut meinen Studien kann ihr Körper es aushalten«, sage McCoy. Dann fügte er leiser hinzu: »Hoffe ich.«

Er injizierte das Stimulans, und das Resultat folgte, wie immer, auf dem Fuße.

Ecma riß die Augen auf. Ihr Mund formte ein rundes O, und sie kreischte los. Ihre Hände fuhren hoch, zerrissen die Gurte und schlugen die beiden Techniker beiseite. Das Schloß des Medosensors um ihren Bauch war jedoch beträchtlich stärker. Sie wollte sich hinsetzen, aber es hielt sie fest. Wenn sie versucht hätte herauszuschlüpfen, wäre es ihr gelungen, aber ihr Verstand war in diesem Moment für durchdachte Pläne zu verwirrt. Sie konnte nur den Versuch machen, sich hinzusetzen, aber auch das gelang ihr nicht.

Kirk und Tyler hatten genügend Zeit, um sich neben Ecma aufzustellen, ihre Schultern zu packen und sie wieder aufs Bett zu drücken. Als Kirk auf den Monitor schaute, sah er, daß sich alle Meßgeräte am oberen Ende der Skala befanden. Obwohl McCoy sie gewiß unter Volldampf gesetzt hatte, würde es nicht so bleiben. Sie mußten dafür sorgen, daß sich nicht völlig zusammenbrach.

»Ecma!« schrie Tyler. Er beugte sich über sie, packte ihr Gesicht mit beiden Händen und zwang sie, ihn anzusehen. Doch ihr Blick richtete sich nicht auf ihn; er richtete sich auf gar nichts. »Ecma! Hör mir zu! Erinnere dich … ›Nur ich und mein Scha-a-a-tten …‹«

Ihr Arm fuhr mit übermenschlicher Stärke hoch und schob ihn heftig weg. Er wankte zurück und fiel über ein medizinisches Aggregat.

Ecma wollte auch Kirk wegschieben, aber er fuhr wieder herum und packte ihren linken Arm. Ihr rechter Arm wehrte ihn mit aller Kraft ab. »Ecma! Hören Sie auf! Was Ihnen auch zu schaffen macht, es ist in Ihrem Kopf! Es will Ihren Körper abschalten – aus Gründen, die keiner von uns kennt! Sie können es stoppen! Sie können es! Biologisch ist mit Ihnen alles in Ordnung! Sie müssen es nur wollen, dann können Sie es abstellen! Wir können es nicht für Sie tun! Niemand kann es. Es ist Ihr Kampf! Ihr Kampf! Und jetzt kämpfen Sie dagegen an! Wehren Sie sich! Los! Wehren Sie sich! *Wehren Sie sich!*«

Es dauerte einige Stunden, bis Spock, Scott und die anderen den ersten Besuch bekamen: Alt tauchte auf und erkundigte sich nach ihrem Wohlbefinden.

Dorkin stieß daraufhin ein heiseres und sarkastisches Lachen aus. »Was interessiert Sie das? Sie halten uns doch hier gefangen.«

»Auf gewisse Weise sind wir alle Gefangene«, sagte Alt. »Gefangene der Umstände.« Er setzte sich auf einen Stuhl, der für jeden der sieben Anwesenden anders aussah. »Wir möchten Sie nicht bis zum nächsten Zyklus des Risses bei uns behalten. Die Chancen sind hoch, daß Sie es nicht mehr erleben werden.«

»Ich könnte eine Ausnahme sein«, sagte Spock. »Vulkanier sind für ihre Langlebigkeit bekannt.«

»Weil Sie einfach nie die Klappe halten können, um zu sterben«, schnaubte Dorkin.

»Das ist *eine* Theorie«, sagte Spock gutmütig. Dann wandte er sich völlig unerwartet zu Scotty um und sagte: »Mr. Scott, vielleicht ist nun die Zeit gekommen, um die Rationen zu ... Ich glaube, Sie würden es ›verschnasseln‹ nennen.«

Scott schaute ihn völlig perplex an. »Die Rationen, Mr. Spock?«

»Ja.« Spock deutete auf die Verpflegung, die Scotty mitgebracht und aus der Fähre geholt hatte. »Speziell das Fläschchen.«

Scottys Kinnlade klappte herunter. »Woher wissen Sie ...?«

»Mr. Scott!« sagte Spock. Er klang beinahe überrascht. »Ich kenne Sie viel zu lange, um nicht zu wissen, wie Ihrer Meinung nach eine Ration zusammengestellt sein sollte.«

Scotty schüttelte erstaunt den Kopf und ging zu der Kiste mit der Verpflegung. Daystrom, Thak und Dorkin schauten sich verwirrt an. »Beim Großen Kützelmütz«, sagte Dorkin. »Kann mir vielleicht mal jemand sagen, wovon hier die Rede ist?«

Statt einer Antwort zog Scotty eine Flasche Scotch hervor und hielt sie hoch, damit alle sie sehen konnten. »Hut ab, Mr. Spock. Aber nach so vielen Jahren, nehme ich an, kann Sie wirklich nichts mehr überraschen.«

»Wir alle müssen diesen Preis zahlen, Mr. Scott.« Spock wandte sich an Alt und sagte zu Scottys Verblüffung: »Möchten Sie Mr. Scotts Ration vielleicht einmal kosten, Statusmeister?«

Alt hob eine Braue. »Wenn Mr. Scott es wünscht? Ich möchte mich nicht aufdrängen.«

»Aber nein, das ist doch kein Aufdrängen«, sagte Thak mit leisem Sarkasmus. »Es macht Ihnen doch auch nichts aus, uns gegen unseren Willen festzuhalten.«

»Ich habe doch schon gesagt daß wir es nicht gern tun«, sagte Alt und nahm die offene Flasche, die Spock ihm reichte. »Wir tun es doch nur, weil die leidige Situation uns dazu zwingt. Ecma ist ein sehr wertvolles Individuum.«

»Und wenn sie weniger wertvoll wäre?« fragte Spock.

»Es wäre auch kein Unterschied. Wir glauben an eine geschlossene Gesellschaft.«

»Für ein Volk, das von sich behauptet, es sei sehr weit fortgeschritten«, sagte Dorkin, »wirken Sie aber sehr engstirnig, wenn es darum geht, Ihren eigenen Leuten persönliche Freiheit zu gewähren. Wie kann das fortschrittlich sein?«

Alt nahm einen langen Schluck aus der Flasche. Scott warf Spock einen Blick zu. Spock nickte kaum merklich, und auf Scotts Gesicht breitete sich langsam ein Lächeln aus.

Alt ließ die Flasche sinken und wischte sich mit einem Ärmel den Mund ab. »Wir können nicht zulassen, daß unser Volk sich wahllos verstreut«, sagte er. »Wir halten es im Interesse der galaktischen Gesellschaft als Ganzem für langfristig unvertretbar. Es muß Kontrolle geben. Verstehen Sie das denn nicht? Unsere Gesellschaft, unsere Umwelt, unsere Gedanken ... alles muß ...« Er faltete die Hände. »... so sein. Versuchen Sie, meine Hände jetzt auseinanderzureißen. Es geht nicht. Aber entfernt man einen Finger, wird es schon viel leichter. Unsere Gesellschaft braucht jedes einzelne Individuum, um ein starkes Ganzes zu bleiben. Jeder kennt seine Position und seinen Platz in der Gesellschaft – und seine Pflichten. Wenn man sich vor dieser Pflicht drückt, fügt man der Gesellschaft Schaden zu.«

»Junge«, sagte Scotty langsam, »merkst du eigentlich gar nicht, daß dein ganzes Gelaber völlig zusammenhanglos ist?«

Alt kicherte.

Scotty schaute Spock an. »Das hingegen«, sagte er dann, »klingt äußerst vielversprechend.«

Während Ecma sich von dem erholte, was sie in den Krallen hielt, hatten sich die Dinge im Lazarett der *Enterprise* ziemlich unerfreulich und sogar ekelerregend entwickelt, aber nachdem Kirk und McCoy die Kleider gewechselt und sich gesäubert hatten, kehrten sie zu dem gequälten calligarischen Flüchtling zurück.

»Herzschlag und Atmung normal... Nun ja, jedenfalls nach ihrem Standard.«

McCoy studierte die Lebenszeichen über Ecmas Bett und nickte langsam. »Na schön, ich geb's zu... Ich bin beeindruckt.« Er wandte sich zu Kirk um, der in der Nähe stand. »Du hast irgendwie 'ne Hand dafür... Obwohl ich sagen muß, daß es normalerweise nichts bringt, wenn man Patienten 'ne Predigt hält.«

»Aber wenn's funktioniert?« Kirk beugte sich über Ecma, deren Augen noch immer ruhig geschlossen waren. »Doch ich glaube nicht, daß ich eine zweite Laufbahn in Angriff nehme. Ich bin durchaus bereit, dir die medizinische Oberhoheit an Bord zu lassen.«

»Welche Erleichterung«, sagte McCoy. »Eine Sekunde lang habe ich mir wirklich Sorgen gemacht.«

»Und was... geschieht jetzt?« fragte Tyler.

»Jetzt warten wir«, sagte McCoy. »Sie hat jetzt das hinter sich, was man früher einen ›kalten Entzug‹ genannt hat. Der Ausdruck stammt aus dem Drogenmilieu. Bei ihr ist es jedoch keine Droge, sondern etwas in ihrem Bewußtsein. Die Auswirkungen sind jedoch in etwa gleich. Ich glaube zwar, sie hat das Schlimmste jetzt hinter sich, aber trotzdem... Ich habe es mit einer fremdartigen Physiologie zu tun, die so überwältigend auf irgendeine Art gesellschaftlichen Zwang reagiert, daß es Teil ihrer Biologie geworden ist. Bevor sie nicht sitzt, mich mit klarem Blick anschaut und fragt, was es zum Frühstück gibt, kann ich nicht sagen, daß sie wieder auf dem Damm ist.«

»Und bevor wir nicht mit ihr reden können und eine gründliche Vorstellung von dem haben, was hier vor sich geht, können wir auch nichts tun, um die Lage zu ändern«, sagte Kirk grimmig. »Und bis dahin läuft uns die kostbare Zeit davon.«

»Brücke an Captain«, sagte Uhuras Stimme durch das Interkom.

»Hier ist es wirklich nie langweilig, was?« sagte Tyler. Kirk machte sich nicht die Mühe einer Antwort, als er das Interkom aktivierte.

»Hier Kirk.«

»Wir haben private Funksprüche aus dem Inneren des Schiffes aufgefangen, Captain.«

»Was? Lokalisieren.«

»Schon geschehen. Sie kommen aus den Kabinen der tellaritischen und andorianischen Gesandten.«

Kirk und McCoy tauschten einen Blick. »Die Assistenten«, sagte Kirk, dem plötzlich alles klar wurde. »Sie haben Ihre Regierungen informiert.«

»Um sie in Kenntnis zu setzen, daß ihre Vertreter auf der anderen Seite des Risses gefangengehalten werden, weil wir Ecma Zuflucht gewähren. Aber wie haben sie davon erfahren?«

Diesmal sagten sie es wie aus einem Munde. »Fox!«

»Ich mach' ihn kalt«, sagte Kirk.

Tyler nickte. »Ich helf' Ihnen dabei.«

19

Macro stand am Rande des Gewässers und schaute über den kühlen See hinaus.

»Hier hat alles angefangen«, sagte er langsam. Er konnte den Groll in seiner Stimme nicht verbergen. Und er wollte es auch gar nicht.

»Was hat hier angefangen, Vater?«

Macro machte sich nicht die Mühe, sich zu seinem hinter ihm stehenden Sohn umzudrehen. »Mußt du mir überallhin folgen?« knurrte er. »Du bist unverbesserlich.«

»Kann ich etwas dafür, wenn ich in deiner Nähe sein möchte? Immerhin bist du mein Vater.« Regger hielt inne. »Was wird aus Mutter werden?«

»Ich weiß es nicht. Es ist mir auch egal.«

»Ob sie sie dazu bringen zurückzukehren?«

Macro drehte sich um. »Es würde dir gefallen, wenn sie es nicht täten, nicht wahr?«

Regger blickte erstaunt drein. »Vater, warum sagst du das immer?«

»Weil es stimmt! Weil du die Gelegenheit willkommen heißt, Baumeister zu werden!« Macro ging auf seinen Sohn zu und drohte ihm mit dem Finger. »Du bist ein Intrigant. In der Öffentlichkeit tust du so, als wärst du freundlich und ständig in Gedanken und als sei der Fortschritt für dich das Wichtigste. Aber ich kenne dich, Regger! Und ob ich dich kenne! Ich weiß, was dich antreibt! Ich weiß, wie glücklich du wärst, wenn deine Mutter fort wäre. Glaub nur nicht, daß ich keine Ahnung habe! Deine Intrigen …«

Regger riß sich zusammen. Seine Augen füllten sich mit Schmerz und Trotz, und er sagte: »Wen beschreibst du da, Vater? Mich? Oder dich selbst?«

Macros rechte Faust knallte an Reggers Kinn und warf ihn sofort von den Beinen. Er fiel zu Boden und strich über sein schmerzendes Kinn. Macro ragte vor ihm auf, er bebte vor Empörung.

»Was erlaubst du dir!« fauchte er seinen Sohn an.

»Ich bin«, fauchte Regger zurück, »jedenfalls im Moment, der Baumeister. Ich stehe über dir, Vater, und das ist es, was dir wirklich Unbehagen bereitet, nicht wahr? Daß man dich übergangen hat. Daß du nicht das Talent oder einfach nicht den Willen hast. Du kannst nichts akzeptieren, was nicht nach deinem Geschmack läuft, deswegen denkst du dir diese Verschwörungen aus. Damit du glauben kannst, daß das gesamte Weltennetz gegen dich ist. Der arme Macro! Alle wollen ihm nur Übles. Niemand intrigiert gegen dich, Vater, es gibt auch keine Verschwörung gegen meine Mutter. Der größte Feind, den du in dieser Welt hast, bist du selbst. Das ist die Wahrheit.«

Macros Kinnlade bebte, und seine Muskeln schienen sich unter der Haut zu spannen. »Früher oder später«, sagte er, »werden es alle sehen. Alle werden sehen, wer recht hat und wer nicht, wer es verdient ... und wer nicht.«

»Ja, Vater«, fauchte Regger. »Daran zweifle ich nicht.«

Man konnte eigentlich nicht sagen, daß Alt in einem Sessel saß – er hatte sich mehr oder weniger über ihn ergossen. Er hielt die Flasche noch in der Hand. Scotty entzog sie seinen kraftlosen Fingern und musterte sie überrascht. »Er hat nur ...« Er schätzte den restlichen Inhalt mit Expertenblick ab. »... etwa eineinhalb Gläser getrunken. Der kann aber wirklich nicht viel vertragen.«

»Ja, dessen war ich mir bewußt, Mr. Scott«, sagte Spock. »Er konnte auch nicht mehr vertragen, als wir ihm zum ersten Mal begegneten. Ich bin davon ausgegangen, daß seine Widerstandskraft in den vergangenen Jahren nicht gewachsen ist.«

»Und was jetzt, o großer Stratege?« fragte Dorkin.

»Nun«, sagte Spock und hockte sich neben Alt hin, »bekommen wir die Informationen, die wir – und der Captain sehr wahrscheinlich auch – dringend benötigen. Die Hintergründe; warum Ecma ihrem Volk unbedingt zurückgegeben werden soll.«

»Aber warum sagen Sie, daß auch der Captain sie kennen muß?« fragte Scott. »Er hat doch gesagt, er wüßte schon alles.«

»Das war ein Bluff.«

»Woher wissen Sie das?«

Spock warf Scotty einen Blick zu. »Der Captain war noch nie für seine Zurückhaltung bekannt. Wenn er genau gewußt hätte, was der Baumeisterin fehlt, hätte er in ihrem Namen zweifellos eine auf diesem Wissen basierende ausführliche Predigt abgehalten. Daß er es nicht getan hat, kann man nur als Informationsmangel interpretieren.«

»Und was wollen Sie jetzt tun?« fragte Thak.

Daystrom meldete sich zu Wort. »Er nimmt eine Bewußtseinsverschmelzung vor.«

»Ja, Sir«, erwiderte Spock. Er streckte eine Hand aus, und seine Finger berührten Alts Gesicht.

»Warum hat er ihn nicht einfach überwältigt, als er reinkam?« fragte Dorkin. »Das wäre doch viel schneller gegangen.«

»Gewalt ist keine Antwort auf alles«, sagte Spock. »Sie ist sogar nur selten die Antwort auf irgend etwas. Ich spüre, daß die Calligarier ein starkes Bewußtsein haben. Gewaltsam in einen wachen Geist einzudringen wäre schwierig gewesen, wenn nicht gar unmöglich. Dies jedoch ist durchführbar. Darf ich jetzt um Ruhe bitten – auch wenn es dem einen oder anderen vielleicht schwerfällt?«

»War das etwa gegen mich gerichtet?« fragte Dorkin. »Wollen Sie damit sagen, daß ich nicht still sein kann? Und ob ich still sein kann! Ich kann den Mund halten! Ich verfüge über ebensoviel Selbstkontrolle wie jeder andere! Aber ich kann es nicht ausstehen, wenn jemand ...«

Thak bewegte sich so schnell, daß Dorkin ihn gar nicht sah. Angesichts der fortwährenden nachgiebigen Ausstrahlung der Andorianer kam es völlig unerwartet. Die Ausstrahlung diente jedoch auch dazu, die Wildheit der Andorianer zu vernebeln, wenn sie gereizt waren.

Dorkin wußte nur eins: Plötzlich knallte etwas von der Seite her gegen seinen Schädel, und hinter seinen Augen explodierten Sterne. Dann lag er mit dem Gesicht auf dem Boden und wußte nicht genau, wie er dorthin gekommen war. Das war das letzte, was ihn bewegte, bevor er die Besinnung verlor.

Niemand hatte sich von seiner Position fortbewegt. Scotty, der die Szene mit einem Blick maß, sagte: »Es war 'n bißchen drastisch ... aber eigentlich nicht unverdient.«

Spock schien es nicht einmal bemerkt zu haben. Seine Finger fuhren über Alts Gesicht und bearbeiteten seine Stirn, als entzögen sie ihr das, was er wissen wollte. Sein Gesicht war völlig unbewegt; er blinzelte nicht einmal. Sein Geist sondierte tiefer und tiefer Alts Bewußtsein.

Und dann keuchte er auf, sein Kopf zuckte zur Seite, dann auf die andere, als schlüge etwas auf ihn ein. Er grunzte wie jemand, der einen riesigen Findling einen Berg hinaufrollt, und Scotty machte einen Schritt auf ihn zu, ohne zu wissen, was er tun sollte. Er wollte den Kontakt nicht unterbrechen. Er wußte nicht genau, was mit Spock passierte, wenn er es tat.

»Weltennetz«, flüsterte Spock. »Weltgeist. Verringern. Sterben. So viele Lebewesen. So viele Geister. Tot und lebendig. Vergangen, und doch hier. Verringert. Aussortiert. Auslese der Besten. Der Besten und Intelligentesten. Nehmen. Retten. Bewahren. Tot und lebendig. Vergangen, und doch da.«

Jedes Wort kam schwerfälliger als das vorherige, seine Anstrengung schien immer mehr zuzunehmen.

»Tot und lebendig«, sagte Spock. »Tot und lebendig. Vergangen und doch da. Verringert, verringert.« Seine Stimme wurde immer lauter, und plötzlich schrie er: *»Haltet ihn auf! Er kommt in mich rein! Haltet ihn auf!«*

»Spock!« schrie Scotty, denn die Stimme, die gesprochen hatte, war nicht mehr die des Vulkaniers. Er konnte sich nicht mehr zurückhalten, und so packte er Spock unter den Armen und riß ihn von Alt los. Der Calligarier sackte zurück, seine Augen waren offen und blickten ins Nichts. Seine Lippen bewegten sich, ohne etwas zu sagen.

Spock wirkte wie benebelt. Er stützte sein ganzes Gewicht auf die stämmigen Schultern des Ingenieurs. Daystrom stand ebenfalls auf und half, ihn zu stützen. »Spock!« sagte Scotty. »Was ist passiert? Was haben Sie …«

In diesem Moment stürmten drei Calligarier in den Raum. Sie hielten kleine Scheiben in den Händen, die nicht größer waren als ihre Handflächen.

Scotty wandte sich um und fragte: »Was geht hier vor? Was wollen Sie …«

Der Calligarier, der ihm am nächsten war, warf seine Scheibe fast beiläufig, und sie traf Scottys Schulter. Zu seinem Erstaunen brach er wie eine Marionette, der man die Schnüre gekappt hat, zusammen. Er traf hart auf dem Boden auf, schlug sich den Kopf an, und seine Sinne verschwammen. Er hörte ein Grunzen und Klatschen. Auch Daystrom ging zu Boden. Scotty wollte nach oben greifen, um die Scheibe zu entfernen, aber sein Arm wollte sich nicht beugen lassen. Er hatte das Gefühl, als hätte man seine Glieder entfernt und am Körper eines anderen befestigt. Er konnte ihn nicht mehr steuern.

Die Calligarier wandten sich zu Thak um und sagten: »Keine Bewegung.«

»Mir wachsen gerade Wurzeln«, erwiderte Thak in aller Seelenruhe. Zu seinen Füßen lag der besinnungslose Tellarit.

Alt rappelte sich langsam wieder auf und bemühte sich, die Nachwirkungen des Alkohols abzuschütteln. Er musterte den am Boden liegenden Spock mit einem Blick. Auch er gab sich alle Mühe aufzustehen, aber der Erfolg war nicht erwähnenswert.

In diesem Augenblick trat Macro ein und schaute sich in kurzer Verwirrung um. Dann schätzte er die Lage ein und musterte Alt. »Sie haben schon mal besser ausgesehen«, sagte er angesichts von Alts Hautfarbe, die einen grünlichen Ton angenommen hatte.

Alt hingegen konzentrierte sich ganz auf Spock. »Ich dachte«, sagte er mit schwerer Zunge, »Sie hätten in dieser Lage mehr Verständnis für unseren Standpunkt. Wir haben uns bemüht, uns mit Ihnen und den Ihren zu verbinden. Wir haben uns wirklich bemüht.«

Macro unterbrach ihn, indem er geringschätzig sagte: »Zyo hatte eine Vision, und wer Visionen hat, kann ein ganzes Volk in den Brennpunkt rücken. Aber die Vision hatte wohl einen Makel. Wir müssen etwas dagegen unternehmen... Aber zuerst müssen wir etwas gegen Sie unternehmen.«

»Fassen Sie ihn bloß nicht an!« sagte Scotty.

Alt funkelte ihn an. »Kommen Sie mir jetzt mit moralischer Entrüstung? Stellen Sie sich doch mal vor, wie es ist, wenn jemand in Ihren Verstand eindringt und Ihnen die persönlichsten Aspekte des Glaubens Ihres Volkes entreißt. Etwas, das Ihnen wichtig ist, das praktisch heilig ist... Mir wurde es von dieser brutalen vulkanischen Geistestechnik entrissen. Nun, er wird sein Wissen nicht behalten, das kann ich Ihnen versichern.« Er wandte sich an die beiden Calligarier, die neben ihm standen. »Nehmen Sie ihn mit.«

Die Calligarier packten Spock, zogen ihn hoch und legten seine Arme um ihre Schultern, um ihn hinauszubringen.

Alt schenkte den anderen einen mitleidigen Blick. »Wir hatten die besten Absichten mit Ihnen. Dies haben Sie sich selbst zuzuschreiben.«

In diesem Moment krallten sich Spocks Hände in die Schultern seiner beiden Bewacher.

Ihre Köpfe flogen herum, und sie gingen sofort zu Boden. Spock, nun wieder auf den Beinen, griff nach dem dritten Calligarier.

Alt trat zurück und schrie: »Halten Sie ihn auf! Halten Sie ihn auf!«

Der dritte Calligarier wirbelte wie ein Blitz herum und packte Spocks Hände, bevor sie seine Schultern erreichten. Dabei ließ er die Lähmscheibe zu Boden fallen. Die beiden rangen miteinander, versuchten einander aus dem Gleichgewicht zu bringen, und Macro bemühte sich, an sie heranzukommen, während Alt bestürzt schrie.

Nun setzte sich auch Thak wie ein Blitz in Bewegung. Er brachte die Strecke zwischen sich und den anderen mit einem Satz hinter sich. Er duckte sich, seine Schulter knallte in Macros Magen, und bei dem Aufprall grunzte der große Calligarier auf. Thak richtete sich auf und hob den verblüfften Macro vom Boden hoch. Dann warf er ihn mit einer schnellen Drehung seines trügerisch schlanken Oberkörpers durch den Raum, bis er an dessen anderem Ende krachend aufschlug.

Macro sprang brüllend wieder hoch. Thak wandte sich um und stellte sich ihm entgegen. Leider drehte er dabei Alt den Rücken zu, der die Scheibe ergriff, die der mit Spock ringende Calligarier hatte fallen lassen. Er warf sie.

Seine Zielgenauigkeit war jämmerlich, aber das Ergebnis schrecklich – die Scheibe prallte gegen einen Fühler des Andorianers.

Thak schrie auf, als die nervenlähmende Wirkung der Scheibe durch seinen Leib fuhr, und ihm war, als explodiere sein Gehirn. Er ging zu Boden und preßte die Hände vors Gesicht. Seine Gliedmaßen versagten den Dienst. Er fiel zu Boden, als hätte ihn ein epileptischer Anfall ergriffen.

Macro schaute ihm grinsend zu. Er wollte über den leblosen Tellariten hinwegtreten, um Thak zu packen.

Dies war genau der Moment, den Shondar Dorkin sich zum Aufwachen ausgesucht hatte, und als er zu sich kam, war er nicht besonders guter Laune.

Seine haarige Faust zuckte hoch und traf Macro genau in den Schritt. Macro schnappte nach Luft, und der Tellarit rollte sich herum und versetzte ihm von hinten einen Hieb gegen das rechte Knie. Zwar vernahm er nicht das befriedigende Geräusch brechender Knochen, das er gern gehört hätte, aber das Ergebnis war trotzdem zufriedenstellend, denn Macro brach zusammen.

Leider brach er genau auf Dorkin zusammen. Doch der Tellarit ließ sich dadurch nicht aufhalten. Er rollte sich unter Macro weg, packte den Stöhnenden und schleuderte ihn durch den Raum. Macro krachte gegen Alt, und sie gingen in einem Wirbel von Armen und Beinen zu Boden. Keiner von ihnen stand wieder auf.

Der Zusammenstoß hatte den letzten Calligarier jedoch soweit abgelenkt, daß Spock seinen Arm befreien und die Hand auf die Schulter seines Gegners legen konnte. Der Kopf des Calligariers drehte sich so schnell, daß es aussah, als hätte er einen Peitschenhieb bekommen.

Spock entfernte schnell die Scheiben, die die anderen

bewegungslos machten. Die Erleichterung kam sofort und wurde mit Dankbarkeit aufgenommen. Scotty ließ schon wieder die Muskeln spielen. Daystrom bewegte die Finger, als sähe er sie zum ersten Mal, und sogar Thak – dem am übelsten mitgespielt worden war – erholte sich rasch.

Shondar Dorkin schäumte noch immer; die Wildheit der Schlacht, in deren Mitte er aufgewacht war, hatte ihn erregt. »Wer mich geschlagen?« schnaufte er. »Wer hat mich bewußtlos geschlagen. Wer hat es *gewagt* …«

Thak deutete auf einen der bewußtlosen Calligarier und sagte: »Der war's.«

»Kommen Sie, meine Herren«, sagte Spock und eilte zur Tür. Die anderen folgten ihm. Der Tellarit hielt nur kurz inne, um dem Calligarier, auf den Thak gedeutet hatte, einen Fußtritt zu versetzen.

Sie verließen das Gebäude und begaben sich schnell auf den Platz, auf dem ihre Raumfähre wartete. In diesem Moment vernahmen sie hinter sich ein Brüllen, aber niemand machte sich die Mühe, sich nach der Gruppe der Calligarier umzudrehen, die die Verfolgung aufgenommen hatte. Spock hörte sofort, daß eine der Stimmen Macro gehörte. Es wäre der Gipfel des schlechten Geschmacks gewesen, den Nervengriff an einem bereits besinnungslosen Gegner wie ihm anzuwenden. Doch unter den gegebenen Umständen wäre der Bruch dieser Etikette möglicherweise angebracht gewesen.

Sie rannten über den offenen Platz. Die Fähre war nicht mehr weit, sie kamen ihr näher. Daystrom strauchelte, er atmete schwer, und einmal wäre er beinahe gestolpert. Spock fing ihn jedoch auf und half ihm, zur Fähre zu hinken.

Die Tür ging auf, und sie stiegen ein. Scott brüllte Spock zu: »Haben Sie nicht gesagt, daß wir nirgendwohin können? Wir sind doch eingeschlossen!«

»Stimmt«, sagte Spock. »Es besteht jedoch kein Grund, daß wir uns nicht in der Luft aufhalten können, während wir dem Captain die Nachricht schicken, damit er weiß, was wir erfahren haben. Die *Enterprise* ist zwar ein gutes Stück außerhalb der Kommunikatorenreichweite, aber der Subraum-Funk an Bord der Fähre kann sie erreichen.«

»Sie wissen, was hier los ist?«

Als die Luke sich hinter ihnen schloß, musterte Spock Scott mit einem fast erstaunten Ausdruck. »Natürlich, Mr. Scott. Das war doch das Ziel der Bewußtseinsverschmelzung.«

»Aber Sie haben nicht gesagt…«

»Warum sollte ich etwas Selbstverständliches bestätigen?« erwiderte Spock, als er vor den Kontrollen saß.

Scott seufzte. »Wie Sie meinen, Mr. Spock.« Er ließ sich neben Spock in den Pilotensitz fallen und schaltete das Triebwerk ein. Dann schaute er durch die Frontscheibe.

Da waren sie schon – mehrere Dutzend Calligarier, und Macro führte sie an. Er war außer sich vor Wut, schwang die Fäuste und hielt irgendein Instrument in der Hand, das wie eine lange Eisenstange aussah.

Spock musterte den auf sie zukommenden Angriff mit Gelassenheit. »Abheben, Mr. Scott.«

Im gleichen Moment, in dem die Calligarier auf der Szenerie auftauchten, hob die Fähre ab. Die Verfolger stürzten sich auf das kleine Schiff, das zuerst nach links und dann nach rechts wankte, und Scotty erhöhte den Schub um zwanzig Prozent. Eine Sekunde später erhob sich die Fähre in die Luft und ließ die wütende Calligariermeute unter sich zurück.

»Vorsichtig weitermachen, Mr. Scott«, sagte Spock und stellte die Kontrollen des Subraumfunks ein. »Übermäßige Geschwindigkeit wäre nicht ratsam…«

»Klar; schließlich können wir nirgendwo hin.«

»Wie wahr.« Spock öffnete einen Kom-Kanal. »Spock an *Enterprise.* – *Enterprise,* bitte melden.«

20

Sie haben vielleicht Nerven!« sagte Kirk. Er stand vor Fox und ballte in kaum verhülltem Zorn die Fäuste. Tyler stand neben ihm. Er sah so aus, als könne er es kaum erwarten, Fox den Stuhl verzehren zu sehen, auf dem der Botschafter saß.

Fox hingegen wirkte äußerst gelassen. »Ich verstehe Ihr Problem nicht, Captain.«

»Sie verstehen es nicht?« Kirk schüttelte den Kopf. Es war freilich nicht sein Kopf, den er in diesem Augenblick am liebsten geschüttelt hätte. »Sie haben den Assistenten des Tellariten und des Andorianers erzählt, daß ihre Chefs als Geiseln festgehalten werden!«

»Werden sie doch auch«, sagte Fox.

»Aber das hätten Sie ihnen doch nicht zu erzählen brauchen!« sagte Tyler. »Die machen doch nur Ärger!«

»Wollen Sie etwa sagen, ich hätte an der Verschleierung dieser Tatsache mitarbeiten sollen? Ist es das?« Fox setzte eine geringschätzige Miene auf. »Was soll das, Captain? Haben Sie irgend etwas getan, dessen Sie sich schämen müßten?«

»Natürlich nicht«, sagte Kirk fest. »Aber das letzte, was ich jetzt gebrauchen kann, sind Regierungen, die mir im Nacken sitzen und jede Bewegung beäugen, die ich mache.«

»Das ist der Preis der Führerschaft, Captain«, sagte Fox gelassen. »Unter ständiger Beobachtung zu stehen.«

Tyler beugte sich vor und sagte: »Kommen wir doch mal zu Ihrem wahren Grund. Sie haben es getan, damit

Captain Kirk wie ein Bösewicht dasteht; damit man ihm auf die Finger klopft, weil er *Ihnen* auf die Finger geklopft hat.«

»Falsch«, sagte Fox. »Ich habe es getan, weil es das richtige war. Ich habe es getan, weil diese Regierungen ein Recht darauf haben zu erfahren, in welcher Gefahr ihre Vertreter schweben. Ebenso wie Sie das Recht haben zu wissen, was mit Ihren Leuten geschehen ist. Captain, Sie sagen, Ihre Handlungen seien richtig gewesen. In diesem Fall dürften Sie kein Problem damit haben, wenn sie öffentlich gemacht werden.«

»Alles zu seiner Zeit«, sagte Kirk geduldig. »Wir befinden uns in einer heiklen Lage, die Sie noch verschlimmert haben.«

Fox schaute Kirk ziemlich lange an. »Als kleiner Junge«, sagte er nach einer gewissen Zeit, »habe ich mich sehr für Insekten interessiert. Ich ging dann immer in den Garten meiner Mutter hinaus und drehte Steine um, um die Insekten unter ihnen zu beobachten. Ich hielt es immer für faszinierend, wie sie reagierten, wenn ich den Stein anhob und sie der Reinheit des Sonnenlichts ausgesetzt waren. Sie haben immer versucht, schnell davonzukrabbeln oder sich sonstwie vor der Öffentlichkeit zu verstecken.« Er hielt inne. »Verstehen Sie die Metapher, Captain?«

»*Ich* verstehe sie«, sagte Tyler. »Sie besagt nichts anderes, als daß Sie ein Klotzkopf sind.«

Fox lächelte über diese Bemerkung. »Sehr witzig, Commodore. Wenn Sie mich nun entschuldigen wollen… Ich möchte zum Studium dessen zurückkehren, was ich an Informationen über die Calligarier habe. Vielleicht bin ich ja in der Lage, etwas zu erkennen, das uns helfen könnte.« Er drehte den Stuhl von ihnen fort und wandte sich dem Computerbildschirm zu.

Tyler und Kirk tauschten einen Blick, dann ging Kirk kopfschüttelnd zur Tür. Tyler folgte ihm, blieb aber noch so lange zurück, um zu Fox zu sagen: »Wissen Sie, ich habe mir einmal ziemlich übel weh getan. Ich mußte zwei Wochen in so einem Stuhl sitzen. Ich kriegte einen wunden Hintern. Hat teuflisch gejuckt.«

Fox schaute mit schmalen Lippen zu ihm zurück und erwiderte: »Meiner juckt nicht.«

»Das kommt noch«, sagte Tyler lächelnd. Beim Hinausgehen belohnte ihn der Anblick Fox', der unbehaglich auf seinem Stuhl hin und her rutschte.

Draußen auf dem Gang holte Tyler Kirk ein und sagte: »Genausogut könnte man von ihm verlangen, nicht an weiße Mäuse zu denken. Jetzt kriegt er es nicht mehr aus dem Kopf.«

»Ich kriege folgendes nicht aus dem Kopf«, sagte Kirk bedauernd, »daß er vielleicht recht haben könnte. Ich müßte eigentlich genug Vertrauen in meine Entscheidungen haben, um es mir leisten zu können, daß man sie sich aus der Nähe ansieht.« Er schüttelte den Kopf. »Man sollte eigentlich annehmen, daß das Alter einen sicherer macht, nicht unsicherer.«

Tyler zuckte die Achseln. »Man hat nur mehr Möglichkeiten, sich alle alten Entscheidungen anzusehen und die Zicks zu erkennen, bei denen man Zacks hätte machen sollen. Wenn man jung ist, bringt einen das Vertrauen an die eigene Unbesiegbarkeit und der Glaube an die eigene Unsterblichkeit durch Situationen, auf die ältere und klügere Menschen irgendwann zurückschauen und ›Irrsinn‹ sagen. Halten Sie gelegentlich auch Rückschau und sehen den Irrsinn, Captain?«

Kirks Mundwinkel zuckten. »Wenn ich Rückschau auf mein Leben halte, Commodore, sehe ich eine Klapsmühle.«

»Ich dachte, in Klapsmühlen würde ziemlich viel herumgeschrien.«

»Nur in der Klapsmühle, die sich Hauptquartier der Flotte nennt.«

»Ah. Das erklärt eine Menge.«

Sie blieben vor dem Lazarett stehen, in dem Ecma

noch immer besinnungslos lag. Ihr Zustand hatte sich nicht verändert. Kirk schenkte ihr einen bedauernden Blick. »Verdammt«, sagte er leise. »Wenn sie doch nur zu sich käme. Sie könnte uns so viel erzählen.«

»Wenigstens ist ihr Zustand stabil«, sagte McCoy. »Wir sind heute bedeutend weiter als gestern.«

»Ist es schon so lange her?« seufzte Kirk. Er rieb sich den Nasenrücken. »Ich glaube, seit die Geschichte angefangen hat, habe ich nicht mehr geschlafen.«

»Ich weiß immer, wann ich richtig müde bin«, sagte Tyler. »Ich kann dann keine lauten Töne mehr vertragen.«

»Wirklich?« sagte Kirk.

»Ja, und jetzt hören Sie auf zu brüllen.«

Kirk wollte gerade sagen, daß er doch gar nicht gebrüllt hätte, als er den Witz verstand und sich ein Lächeln abzwang.

»Nein, wirklich«, sagte Tyler. »Ich habe aber vorher etwas geschlafen. Sie sollten sich auch etwas hinlegen. Sie sehen erschöpft aus.«

»Ich habe zuviel zu tun. Meine Leute sitzen da drüben fest ...«

Nun warf McCoy sich in die Bresche. »Und du wirst Ihnen nichts Gutes tun, wenn du zu kaputt bist, um geradeaus zu denken.«

Kirk seufzte. »Früher konnte ich achtundvierzig bis zweiundsiebzig Stunden lang ohne Schlaf auskommen.«

»Yeah«, sagte McCoy taktlos, »aber jetzt bist du ein alter Zausel.«

»Dr. McCoy, Sie scheinen sich geradezu daran zu weiden, mir dies immer wieder unter die Nase zu reiben.«

»Jemand muß es doch tun, Captain. Zwischen der Jugend und dem Alter existiert eine Kluft, die Ihnen offenbar bisher entgangen ist. – Und jetzt leg dich etwas hin.«

»Na schön. Ich gehe in meine Kabine …«

»Nein«, sagte McCoy fest. »Ich kenn' dich doch, Jim. Du legst dich fünf Minuten hin, dann hetzt du auf die Brücke und hast einen neuen Plan, um unsere Leute rauszuholen. Aber wenn du nicht zu hundert Prozent beisammen bist, endet er nur damit, daß wir alle in Schwierigkeiten geraten, oder noch schlimmer. Gib Spock eine Chance, auf der anderen Seite eine vulkanische Zaubernummer abzuziehen. Ich erinnere dich zwar nicht gern daran, aber es ist eine Tatsache, daß er mehr Erfahrung hat als du. Und Scotty auch. Die beiden bringen zusammen ungefähr zwei Millionen Jahre Reife auf die Beine. Ich wette, in ein paar Stunden hören wir von ihnen. Und bis dahin …« Er ging an ein Medobett. »… kannst du dich hier hinlegen, wo ich dich im Auge behalten kann.«

Kirk musterte Tyler, der die Achseln zuckte, dann richtete er den Blick wieder auf McCoy. »Wie sieht es wohl aus, wenn jemand von der Mannschaft reinkommt und ich im Lazarett schlafe?«

»Besser, als wenn du im Kommandosessel schläfst. Außerdem … Wie sieht es wohl aus, wenn eine Meldung von der Brücke kommt, du in deiner Kabine schläfst und man dein Schnarchen durchs Interkom hört? Du verlierst nur wertvolle Zeit.«

Kirk seufzte. »Na schön«, sagte er dann. »Dann schließe ich mal für ein paar Minuten die Augen.«

Als er sich auf dem Medobett ausstreckte, fiel ihm ein, daß es einst eine Zeit gegeben hatte, in der er darüber hinweggesprungen war. Ihm taten alle Muskeln weh.

»Haben Sie was dagegen, wenn ich hierbleibe?« fragte Tyler McCoy. »Nur für eine Weile. Um Ecma im Auge zu behalten.«

»Nein«, sagte McCoy. »Für sie macht es ohnehin keinen Unterschied. Setzen Sie sich dorthin.« Er deutete auf einen Stuhl in der Ecke. »Und bleiben Sie mir bloß aus dem Weg.«

»Aye, *Sir*«, sagte Tyler gelassen und nahm Platz.

Kirk schloß die Augen. Seine Zerbrechlichkeit frustrierte ihn. Ihm fiel ein, wie es in den alten Zeiten gewesen war.

Noch vor nicht allzu langer Zeit hatte er einen Berg bestiegen. Es hatte sogar einmal Zeiten gegeben, in denen er das Gefühl gehabt hatte, er könne Berge überspringen.

Und erst die Frauen. Er lächelte stumm. In der gesamten Galaxis gab es Wunder, von denen andere Menschen nicht mal träumten. Er schmeckte sie auf seinen Lippen, roch ihren berauschenden Duft. Jeder Name, jedes Abbild setzte eine vollständige Assoziationskette in Bewegung.

Er hatte so viel gesehen und getan. Und doch erschien ihm nun alles wie ein Wachtraum. Als sei es einem anderen Mann passiert und nicht James T. Kirk.

Was hatte ihn so weit von sich entfernt? Was hatte ihn fortgezogen?

Der Tod seines Sohnes? Von allen Härten und Verlusten, die er erlitten hatte, war dies wahrscheinlich das schlimmste gewesen. Ihm fiel ein, daß er vor vielen, vielen Jahren aus dem Stegreif einen Witz über das Wesen Nomad gemacht hatte. Er hörte seine junge, amüsierte Stimme. *Du hast gesehen, was es für Scotty bedeutet hat. Welch ein Doktor wäre aus ihm geworden! He, Leute, mein Sohn ist Doktor!*

Sein Sohn, Dr. Marcus. Und er war nicht mehr. Tot und vergangen.

Es war nicht richtig. Es war unfair, daß sie so lange voneinander getrennt gewesen waren. Und als es so ausgesehen hatte, als habe sich die offene, eiternde Wunde schließlich gereinigt und geschlossen, hatte man ihm David genommen. Sein Sohn lebte nicht mehr.

Und Carol ... Gott, wie sie reagiert hatte ...

Er schob den Gedanken von sich und bemühte sich,

einen anderen Fluchtweg zu finden. Und er fand ihn schließlich im Vergessen des Schlafes.

All diese Gedanken und Erinnerungen hatten seinen Geist in nur wenigen Sekunden durchzuckt. Eigentlich war er schon eingeschlafen, kaum daß sein Kopf das Kissen berührt hatte.

Und dann, einen Augenblick später, schüttelte McCoy seine Schulter und sagte drängend: *»Jim!«*

Kirk saß sofort aufrecht. »Was?«

»Meldung von der Brücke. Spock.«

Mehr brauchte Kirk nicht zu hören. Er rutschte sofort vom Medobett. Tyler war auf der anderen Seite des Raumes eingeschlafen und hatte die Hände im Schoß gefaltet. »Haben wir beide nur eine Minute geschlafen?« fragte Kirk und zog seine Jacke zurecht.

»Du warst fünf Stunden weg«, erwiderte McCoy.

Kirk blinzelte überrascht und eilte zur Tür. »Gib Bescheid, daß ich komme.«

»Hab' ich schon«, sagte McCoy. »Und ich komme mit.«

Sie gingen hinaus, ließen den schlafenden Commodore und Ecma von einem Medotechniker im Auge behalten. Kirk rannte schon zum Turbolift, und der leicht verärgerte McCoy hielt Schritt mit ihm. »Warum kommst du mit?« fragte Kirk. »Machst du dir Sorgen um Spock?«

»Natürlich nicht«, grunzte McCoy. »Aber wenn ich nicht mitkomme, erfahre ich nie, was passiert ist. Du erzählst einem ja nie was.«

»Tu' ich doch immer«, sagte Kirk. »Du bist nur so alt, daß du immer alles vergißt.«

»Eins zu eins«, sagte McCoy.

»Stelle ihn durch, Captain«, sagte Uhura.

»Spock«, sagte Kirk und nahm in seinem Sessel Platz. »Was ist los?«

Spocks Abbild erschien auf dem Schirm. Kirk sah die

anderen im Hintergrund. Zu seiner Überraschung befanden sie sich an Bord der Fähre. »Ich habe die Natur des Problems der Baumeisterin erkannt«, sagte Spock. »Es hat mit der calligarischen Philosophie der Nichtausbreitung und einem festen, wenn auch leicht extremen Glauben an die Qualität des Lebens und der Zugehörigkeit zur Gesellschaft als Ganzem zu tun.«

»Spezifizieren«, sagte Kirk.

»Der calligarische Glaube«, sagte Spock, wobei er leicht pedantisch klang, »besteht darin, daß man nur dann ein akzeptables Glied der Gesellschaft sein kann, solange man einen Beitrag für sie leistet. Hört der Beitrag auf – oder, genauer gesagt, erreicht er seinen Höhepunkt –, verwirkt der einzelne sein Recht, weiterhin Bestandteil der Gesellschaft zu sein.«

»Anders ausgedrückt, wenn man kein Teil der Lösung ist, ist man ein Teil des Problems«, sagte McCoy.

»Sehr richtig, Doktor. Die calligarische Gesellschaft ist folgendermaßen aufgebaut: Sämtliche Angehörigen der Gesellschaft werden ständig überwacht und ihre Aktivitäten taxiert. Das Wachstum ihres Geistes, ihre Wahrnehmungen, Ambitionen und potentiellen Fähigkeiten unterliegen einer permanenten Bewertung. Im Leben jedes einzelnen gibt es einen Tag, an dem entschieden wird, ob er den Höhepunkt der Existenz erreicht hat. Jedes Weiterleben über diesen Tag hinaus wird als kreative und intellektuelle Stagnation empfunden.«

»Was wollen Sie damit sagen, Spock? Daß jemand für alle Calligarier entscheidet, ob sie in ihrem Leben genug geleistet haben, und daß ihr Leben dann … einfach *endet?*« fragte Kirk.

»Jawohl, Sir. Man sieht es als unnötige Belastung des vorhandenen Kapitals – eine spezielle Erwägung, da der calligarische Geist auf Nichtausbreitung ausgerichtet ist.«

»Mein Gott!« sagte McCoy. »Das ist doch … unmenschlich!«

Spock wirkte tatsächlich überrascht. »Es sind keine Menschen, Doktor«, sagte er in sachlichem Ton.

»Wenn sie sich so verdammte Sorgen über das Wachstum der Bevölkerung machen, warum, zum Henker, praktizieren sie dann keine Geburtenkontrolle?!« sagte McCoy. »Die ...«

»Nicht jetzt, Pille«, fauchte Kirk. »Spock, dieses ... erzwungene Ableben, von dem Sie da reden ... Wie geht es vor sich? Und wer entscheidet, wer wann abtritt? Hat denn niemand etwas dagegen, so beiseite gelegt zu werden? Das hatten wir doch schon mal auf Eminiar. – Fox wird es besonders freuen.«

»Es ist ziemlich anders, Captain«, sagte Spock. »Die Calligarier sind sehr spirituelle ...«

»Spirituell!« bellte McCoy. »Sie gehen offenen Auges in den Tod ...«

»Halt die Klappe, Pille«, sagte Kirk genervt. »Spock ...«

Spock schien McCoy aufgrund langer Übung gar keine Beachtung zu schenken. »Sie glauben, daß sie, wenn ihr Körper längst gestorben ist, weiterhin zusammen mit ihrer Umgebung existieren, und sie haben diesen Glauben in die Praxis umgesetzt. Die Calligarier sterben nicht im traditionellen Sinn. Wer einmal für die ›Verringerung‹ selektiert wurde – der Begriff bedeutet, daß man aus dem Bevölkerungspool entfernt und in den Bewußtseinspool verbracht wird –, dessen Essenz wird beseitigt und in ein weitreichendes Netzwerk verlegt, der Weltgeist genannt wird. Es ist das calligarische Äquivalent des Himmels, aber während sich die Theologen noch über seine Beschaffenheit streiten, haben die Calligarier ihn gestaltet. Alles, was das verringerte Individuum weiß, an was es sich erinnert und was es erlebt hat, wird Bestandteil des Weltgeistes. Dabei handelt es sich um ein ausgedehntes Computernetzwerk, das in einer Satellitenstadt am Südpol des Planeten liegt. Die Lebenden haben jederzeit Zutritt zu diesem Weltgeist, und laut Dr. Daystrom verbringen sie viele

Stunden damit, mit den Geistern und Gedanken ihrer verstorbenen Brüder zu kommunizieren.«

»Das ist doch Irrsinn«, sagte McCoy.

Spock hob eine Braue. »Nein, Doktor. Es schließt die Lücke zwischen Leben und Tod. Für die Calligarier endet das Leben nie. Man dient der Gesellschaft nur auf andere Weise. Der Weltgeist ist mit den meisten Aspekten des Weltennetzes verbunden. Nach vielen Jahrhunderten seiner Existenz haben die Calligarier nun sogar ein fast telepathisches Gespür dafür, wenn sie nicht mit ihm in Direktverbindung stehen. Auf diesem Gefühl der Einheit basiert ihre Philosophie, Teil eines Ganzen zu sein. Und es ist der Weltgeist, der als Teil dieser permanenten Gemeinschaft entscheidet, wer seinen Höhepunkt erreicht hat und verringert wird.«

»Und Ecma stand zur Verringerung an«, sagte Kirk.

»Es sieht so aus«, sagte Spock. »Und der Gedanke hat sie offenbar abgestoßen.«

»Ich kann's ihr nicht verübeln«, sagte McCoy.

»Spock«, sagte Kirk, »ich möchte, daß Sie folgendes tun ...«

Scotty stieß plötzlich einen erschreckten Schrei aus, und Spock wandte sich zu ihm um. Dann blickte er wieder Kirk an. »Captain«, sagte er, wie üblich gelassen, »ich glaube, einige Schwierigkeiten kommen auf uns zu.«

Dann ertönte das Geräusch von etwas, das zerschmettert wurde, und Kirk sah, daß die Besatzung der Fähre auf irgend etwas reagierte.

Dann verblaßte das Bild. Zurück blieb das höhnische Abbild des Risses, der, wie immer, in den Tiefen des Weltraums hing.

21

»Es sieht so aus«, sagte Spock, »und der Gedanke hat sie offenbar abgestoßen.«

Scott zollte der sarkastischen Antwort Dr. McCoys nur teilweise Beachtung, denn seine Aufmerksamkeit galt einer Instrumentenanzeige, die ihm schon zuvor hätte auffallen müssen. Doch leider hatte ihn das Gezänk Thaks und Dorkins im hinteren Teil der Fähre abgelenkt.

Laut dem Höhenmesser wogen sie nun zweihundert Pfund mehr als beim Start von der *Enterprise.* Was unmöglich war, zumal sie die gesamte Ausrüstung abgeladen hatten. Es hätte sie leichter machen müssen, statt …

Und dann erkannte Scott, was hier nicht stimmte. »Mr. Spock!« schrie er.

Kirk sagte gerade »… ich möchte, daß Sie folgendes tun …« Doch Spock konnte sich nicht auf ihn konzentrieren, weil Scotty nun schrie: »Jemand hängt am Rumpf. Wir sind nicht allein!«

Spock verdaute die Information, wandte sich wieder Kirk zu und sagte: »Captain, ich glaube, einige Schwierigkeiten kommen auf uns zu.«

Und in diesem Moment knallte eine spitze Eisenstange von oben gegen die Frontscheibe.

Erstaunlicherweise überzog sich die robuste Scheibe mit spinnwebartigen Rissen. Spock sah kurz das Gesicht Macros über ihnen. Er befand sich auf dem Fährendach. Dann schlug die Eisenstange wieder zu. Das Fenster explodierte nach innen, und ein Meer nadelspitzer Scherben ergoß sich durch das Innere des Fahrzeugs.

Scotty kippte den Bug verzweifelt steil nach unten, und Macro begann abzurutschen. Doch seine Hand erwischte die Unterseite des nun leeren Fensterrahmens, und er schwang sie hindurch. Er trat dem Ingenieur mit einem großen Fuß ins Gesicht. Die Welt drehte sich um Scotty, und er sackte nach vorn und brach über den Kontrollen zusammen.

Spock schaltete den Betrieb auf seine Konsole um, doch nun hatte Macro sich vollständig durch das Fenster herabgelassen, stand brüllend vor ihm und schwang die Eisenstange.

Spock packte Macros Handgelenk, ohne sich umzudrehen. Sein Unterarm bebte leicht, doch sonst verriet sein Verhalten nicht die geringsten Schwierigkeiten, als er »Shondar Dorkin – übernehmen Sie bitte!« rief.

Dorkin schnallte sich im Bruchteil einer Sekunde von seinem Sitz los und machte brüllend einen Satz nach vorn. Daystrom hing hilflos in seinen Gurten. Thaks Augen weiteten sich vor Erstaunen, als der Tellarit die Gelegenheit wahrnahm.

Dorkin schmetterte mit einem hemmungslosen Heulen einen gewaltigen Haken gegen Macros Kinn. Der Kopf des Calligariers flog zurück, und Spock ließ seinen Arm los, um sich darauf zu konzentrieren, sie in der Luft zu halten. Während er die Fähre mit der Linken auf Kurs hielt, schaltete er mit der Rechten die Subraum-Kommunikation wieder ein und warf einen raschen Blick auf Scott, um dessen Verletzungen abzuschätzen.

Dann ertönte neues Gebrüll, und als Spock sich umsah, erkannte er, daß Macro die Kehle des Tellariten ergriff und ihm die Eisenstange auf den Schädel schlagen wollte. Doch nun war auch Thak auf den Beinen und hechtete durch die Luft, denn die Fähre machte erneut einen plötzlichen Satz. Thak flog nach vorn, krachte von hinten gegen die beiden, und alle drei kollidierten mit Spock. Das Gewicht der drei Leiber schob ihn beinahe vom Sitz. Seine Hände lösten sich von der Steuerung, und die Fähre raste geradewegs dem Boden entgegen.

Spock unternahm einen Versuch, die Arme auszustrecken, um Macro mit dem Nervengriff außer Gefecht zu setzen, aber sie waren zu sehr ineinander verkeilt. Der Tellarit brüllte tellaritische Obszönitäten. Der Andorianer zischte wütend. Macro schrie aus vollem Halse und übertönte beinahe Shondar Dorkin.

Ihre Arme und Beine zuckten hin und her, bis Thak plötzlich das Ende der Eisenstange vor seinen Augen sah. Ihre bösartige, scharfe Spitze blitzte hart. Sie würde seinen Kopf durchstoßen. Macro, der sich wild zur Wehr setzte, stieß sie seinem Gesicht entgegen.

Dann schoß eine pelzige Pranke hoch und lenkte die Stange von Thaks Kopf ab. Sie fuhr genau in die Kontrollen hinein. Funken flogen. Es kam zu Kurzschlüssen.

Die Richtungssteuerung verabschiedete sich, dann ging die Fähre wie ein verletzter Vogel in die Tiefe. Rings um sie heulte die Luft, und das Innere des Fahrzeugs war von Schreien und Brüllen erfüllt.

Spock, der einen letzten Versuch machen wollte, die Katastrophe abzuwenden, sammelte seine Kräfte und schob alle fremden Körperteile von sich, die er erreichen konnte. Plötzlich war er von dem Gewicht befreit. Er setzte sich aufrecht hin, riß die Stange aus den Geräten und warf sie beiseite. Ein Blick sagte ihm, daß es hoffnungslos war. Der zweite Blick sagte ihm, daß ihnen der Absturz bevorstand, denn der Boden kam ihnen kreischend entgegen.

Er hatte keine Zeit mehr für Feinsinn. »Absturzposition einnehmen!« schrie er, damit man ihn über das Gebrüll hinweg vernahm. Und noch einmal: »Absturzposition einnehmen!«

Die Fähre sackte tiefer und tiefer, aber Macro schlug sich noch immer mit dem Tellariten. »Shondar!« rief Spock. »Macro! Es ist zwecklos! Wir schlagen gleich auf! Wenn Sie die Feindseligkeiten nicht einstellen, werden Sie beide sterben!« Gleichzeitig schnallte er sich an.

Thak, der ihn vernommen hatte, riß an den Kämpfenden, fing sich aber einen festen Schubs Dorkins ein, der brüllte: »Das geht nur den arroganten Trottel und mich etwas an!« Thak taumelte zu seinem Sitz zurück.

Spock wollte gerade wieder aufstehen, als er sah, daß dazu keine Zeit mehr war. Er sah auch, daß der noch immer besinnungslose Scott nicht angeschnallt war. Er beugte sich zu ihm hinüber und machte ihn fest. Die Gurte waren keine Standardausgabe, sondern nach der Montage des Warpschlittens eingebaut worden, weil man mit gewagten Bedingungen rechnen mußte. Spock nahm sich vor, dafür zu plädieren, sie in alle Fähren einzubauen; dann schlug das Fahrzeug auf.

Zum Entsetzen aller Insassen wurden Dorkin und Macro mitten durch das Frontfenster der Fähre geworfen. Dann waren sie weg, und plötzlich bemerkten die anderen, daß sie sich auf der Reise in die Hölle befanden.

Die Fähre überschlug sich mehrmals und raste, begleitet von einem metallischen Knirschen und dem ohrenbetäubenden Aufschrei Richard Daystroms, über den Boden. Rings um sie stoben Funken, dann hörte Spock ein Reißen und Schnappen, das ihm sagte, daß eine Warpschlittengondel abgerissen war.

Die Fähre überschlug sich noch einmal und kam dann mit einem schmerzhaften Quietschen zum Halten. Sie lag auf der Seite.

Einen Moment lang herrschte unbehagliche Stille, dann rief Spock: »Ist jemand verletzt?«

»Dorkin!« schrie Thak. »Er ist hinausgeflogen! Bei der Geschwindigkeit, die wir ...«

»Ich bin mir dessen bewußt«, sagte Spock und löste

die Gurte. Nachdem er Scott einen raschen Blick zugeworfen hatte, eilte er zu dem Andorianer, der sich bemühte, sich von seinem Gurt zu befreien. Spock zog daran, stellte fest, daß er verklemmt war, zerriß ihn mit einer schnellen Bewegung und befreite Thak.

Da sich die Ausstiegsluke an der Seite befand und gegen den Boden gepreßt war, ging Thak rasch zum Bug der Fähre. Sie konnten nun nur noch durch die zerschmetterte Frontscheibe aussteigen.

Thak schob sich durch das Fenster und verschwand auf der anderen Seite des Fahrzeugs. Kurz darauf hatte Spock Daystrom befreit und Scott wieder zur Besinnung gebracht. Scotty schaute sich in der Fähre um, doch statt sich nach dem Wohlergehen der restlichen Insassen zu erkundigen, stöhnte er leise: »Ohhh... mein schönes Schiff...«

Nachdem sich herausgestellt hatte, daß niemand ernsthaft verletzt war oder sich gar etwas gebrochen hatte, verließen Spock, Scott und Daystrom das Fahrzeug.

Zum Glück war die Fähre in einer unbewohnten Gegend heruntergekommen. Wenn dem nicht so war, war es der von Gedanken gesteuerten Stadt gelungen, den Weg problemlos für sie freizumachen.

Macro hockte auf dem Boden und schüttelte den Kopf. Er war dem Anschein nach völlig fertig. Die körperliche Ausdauer der Calligarier war erheblich höher, als man in der Föderation angenommen hatte. Man konnte die Calligarier zwar verlangsamen und verletzen, man konnte sie sogar aufhalten, aber ihre Fähigkeit, sich von Verletzungen zu erholen, war absolut einmalig. Trotz alledem war Macro fix und fertig, und als Spock und die anderen an ihm vorbeiliefen, konnte er kaum mehr tun, als sie finster anzustarren.

Aus der anderen Richtung rückte eine beträchtliche Anzahl von Calligariern an. Es waren offenbar die gleichen, die ihnen schon zuvor gefolgt waren. Spock kam zu dem unerfreulichen Schluß, daß sie tatsächlich im Kreis geflogen waren.

Doch all dies war neben der bewegungslosen Gestalt des am Boden liegenden Shondar Dorkin zweitrangig. Thak kniete neben ihm hin. Spock, Scotty und Daystrom wurden langsamer, als sie sahen, wie verkrümmt Dorkin dalag. Sein Rückgrat war eindeutig gebrochen.

Dorkin schnappte nach Luft. Seine dicken Borsten waren mit schwarzem Blut bedeckt, und er schaute Thak an. »Sie Idiot«, murmelte er. »Ich mußte ... die ganze Arbeit ... allein tun.«

»Sie haben ihn daran gehindert, mich umzubringen«, sagte Thak verwundert. »Sie haben mir das Leben gerettet.«

Dorkin hustete und spuckte einen dicken Klumpen einer zähen schwarzen Flüssigkeit aus. »Sie waren ... mir im Weg ... Mehr nicht.« Dann fröstelte er. »Es ist kalt.«

»Pssst ... Rühren Sie sich nicht«, sagte Thak. »Es kommt schon alles wieder in Ordnung.« Er schaute die anderen hilflos an.

Der Körper des Tellariten zitterte, und er murmelte: »Hören Sie, Andorianer ... Tun Sie mir einen Gefallen ... Vermasseln Sie es nicht.«

»Was denn, Shondar?«

»Sagen Sie meinen Weibern ... und Nachkommen ... daß ich etwa ein Dutzend von diesen Schuften ... mitgenommen habe.«

Seine Schweinsäuglein wirkten, als zögen sie sich einen Moment zurück, dann rollten sie nach oben. Dorkin stieß einen eigenartig rasselnden Atemzug aus.

Dann war er tot.

22

Die Atmosphäre im Konferenzraum der *Enterprise* war äußerst gespannt.

»Jim, das kannst du doch wohl nicht ernst meinen«, sagte McCoy. »Das ist doch verrückt. Es ist Selbstmord.«

»Wäre ich jedesmal, wenn ich angeblich Selbstmord begangen habe, gestorben«, sagte Kirk geduldig, »müßte ich einige hundertmal gestorben sein.«

»Dr. McCoy hat recht, Sir«, sagte Sulu. »Das Risiko ist einfach zu groß. Wenn schon jemand gehen muß, sollte ich es sein.«

»Als was denn?« fragte Kirk. »Als zweckdienlichster meiner Jungoffiziere?«

»*Jungoffiziere?*« schnaubte McCoy. »Um Himmels willen, Jim, komm auf den Teppich! Sulu führt in Kürze sein eigenes Kommando! Es geht wahrscheinlich schneller, als du glaubst. Ebenso Uhura. Bleibt Chekov, der noch ein paar Jahre warten muß. Wir sind alle keine Halbwüchsigen mehr. Und wenn du nur zur Rettung eilst, weil du stur bist, ist es schierer Wahnsinn.«

»Selbstmörderisch. Wahnsinnig.« Kirk brachte tatsächlich ein leichtes Lächeln zustande. »Warum erklärst du mich nicht gleich für dienstunfähig?«

»Wie wär's, wenn ich dich als für sensible Gespräche unfähig erkläre?«

»Darf ich offen sprechen, Captain?« sagte Sulu. Als Kirk verhalten nickte, fuhr er mit leicht ironischem Unterton fort: »Sie haben uns hergebeten, damit wir unsere Meinung äußern. Unsere Meinung ist in dieser

Hinsicht einstimmig. Und trotzdem habe ich das Gefühl, daß Sie das, was Sie tun wollen, ohnehin tun werden. Darf ich fragen, Sir, warum Sie diese Konferenz einberufen haben, wenn Sie sowieso die Absicht haben, nach eigenem Gutdünken zu verfahren?«

Kirks Augen wurden schmal. »Der Doktor hat offenbar doch recht. In den alten Zeiten hätten Sie nie so mit mir geredet, Mr. Sulu.«

»Ich tue es auch nur, weil ich gern dabeisein möchte, wenn die *neuen* Zeiten kommen«, erwiderte Sulu. »Captain, die revidierten Starfleet-Vorschriften besagen eindeutig, daß der Captain eines Schiffes sich nicht unnötig in Gefahr begeben darf.«

»Und es obliegt mir zu entscheiden, was notwendig ist, Mr. Sulu.« Kirks Blick wanderte langsam durch den Raum. »Die Kontaktgruppe, zu der auch zwei unserer Leute gehören, wird auf der anderen Seite festgehalten. Die Zeit läuft uns davon. Der Riß schließt sich in maximal achtzehn Stunden – das heißt, falls nichts Unerwartetes passiert, das die temporalen Wellen unterbricht. Außerdem haben uns die Calligarier mehrmals zu verstehen gegeben, daß sie beachtlichen Respekt vor Autoritäten haben. Wir haben nun versucht, die Calligarier seit ...« Er schaute Uhura fragend an.

»Einer Stunde, Sir«, sagte sie.

»... einer Stunde zu erreichen. Und nach der ersten Antwort ›Es gibt keine Diskussion, solange die Baumeisterin nicht bei uns ist‹ haben wir nichts mehr von ihnen gehört. Das klingt nicht vielversprechend. Deswegen glaube ich, daß die einzige Möglichkeit, unsere Leute zurückzubekommen, darin besteht, daß ich persönlich gehe.«

»Nein«, sagte McCoy heftig. »Du hältst dich wohl für so was wie einen Ritter, der auf einem weißen Roß heranstiebt. Die holde Jungfer, die in Not ist, liegt im Lazarett. Böse Zauberer haben befreundete Ritter in den Kerker geworfen. Jetzt wirst du auf deinen stolzen weißen Hengst steigen, voranpreschen, die Lanze heben und alle von ihren Rössern werfen, die sich dir in den Weg stellen, damit du deine edle und hehre Mission erfüllen kannst. Wen kümmern schon Gefahren? Prinz Eisenherz, in Rechtschaffenheit gekleidet, wird alle zerschmettern!«

Kirk schaute McCoy an, dann nickte er langsam. »Kommt mir wie eine faire Einschätzung vor«, sagte er. Dann streckte er die Hand aus und drückte einen Knopf. »Fährenhangar – die zweite Fähre mit Warpschlitten versehen.«

»Sie ist in zehn Minuten startklar, Sir«, kam die Antwort.

»Gut.« Kirk richtete sich auf.

McCoy machte eine frustrierte Handbewegung und sagte: »Hast du denn eigentlich gar nichts verstanden?«

»Alles, Pille«, erwiderte Kirk. »Ich kann es nicht mal in Abrede stellen. Aber ich kann auch meine Leute nicht im Stich lassen. Ich kann mich nicht von dem absondern, was und wer ich bin ... Zu diesem Riß wird es nie kommen. Verstehst du?« Er zwinkerte. »Noch mehr Ironie.«

McCoy brummelte vor sich hin. »Captain ...«, sagte Chekov nun, »Sie werden jemanden brauchen, der Ihnen bei der Steuerung der Fähre hilft ...«

»Sie meinen einen Junker vom Lande«, kam eine Stimme von der Tür her.

Sie drehten sich um und sahen José Tyler. Er stand da, lächelte schief und musterte seine Hände. »Navigator José Tyler meldet sich zum Dienst, Sir.«

»Commodore ...«, begann Kirk.

»Sehen Sie's als Befehl, Captain«, sagte Tyler fest. »Ich war zwar nie besonders scharf auf meinen Dienstgrad. Aber diesmal lasse ich Ihnen keine Wahl. Ich komme entweder mit, oder ich verbiete Ihre kleine Dienstreise und degradiere Sie so weit, daß Sie drei

Tage graben müssen, um je wieder Tageslicht zu sehen. Haben Sie's geschnallt, Captain?«

»Jawohl, Sir«, sagte Kirk, ohne mit der Wimper zu zucken. Er ging auf Tyler zu, wandte sich an seine Untergebenen und sagte: »Mr. Sulu, Sie haben das Kommando. Außerdem erteile ich Ihnen für den Fall, daß Sie beschließen, Ihrem ausgerasteten Captain und seinen hirnrissigen Heldentaten nachzueifern, einen direkten Befehl: Was auch passiert, Sie folgen mir nicht. Ich will nicht, daß Sie dieses Schiff einem Risiko aussetzen.«

»Ich werde es Ihnen erhalten, Sir.«

Kirk nickte. Dann sagte er: »Dann stoßen wir auf und brechen ins Horn.«

Niemand lachte.

Als Kirk und Tyler an der Steuerung der Fähre Platz genommen hatten, überprüften sie schnell und fachkundig die Geräte. Tyler pfiff leise die 1812-Ouvertüre vor sich hin, dann hielt er, ohne seine Tätigkeit zu unterbrechen, inne und sagte: »Ihre Mannschaft hält offenbar sehr viel von Ihnen und ist äußerst stolz auf Sie.«

»Warum sagen Sie das?« fragte Kirk.

»Weil nur eine Mannschaft, die für ihren Kommandanten so empfindet, so sauer auf ihn werden kann.«

Kirk nickte peinlich berührt, aber zustimmend. »Ich kann schon ein sehr irritierender Mensch sein. Es erstaunt mich, daß sie alle so lange bei mir geblieben sind.«

»Ihre Leute sind Ihnen treu. Sie haben großes Glück.«

»Es macht sie wahnsinnig, wenn ich mir in den Kopf setze abzuhauen, um einen von ihnen zu retten.«

»Wahrscheinlich sind sie Ihnen deswegen so ergeben. Weil sie wissen, daß Sie der Menschentyp sind, der alles für sie riskiert. Sie sind ihnen gegenüber so engagiert und den eigenen Idealen so treu, daß Sie sich ständig selbst ein Bein stellen. Wie Sie es immer wieder getan haben.«

»Wie ein Cowboy«, sagte Kirk.

»Wie ein Ritter.«

Kirk nickte und informierte die Hangarmannschaft, daß sie zum Abflug bereit waren. Die Fähre hob sich vom Boden. Kurz darauf schwebte sie aus dem Hangar und steuerte auf den Riß zu.

»Bringen Sie uns rüber«, sagte Kirk.

»Mach ich«, sagte Tyler. »Kurs 103 Markierung 12.« Und er gab lächelnd den Kurs ein. »Die alten Reflexe. So was vergißt man nie.«

Kirk beobachtete, wie Tyler mit den Instrumenten umging, und nickte zufrieden. »Solide Arbeit. Sie werden es noch weit bringen.«

»Ja, die ganze Strecke, bis auf die andere Seite des Risses«, sagte Tyler. »Bereite Warpantrieb vor.«

»Joe«, sagte Kirk kurz darauf, »ist Ihnen eigentlich klar, daß ich, um diese Sache durchzuziehen, ein oder zwei Dinge bewerkstelligen muß? Entweder überzeuge ich die Calligarier, daß sie die Kontaktgruppe freilassen, weil sie lieb sind, oder ich muß sie dazu überreden, Ecma nicht zu verringern, damit diese Bedrohung nicht mehr besteht. Falls es aber dazu kommt, wird sie nicht bei Ihnen bleiben.«

»Daran habe ich auch schon gedacht«, sagte Tyler ruhig.

»Und es macht Ihnen nichts aus?«

Tyler blickte ihn gelassen an. »Ich denke nur daran, daß wir unsere Leute dort rausholen müssen, ohne Kompromisse einzugehen oder Versprechungen zu machen. Mehr nicht. Den Rest überlasse ich gern dem Schicksal. Soll es doch entscheiden.«

»Das Schicksal«, sagte Kirk, »kann auch ganz schön schweinisch sein. Das Leben ist oft ungerecht.«

»Na klar«, erwiderte Tyler. »Schließlich entkommt ihm niemand lebend.«

Auf der Brücke der *Enterprise* schaute Sulu im Kommandosessel mit unbewegtem Gesicht zu, als die Raumfähre immer kleiner wurde, das Warptriebwerk anwarf und im Riß verschwand.

Sulu hätte die *Enterprise* liebend gern – egal welche disziplinarischen Maßnahmen dies auch nach sich zog – hinter ihr herfliegen lassen. Immerhin war es sehr gut möglich, daß die Calligarier ihren Tonfall änderten, wenn sie sahen, daß sie die volle Kraft eines Raumschiffes an der Gurgel hatten.

Aber dies, das wußte er, wäre eine einmalig schlechte Idee gewesen. Die vorausberechnete Stabilität des temporalen Risses war sehr heikel. Den Zeitfluß mit der Macht der Warptriebwerke – die beträchtlich größer und weitaus raumverzerrender waren als der kleine Warpschlitten der Fähre – zu unterbrechen, hätte das Risiko bedeutet, das Schiff und die Mannschaft Lichtjahre weit von zu Hause stranden zu lassen. Sie würden es ganz einfach zu ihren Lebzeiten nicht mehr schaffen, zur Erde zurückzukehren.

Und dieses Risiko konnte er nicht eingehen.

Dann wurde er plötzlich aus seinen Gedanken gerissen, denn Chekov sagte: »Commander Sulu, die Sensoren melden ein sich näherndes Schiff.«

Er wartete, bis der Computer die Identifikation des Schiffstyps durchgab. »Ein andorianisches Schiff der Klasse 3«, sagte er nach einem Augenblick.

»Frequenz öffnen«, sagte Sulu schnell. »Wir müssen auf der Stelle die Spielregeln bekanntgeben. – Andorianisches Schiff, bitte melden. Hier spricht Sulu, stellvertretender Kommandant der *Enterprise.*«

Im Subraum knisterte es kurz, dann wurde das andorianische Schiff auf dem Bildschirm größer. Es war lang und schlank und sah verdammt gefährlich aus. Kurz darauf erschien der andorianische Kommandant auf dem Bildschirm. Sein Kinn war etwas eckiger als das Thaks und sein Blick etwas listiger. »Hier ist Vandar;

ich befehlige die *Schleicher*. Man hat uns alarmiert, weil unser Delegierter Thak in Schwierigkeiten ist.«

»Wir haben Schwierigkeiten«, sagte Sulu, »das stimmt. Wir haben allerdings Parlamentäre ausgesandt und rechnen damit, daß sich alles zum Besten wenden wird.«

Vandar schien kurz darüber nachzusinnen. »In Ordnung, *Enterprise*«, sagte er mit einem leisen Zischen. »Wir werden im Augenblick nichts unternehmen. Aber wir müssen über den Verlauf der ...«

»Noch ein Schiff, Commander!« sagte Chekov. »Es kommt von ...«

Bevor er seine Warnung auch nur aussprechen konnte, dröhnte eine barsche und wütende Stimme durch den Empfänger. »Hier ist Khund vom tellaritischen Schiff *Kampfeslust.*«

»Die glauben bestimmt auch, daß die Werbung die Wahrheit sagt«, warf Uhura spaßig ein.

Der Bildschirm teilte sich, und das Gesicht eines gereizten Tellariten – es wurde immer klarer, daß sie sich nicht anders geben konnten – erschien. »Wir haben von einem grundlosen, abscheulichen Angriff auf einen unserer Vertreter erfahren«, sagte er, »und verlangen zu wissen, welche Maßnahmen eingeleitet wurden.«

Sulu, der sich vornahm, auf Nummer Sicher zu gehen, wiederholte praktisch Wort für Wort das, was er auch Vandar zu verstehen gegeben hatte.

Khunds Antwort hatte jeder vorausgeahnt.

»Irgendein schwächlicher Friedensfreund aus der Föderation verhandelt um die Freilassung unseres Vertreters?« brüllte der Tellarit. »Für wen halten sich diese Calligarier überhaupt? Mit welchem Recht verlangen sie etwas von uns und halten einen unserer Shondare gefangen? Wir werden ihnen den Hals umdrehen!«

»Das können wir nicht zulassen«, sagte Sulu fest.

»Sie können es nicht *zulassen?*« knurrte Khund. »Sie schwächlicher Starfleet-Offizier ...«

In diesem Moment öffnete sich der Turbolift, und Botschafter Fox, angetan mit Antischwerkraftstiefeln, die ihm bis an den Bauch reichten und den Druck von seinen Füßen nahmen, trat auf die Brücke. Sulu, der sich bemühte, seine rapide abnehmende Geduld zu bewahren, sagte: »Botschafter, dies nicht die rechte Zeit ...«

Doch Fox wandte sich zu ihm um und sagte mit fester Stimme: »Nein, Commander, ganz gewiß nicht. Erlauben Sie?« Und dann, bevor Sulu reagieren konnte, stellte er sich vor den Bildschirm und sagte: »Khund – und auch Vandar –, Sie sind hier keineswegs den launischen Schrullen eines Starfleet-Offiziers ausgesetzt. Hier übt die *Enterprise* die Jurisdiktion aus. Sie wurde nicht nur von der Flotte eingesetzt, sondern auch von der Föderation. Wenn Sie die *Enterprise* nerven, herausfordern oder irgend etwas anderes unternehmen, was die heikle Lage negativ beeinflußt, müssen Sie mit dem vollen Gewicht und der Disziplin des Föderationsrates rechnen. Als offizieller Vertreter des Rates kann ich Ihnen dies versichern. Dies schließt den Zorn Ihrer jeweiligen Regierung und Delegierten mit ein, die ich erst vor einer Woche getroffen habe und mit denen ich mich ausgezeichnet verstehe. Und wenn Sie Commander Sulu irgendwelche Schwierigkeiten machen, werde ich diese edlen Delegierten persönlich dazu bewegen, dafür zu sorgen, daß Ihr nächster Auftrag darin besteht, die Dilithiumminen auf Delta Vega zu befehligen. Haben Sie mich verstanden?«

Vandar, der wußte, daß die Ansprache gar nicht ihm galt, lächelte einfach und sagte: »Verstanden.«

Khund, an den die Bemerkungen sehr wohl adressiert waren, kapierte jedoch nichts und glaubte, sie sollten den feigen Andorianer einschüchtern. Also sagte auch er nur: »Verstanden.«

»Enterprise, *Ende*«, sagte Sulu dankbar. Als die Bilder verschwanden, wandte er sich zu Fox um und sagte:

»Ich weiß es wirklich zu würdigen, Botschafter. Besonders wenn ich daran denke, daß Sie es eigentlich waren, der sie uns auf den Hals gehetzt hat.«

»Das hat Captain Kirk Ihnen wohl erzählt, wie?« sagte Fox. Er zuckte die Achseln. »Ich habe damals nur meine Arbeit getan, Commander. Ebenso wie jetzt. Das ist die einfache Wahrheit, die Ihr Captain offenbar nur schwer versteht. Vielleicht können Sie es ihm irgendwann erklären – vorausgesetzt, er kommt an einem Stück von *seiner* Arbeit zurück.«

23

Kirk betrat den Ratssaal. Tyler war genau hinter ihm, und der Captain hatte das Gefühl, als beobachte ihn jeder Bewohner des Planeten. Obwohl nur einige Dutzend Calligarier am Rande standen und ihn aus hochlehnigen Stühlen musterten, hatte er das Empfinden, daß weitaus mehr anwesend waren und weitaus mehr die Messer wetzten.

Spock, Scott, Daystrom und Thak hielten sich in einer Ecke des Raumes auf. Thak wirkte am meisten erschüttert. Spock hatte Kirk über Shondar Dorkins Tod und die Auswirkungen informiert, die dies auf den Andorianer gehabt hatte. Als Angehöriger eines Volkes, das niemandem etwas schuldig bleiben wollte, hatte Thak offenbar Probleme mit seiner Einschätzung der Nutzlosigkeit Dorkins. Dorkins Tat, ihm das Leben zu retten, hatte ihn aus dem Tritt gebracht. Für einen Andorianer, der irgendwo in der Kreide stand, ohne seine Schulden je begleichen zu können, mußte es ein kleines Stück der Hölle sein.

Alt saß da, auch Macro, sowie diverse andere Calligarier, die Kirk nicht kannte. Die anderen spielten wohl keine besondere Rolle – diese beiden waren eindeutig jene, die das Sagen hatten.

»Sie sind der Kommandant?« fragte Alt. »Der Anführer?«

»Ja«, sagte Kirk und trat vor. »Und ich bin hier, um …«

»Er ist nicht der Anführer«, fauchte Macro.

Kirk schaute ihn an und sagte langsam: »Ich kann

nicht sagen, daß es mir gefällt, wenn ich unterbrochen werde.«

Aber Macro schenkte ihm keine Beachtung. Statt dessen stand er von seinem Platz auf und kam näher, um sich vor Commodore José Tyler aufzubauen, der zehn Meter von ihm entfernt stand. Macro blieb stehen. Er war entspannt und bereit, seine Arme hingen herunter. »Es ist lange her, Tyler.«

Tyler schaute Kirk an, denn sie hatten entschieden, daß er das Wort führen sollte. Kirk nickte in Tylers Richtung. Tyler zuckte die Achseln. »Ja, ist es.« Seine Haltung zeigte freundliches Interesse, aber nicht mehr.

»Sie sind schuld daran, daß es passiert ist«, sagte Macro. »Ecma hat mich Ihretwegen verlassen.«

»Meinetwegen?« sagte Tyler erheitert. »*Ich* habe mir doch die Philosophie des Verringerns nicht ausgedacht.«

Eine ganze Reihe der Calligarier zuckte sichtlich zusammen, und Macro sagte wütend: »Es ist obszön, wenn jemand dieses Wort ausspricht, der kein Calligarier ist.«

»Na schön«, warf Thak nun ein, »und wir empfinden es als obszön, wenn es *überhaupt* jemand ausspricht.«

»Die Baumeisterin ist über ihr bevorstehendes Schicksal entsetzt«, sagte Kirk. »Wenn Sie ein zivilisiertes Volk wären, würden Sie …«

»Ziehen Sie *uns* doch nicht auf das Niveau herunter, das Sie für Kultur halten«, fauchte Macro. »Es ist ein typisches Beispiel jener Selbstgerechtigkeit, mit der Sie über uns urteilen. Und Sie …« Er wandte sich wieder an Tyler. »… haben Ecma beeinflußt, so daß Sie sich vor der Ehre der Verringerung fürchtet.«

»Die *Ehre?*«

»Die letzte und höchste Belohnung, die ein Calligarier erringen kann«, sagte nun Alt.

»Ich hatte nichts damit zu tun«, sagte Tyler. »Ecma hat es von ganz allein so gewollt.«

»Sie *lügen!*« sagte Macro heftig. »Sie haben irgend etwas mit ihr gemacht. Am liebsten würde ich Ihnen Ihre Lügen in die Kehle stopfen…«

Kirk sah, daß er beinahe platzte. »Vorsichtig, Commodore«, sagte er warnend.

Aber Tyler war es egal. »Sie möchten mich wohl in Stücke hacken, was, Macro? Seit ich Ihnen damals eine verpaßt habe. Sie haben es nicht vergessen. Sie haben davon geträumt.« Er nahm eine verteidigungsbereite Haltung ein, wippte auf den Fußballen und hielt die Fäuste zuschlagbereit vor sich. »Sie haben davon geträumt, mich in die Mangel zu nehmen und die Sache zwischen uns zu klären. Na, dann tun wir es doch. Sie und ich, gleich hier. Wir klären die Sache, so oder so. Was sagen Sie dazu?«

»Macro«, sagte Alt warnend. »Sie können…«

Doch Macro schenkte ihm keine Beachtung. Jahre der Eifersucht, des Hasses und Zorns, die sich in ihm aufgebaut hatten, suchten nun ein Ventil. Der große Saal strömte über vor Empörung, die so tief und faul war wie ein Ozean voller Mist.

»Na gut, dann wir zwei!« schrie Macro. *»Bis zum Ende!«*

Er stürzte sich geradewegs auf Tyler. Seine Hände zuckten und waren bereit, die großen Finger in dessen Leib zu schlagen und ihn zu zerreißen.

Doch José Tyler zückte seinen Phaser und schoß Macro nieder, als er noch zwanzig Schritte von ihm entfernt war.

Der Schwung von Macros Angriff trug ihn noch ein paar Meter weiter, aber als er zu Boden glitt, war er schon bewußtlos. Er blieb zu Tylers Füßen liegen, und der Commodore lächelte auf ihn hinab. »Es funktioniert immer, *Pendejo*«, sagte er. Dann schaute er zu Alt auf. »Können wir jetzt gehen?«

»Bevor Macro mich unterbrach«, informierte Alt ihn, »wollte ich gerade folgendes sagen: Macro, Sie können in dieser Sache nicht für uns sprechen. Der Verringerungsbeschluß wird vom Weltgeist gefaßt. Er ist unumkehrbar. Wenn Ecma zurückkehrt, muß sie sich ihm unterwerfen. Tut sie es nicht, werden wir keinem Ihrer Leute die Rückkehr erlauben.«

»Das ist inakzeptabel«, sagte Kirk.

»Nein, Captain. Wir sind einfach sicher, daß Sie Ihre Freunde und Kollegen nicht wegen einer Frau zurücklassen. Es ist zwar eine ziemlich unbefriedigende Situation und Lösung, aber wir werden uns zweifellos einigen.«

Kirk drehte sich langsam um und musterte die Versammlung.

»Dann sind die stolzen Calligarier also so tief gesunken?« fragte er. »Daß sie Geiseln gegen das Leben und die Freiheit einer jungen Frau einsetzen? Ist es das, was Sie vertreten?«

»Nein, Captain«, sagte Alt ruhig. »Dies ist jene Art Benehmen, das historisch für Ihr Volk typisch ist. Es sieht fast so aus, als hätten Sie schlechten Einfluß auf uns ausgeübt. Wir mußten uns auf Ihr Niveau herabbegeben, um mit Ihnen fertig zu werden.«

»Um mit uns fertig zu werden?« sagte Kirk. »Warum? Weil wir Ihre Ansichten über die Verringerung nicht teilen? Weil wir Ihr Verhalten … beunruhigend finden? Anmaßend in seiner Geringschätzung des Lebens?«

»Anmaßend? Wir sind ein gnädiges Volk, Captain. Wir ersparen dem Leben den Schmerz, seine Fähigkeit nicht ewig aufrechterhalten zu können. Das hat unser Volk akzeptiert.«

»Wie konnte es das?« fragte Kirk. »Wer könnte mit Recht sagen, daß er sterben und die Hoffnung aufgeben möchte, seine vorherigen Fähigkeiten zu überbieten?«

»Ich.«

Zu Kirks Schrecken kam dieses Wort nicht aus dem Mund eines Calligariers.

Dr. Richard Daystrom hatte sie gesprochen.

Daystrom trat vor. Er wirkte nun noch älter als zuvor. »Die Calligarier haben recht, Captain. Wirklich.«

»Doktor ...«

Aber Daystrom sprach weiter, und es wirkte so, als sei er sich der Tatsache, daß Kirk dort stand, gar nicht bewußt. Er schien auch die anderen nicht zu sehen. »Es wäre ein Segen gewesen«, sagte er zurückhaltend, »wenn jemand zu mir gekommen und mir nach meinem ersten Vierteljahrhundert in diesem Universum gesagt hätte: ›Hör mal. Schau dir die Sinnlosigkeit deines restlichen Lebens an. Schau dir die Versuche und die Pleiten, den Zusammenbruch und den Frust an, den du erleben wirst – den deinen, nicht den eines anderen. Es ist niemand da, mit dem man es teilen kann. Niemand sorgt sich um dich. Ein ganzes Leben voller schwacher Versuche, den Ruhm neu zu erschaffen.‹«

Da ihm der private Kummer des Mannes bekannt war – von seinem bedenklichen mentalen Zustand ganz zu schweigen –, sagte Kirk durchaus freundlich: »Bitte, Dr. Daystrom ... Sie sind nicht sehr hilfreich.«

Daystrom schaute Kirk einen Moment an, nahm ihn nun wieder wahr und schien sich dann auf seine Gegenwart zu besinnen. Er seufzte, sein Brustkorb bebte, und er sagte: »Entschuldigen Sie ... Captain.«

»Er braucht sich für nichts zu entschuldigen«, sagte Alt leise. »Er ist einfach erhöht genug, um zu verstehen, was jeder Calligarier längst versteht. Was hat es für einen Sinn, gesellschaftliche Rohstoffe für ein Leben zu verbrauchen, das seinen Höhepunkt längst überschritten hat?«

»Wenn man es nicht tut«, sagte Kirk mit fester Autorität, »geht man das Risiko ein, die unerwartete Wendung am Ende des zweiten Aktes zu verpassen.«

Er trat über den besinnungslosen Körper Macros hinweg und hob die Stimme, um nicht nur Alt, sondern auch alle anderen anzusprechen. »Mit gebührendem

Respekt vor Ihnen allen – aber wir bewegen uns im Kreis. Wir sind zu einem Patt gelangt. Und ich sehe nur eine Möglichkeit, aus ihm herauszukommen …«

»Und das wäre?«

»Ich möchte direkt mit dem Weltgeist kommunizieren.«

Hätte Kirk sich vor der Versammlung plötzlich das Hirn aus dem Schädel geblasen – die Überraschung hätte nicht größer ausfallen können. Er hatte die Bitte kaum ausgesprochen, als ein heftiges Gemurmel einsetzte. Dann sagte Alt laut: »Das wäre … unklug.«

»Vielleicht«, sagte Kirk. »Aber Sie haben gesagt, daß der Weltgeist die Entscheidung gefällt hat. Deswegen meine ich, kann auch nur der Weltgeist die Sache klären. Ecma hat den Eindruck, daß sie noch mehr tun kann, daß ihr Leben seinen Höhepunkt noch nicht erreicht hat. Sie möchte mehr Zeit, um ihre Fähigkeiten zu erlangen. Sie sollte dieses Recht haben. Und wenn der Weltgeist die Entität ist, die sie dieses Rechtes berauben möchte, dann ist er es, den ich ansprechen muß.«

»Sie verstehen nicht, Captain. Sie haben nicht einmal die geistige Disziplin unserer Kinder.«

»Aber Ihre Kinder«, sagte Kirk, »haben nicht meine Erfahrung.«

»Wir können es nicht erlauben, Captain. Sie haben keine Ahnung, was Ihnen bevorsteht. Wenn wir es zuließen, könnten wir Ihnen gleich erlauben, sich selbst zu töten.«

»Ach so«, sagte Kirk sarkastisch. »Wie rücksichtsvoll. Sie machen sich mehr Gedanken um einen Fremdling als um das Leben Ihres eigenen Volkes.«

Doch nun trat Spock vor. »Statusmeister«, sagte er, »ist es korrekt, wenn ich annehme, daß ich als Vulkanier wahrscheinlich die passende mentale Disziplin aufweise, um die Kommunikation mit dem Weltgeist durchzuführen?«

Alt musterte ihn abschätzend. »Wir hatten viele Jahre, um das zu studieren, was wir nach unserer ersten Begegnung von den Vulkaniern erfahren haben, Mr. Spock. Ich glaube, daß Sie fähig wären, mit den mentalen Anforderungen fertig zu werden. Aber es ist …«

»Dann möchte ich, mit der Erlaubnis des Captains, für die Baumeisterin sprechen.«

Kirk trat schnell an den Vulkanier heran und sagte mit leiser Stimme: »Spock, Sie waren doch die meiste Zeit hier drüben. Sie *kennen* Ecma doch kaum.«

Spock hob ironisch eine Braue. »Ob ich die fragliche Person kenne, ist unerheblich, Sir. Wichtig ist das Thema – freier Wille kontra Vorherbestimmung. Ein ideologischer Abgrund, der die Philosophen seit Jahrhunderten entzweit. Ein Riß, wenn Sie so wollen, der dem nicht unähnlich ist, der uns hergebracht hat. Finden Sie es nicht komisch, Captain?«

Kirk konnte nicht anders; er mußte lächeln. »Nein. Ausgedacht.«

»Was hier erforderlich ist«, fuhr Spock fort, »ist eine Übung in Sachen Logik und Diskussion. Bei allem gebührenden Respekt, Captain, aber wenn es um solche Dinge geht, wäre es äußerst …«

»… unlogisch«, sagte Kirk.

»… statt eines Vulkaniers einen Menschen zu delegieren.«

»Ich nehme an, Sie sind alt genug, um zu wissen, worauf Sie sich einlassen.«

»Und ob. Ich bin sogar alt genug, um zu wissen, daß ich lieber die Finger davon lassen sollte. Aber ich möchte es trotzdem tun. Es ist einfach … faszinierend.«

McCoy kam ins Lazarett und trat an Ecmas Bett. Zu seiner Überraschung waren ihre Augen offen, und sie musterte ihn mit einiger Verwirrung. Er warf einen schnellen Blick auf die Bioanzeige und nahm zufrieden zur

Kenntnis, daß sie stabil war. Er schaute sie an und sagte: »Willkommen bei den Lebenden.«

Sie leckte sich die Lippen. »Warum habe ich so einen schlechten Geschmack im Mund?«

»Der ... äh ... Inhalt Ihres Magens hat sich vor einigen Stunden ziemlich rüde von Ihnen verabschiedet«, sagte McCoy.

»Oje«, sagte sie und klang verlegen. »Wann? Und wo?«

»Gleich nachdem der Captain Sie angebrüllt hat, weil Sie so um sich geschlagen haben. Und wo? Auf ihn und mich.«

»Tut ... mir leid.«

»Machen Sie sich darüber keine Sorgen«, sagte McCoy gelassen. »In meinem Fall gehört derlei zum Berufsbild. Im Fall des Captains hingegen ... Es stand ihm gar nicht übel.«

»Sie hassen ihn wohl sehr«, sagte Ecma. »Ihn und Mr. Spock. Weil Sie sie immer heruntermachen.«

McCoy schaute sich flugs um, um sicherzugehen, daß ihm niemand zuhörte, dann erwiderte er mit leiser Stimme: »Natürlich nicht. Wenn ich jemanden nicht ausstehen kann, ignoriere ich ihn. Kirk und Spock jedoch ...« Sein Kinn schien sich kurz zu verkeilen, dann sagte er: »Ich habe mich an ihre Torheiten gewöhnt. Immerhin wären sie längst tot, wenn ich nicht ständig ein Auge auf sie werfen würde.«

»Ich verstehe«, sagte Ecma leise. »Und was den Geschmack angeht ... Könnte ich ...«

»Oh. Aber natürlich. Wo ist nur mein Benehmen?« McCoy trat an den Synthetisierer, gab einen Kode ein und entnahm gleich darauf ein Glas mit einer leuchtenden Flüssigkeit. »Hier«, sagte er und reichte es Ecma. »Da ich mit einer Portion echt calligarischer Nahrung bekleckert war, habe ich mir die Freiheit genommen, sie vom Computer analysieren zu lassen. Er hat die Grundaufbausteine Ihrer Ernährung identifiziert, und ich habe sie in unser System eingegeben. Sie können zwar menschliches Essen zu sich nehmen, aber dies hier müßte Ihnen eigentlich besser schmecken.«

Sie nahm das Glas dankbar an sich und leerte es in einem Zug. Sie wischte sich den Mund ab, hielt es hoch und fragte hoffnungsvoll: »Noch was da?«

McCoy lächelte. »Na, ein größeres Lob kann man sich kaum wünschen.« Er ging wieder an den Nahrungsspender und kehrte mit zwei weiteren Gläsern zurück. Sie trank das zweite auf der Stelle, hielt sich aber beim dritten etwas länger auf. »Wie fühlen Sie sich?«

Ecma starrte in den leeren Raum. »Leer«, sagte sie verwirrt. »Ich fühle mich... sehr leer. Es ist... ein bißchen furchterregend.«

»Es überrascht mich nicht«, sagte McCoy. »Sie waren mit Ihrem Volk, seinen Philosophien und Ihrer Gesellschaft verbunden. Der Entzug hat Sie körperlich und geistig krank gemacht. Aber ich glaube, jetzt sind Sie wieder gesund.«

»Ich fühle mich... so allein.« Sie zitterte leicht. »Wie... halten Sie das nur aus?«

McCoy legte tröstend einen Arm um sie: »Wir suchen uns einen zweiten und bemühen uns, uns gegenseitig durchzubringen. Mehr kann keiner von uns tun.«

»Joe... Wo ist Joe? Und Captain Kirk?«

McCoys zögerte. Er wußte nicht genau, ob er ihr so kurz nach dem Erwachen alles erzählen sollte, aber sie spürte, daß er etwas zurückhielt, und packte aufgeregt seinen Unterarm. »Erzählen Sie es mir«, sagte sie beharrlich.

»Sie sind durch den Riß geflogen«, sagte McCoy. »Um die Calligarier zu überreden, Sie gehen zu lassen.«

»Das werden Sie niemals tun«, sagte Ecma. »Niemals.«

»Tja, Ihre Leute haben gesagt, daß sie Spock, Scotty und die anderen erst freilassen, wenn wir Sie zurückgeben.«

Ecma riß die Augen auf. »Das können sie doch nicht tun!«

»Offenbar doch.«

»Ich ...« Ihr Blick war weit, ihre Stimme zitterte. »Ich hätte nie gedacht, daß ... Mir war nie klar, wie weit sie gehen würden.«

»Dem Captain wahrscheinlich auch nicht, sonst hätte er Ihre Bitte nicht so bereitwillig erfüllt«, sagte McCoy kleinlaut. »Ich nehme an, er hat nicht damit gerechnet, daß Sie alle so miteinander verbunden sind, daß man Ihren plötzlichen Ausbruchsversuch bemerken würde. Wieso hat eigentlich niemand gemerkt, daß Sie sich mit Fluchtplänen getragen haben?«

»Wir sind keine Gedankenleser«, sagte Ecma. »Nur dann, wenn wir direkt mit dem Weltgeist in Verbindung stehen.« Sie hielt inne, denn es überraschte sie, daß sie das Wort so beiläufig aussprechen konnte. Dann sagte sie leise: »Ich bin ... nun wirklich von allen getrennt.« Sie holte sich wieder in die Gegenwart zurück und fuhr fort: »Man denkt irgendwie anders, wenn man allein ist. Aber als ich die Entscheidung traf, mich zu lösen, war die Feststellung so grundlegend, daß sie die Beachtung des Weltgeistes fand und ...«

»... Entzugserscheinungen hervorrief«, sagte McCoy. »Das verstehe ich.«

»Ich kann nicht glauben, daß sie zu solchen Methoden greifen«, sagte Ecma.

»Was haben Sie denn geglaubt?« fragte McCoy.

»Ich weiß es nicht! Ich hatte mich nicht einmal ernsthaft entschieden, daß ich ausbrechen würde! Es ist noch nie vorgekommen, Doktor. Das müssen Sie verstehen. Ein Teil war Verzweiflung, der Rest reine Eingebung.«

McCoy seufzte schwer. »Nun, was es auch war, der Captain hat sein Wort gegeben, und er wird es nicht brechen. Er ist jetzt drüben und kämpft für Sie; er attackiert sie hoch zu Roß.«

»Auf seinem eigenen?«

»Ach, lassen wir das.«

»Aber ... Was könnte er denn erreichen? Wie soll er die anderen von etwas überzeugen, von dem sie sich nie überzeugen lassen werden?«

McCoy dachte kurz nach. »Dieser Weltgeist, von dem Sie sprechen ... Trifft er die Entscheidung, wann jemand sterben muß?«

»Ja«, sagte sie leise. »In zwei Tagen stehe ich zur Verringerung an.«

»Na schön. So, wie ich Jim kenne, stehen die Chancen sehr hoch, daß er sich direkt mit diesem Weltgeist unterhält.«

»Nein!« schrie sie erschreckt auf. »Nein, das kann er nicht! Das ist zuviel! Ihre Leute werden festgehalten, der Captain setzt sein Leben aufs Spiel ... So kann es nicht weitergehen! Ich muß zurück!«

Sie wollte aufstehen, aber McCoy packte ihre Schultern. »Es geht nicht«, sagte er. »Wir haben keine Fähre mehr, die dem Riß widerstehen kann.«

»Aber mein Schiff kann es! Das, mit dem ich gekommen bin!«

McCoy blinzelte. »Der Teufel soll mich holen. Das habe ich vergessen.«

»Wo ist es?«

»Dort, wo Sie es gelassen haben, nehme ich an. Neben der *Enterprise.*«

»Geben Sie Bescheid, daß ich zurückkomme.«

»Nein«, sagte McCoy. Und bevor sie weiter protestieren konnte, fuhr er fort: »Ich kann das nicht entscheiden. Wir werden mit Mr. Sulu darüber sprechen müssen. Niemand betritt oder verläßt ein Raumschiff ohne die Erlaubnis des Kommandanten. Falls Sie zurückwollen, wird Sie zwar niemand zum Bleiben zwingen – aber wir müssen zuerst mit ihm reden. Warten Sie hier. Ich hole Ihre Kleider, dann klären wir die Sache.«

Er eilte zu dem Schrank, in den Ecmas Kleider hingen, und hielt unterwegs am Interkom an. »Lazarett an Brücke.«

»Brücke«, meldete sich Sulu.

»Commander«, sagte McCoy und fühlte sich leicht ermüdet, »ich habe eine interessante Nachricht für Sie. Nach dem ganzen Knatsch werden Sie sich freuen, Sie zu hören.«

Das riesige Gebäude war so hohl, wie Daystrom es in Erinnerung hatte. Er schaute die anderen an und sah, daß auch sie beeindruckt waren. In dem Halbdunkel wirkte die Decke des Gemeinschaftszentrums so weit entfernt, daß sie kaum zu existieren schien. Die einzelnen Lichtstrahlen, die während der Kommunikation nach unten fielen, hätten direkte Strahlen aus den Augen Gottes sein können.

Im Gegensatz zum letztenmal stand jedoch nun niemand unter den Lichtkegeln. Es gab auch nur einen einzigen Lichtstrahl. Die anderen Calligarier waren aus dem Saal entfernt worden.

»Ein Calligarier ist«, hatte Alt erläutert, »dazu fähig, die Gedanken anderer abzuschirmen oder in sich hineinzulassen. Da Ihnen diese Fähigkeit fehlt, haben wir uns bemüht, die Dinge zu vereinfachen. Wir haben dafür gesorgt, alle unsere Leute ›abzuschalten‹, wie Sie es wohl nennen würden. Hier sind jetzt nur noch Sie und der Weltgeist, Mr. Spock.«

»Ich danke Ihnen für Ihre Nachsicht«, sagte Spock höflich.

»Ich gebe zu«, sagte Alt, »daß ich zu einem gewissen Grad neugierig bin, wie der Weltgeist auf Sie reagiert. Ich bin so erzogen worden, bestimmte Dinge zu akzeptieren und zu glauben. Nur die engstirnigsten Individuen weigern sich, darüber zu spekulieren, was wohl geschähe, wenn sich eine andere Philosophie in ihrem Machtbereich ausbreiten würde. Ich nehme an, es wird ... spannend.«

»Ich werde die Herausforderung annehmen«, erwiderte Spock.

Er trat auf den Lichtstrahl zu. Kirk ging dicht hinter ihm her, bis Alt laut sagte: »Seien Sie vorsichtig, Captain. Sobald jemand ins Licht tritt, ist er in Verbindung. Halten Sie lieber Abstand.«

Kirk schaute auf Alt und die hinter ihm versammelten Calligarier zurück. Dann warf er Spock einen Blick zu. »Wir sind ein interessantes Experiment für sie, nicht wahr, Spock?«

»Es sieht so aus«, erwiderte Spock. »Aber jedes Experiment kann überraschende Ergebnisse bringen.«

Kirk legte eine Hand auf Spocks Schulter. »Seien Sie vorsichtig.«

»Natürlich.«

Spock wandte sich um und stellte sich dem weißen Licht. Die Stille erinnerte an einen Sonnenaufgang in der Wüste. Das Licht gab keine Wärme ab. Es war einfach nur da, Reinheit und Wahrheit; es überbrückte die Kluft zwischen der realen Welt und der Welt des Geistes.

Spock, der daran gewöhnt war, in einer ständigen Verschmelzung von vulkanischen und menschlichen Einflüssen jeden Tag multiple Welten zu durchqueren, fand es nicht im geringsten einschüchternd.

Er trat ohne ein weiteres Wort ins Licht.

Sein Rücken war Kirk und den anderen zugewandt. Der Captain wartete besorgt auf… was? Er wußte es nicht. Auf irgendein Zeichen. Auf irgendein Wort von Spock. Irgend etwas.

Er spürte, daß Dr. Daystrom direkt hinter ihm war, und dieser sagte mit sehr leiser Stimme, als befände er sich in einer Kirche: »Ich möchte mich für soeben entschuldigen, Captain…«

»Sie brauchen sich nicht zu entschuldigen, Doktor«, sagte Kirk, ohne den Blick von seinem Ersten Offizier und Freund abzuwenden.

»Ich glaube, ich habe Ihre Argumente gegenüber den Calligariern durch meinen Ausbruch zur unpassenden Zeit geschwächt. Falls es irgend etwas gibt, womit ich es wieder gutmachen kann ...«

»Ich sagte doch, es ist in Ordnung, Doktor. Wenn Sie jetzt bitte ...«

Dann versteifte sich Spocks Gestalt, als hätte er ein Messer im Rücken. Seine Beine fingen an zu beben, seine Finger ballten sich zu Fäusten.

Aus den Reihen der Calligarier kam ein verwirrtes Murmeln, und Kirk rief in die Dunkelheit hinein: »Was ist da los?«

»Ich weiß es nicht!« rief Alt. »Er hat Probleme. Es muß daran liegen, daß er keiner von uns ist.«

Plötzlich zuckte Spock, sein Kopf flog herum, und zu Kirks Entsetzen lief ein Strom grünen Blutes aus seinem Mund und über sein Kinn. Er hatte sich in die Unterlippe gebissen.

»Spock!« schrie Kirk und machte einen Satz auf den Vulkanier zu.

Daystrom griff sofort zu, um den Captain zurückzuhalten. Nun schrien alle.

Das Blut lief über Spocks Gesicht und auf sein Uniformhemd. Seine Augen standen weit offen und wirkten so, als wollten sie gleich aus den Höhlen springen.

»Lassen Sie mich los!« schrie Kirk und schob Daystrom beiseite. Daystrom wollte ihn erneut festhalten; er setzte sein gesamtes Gewicht ein.

Ihre Beine verhakten sich ineinander, und Kirk und Daystrom fielen zusammen in den Lichtstrahl.

Sie versteiften sich auf der Stelle, und ihre Gesichter erstarrten in einem Anblick absoluter Überraschung. Dann verließ sie ihr Geist.

24

Sulu saß im Kommandosessel, strich sich übers Kinn und musterte die mitgenommene, aber dennoch zielbewußt vor ihm stehende Calligarierin. »Nach allem, was geschehen ist«, sagte er und bemühte sich, seine Verärgerung zu verbergen, »haben Sie nun beschlossen, daß Sie zurückkehren wollen?«

Ecma riß sich zusammen. »Ich glaube, es ist die einzige Möglichkeit, weitere negative Gefühle und Schwierigkeiten auf Kosten anderer Leute zu vermeiden.«

»Wenn ich Sie durch den Riß zurückschicke«, sagte Sulu, »und der Captain im gleichen Moment mit der Kontaktgruppe zurückkehrt – wie glauben Sie, wird er sich nach allem, was er getan hat, fühlen, wenn er Sie nicht mehr hier vorfindet?«

Ecma schaute McCoy an, aber der Doktor zuckte einfach nur die Achseln. »Ich glaube«, sagte sie, »ihm wird klar werden, daß ich versucht habe, das zu tun, was für alle Beteiligten das beste ist. Ebenso wie er. Ich sage es mit anderen Worten, Commander: Wie würden *Sie* sich fühlen, wenn der Captain, Joe und die anderen nie zurückkehren würden, obwohl ich sie hätte retten können, indem ich zu meinem Volk zurückkehre?«

Nun war Sulu an der Reihe, McCoy anzuschauen, doch der Chefarzt der *Enterprise* schwieg auch diesmal. Die Botschaft war klar: Er mußte die Entscheidung fällen.

Es gab allerdings keinen Grund, die Sache übers Knie

zu brechen. Sie hatten noch immer Zeit, auch wenn sie schnell zusammenschmolz. »Uhura, eine Verbindung zu den Calligariern«, sagte Sulu. »Mal sehen, ob sie jetzt mit uns reden wollen.«

Uhura nickte und sandte ein Funksignal ins Herz des Risses. In ihrer Nähe befanden sich, wie man auf dem Bildschirm sah, die Schiffe der Andorianer und Tellariten. Sie hatten sich bisher zurückgehalten, aber ihre ständige Anwesenheit war dazu angetan, Sulu an eben jene Schwierigkeiten zu erinnern, die sie hatten. Die ganze Sache mußte mit größtem Takt behandelt werden.

Uhura sagte mit leiser Stimme: »Ihnen ist doch klar, daß sie unser Gespräch wahrscheinlich abhören. Soll ich es verzerren ...?«

»Nein«, sagte Sulu. »Daß wir mit den Calligariern reden, wird Ihnen klar sein, aber wenn wir es verschlüsseln, wird es sie nur noch mehr irritieren.«

»Besonders die Tellariten«, warf McCoy ein. »Sie sind nämlich reizbar geboren.«

»Verbindung steht, Mr. Sulu«, sagte Uhura kurz darauf.

»Hier spricht Sulu, stellvertretender Kommandant der *Enterprise*«, sagte Sulu.

Das Bild wechselte, und ein Calligarier erschien. Zu Sulus Überraschung schien er jedoch über irgend etwas verärgert zu sein. Nun, vielleicht muntert die Nachricht ihn etwas auf, dachte er. »Hier ist Stanzia von Calligar«, kam die Antwort.

»Ihre Baumeisterin hat gesagt ...« Sulu schaute Ecma kurz an, und sie nickte mit zusammengebissenen Zähnen. »... daß sie keine weiteren Schwierigkeiten zwischen unseren Völkern wünscht. Sie hat gesagt, daß sie bereit ist, im Austausch gegen Commander Spock, Commander Scott, Shondar Dorkin, Dr. Daystrom und Thak nach Calligar zurückzukehren. Bitte leiten Sie diese Information an Ihre Führung sowie Captain Kirk und Commodore Tyler weiter. Wir warten auf Ihre Antwort.«

»Da könnte es ein Problem geben«, sagte Stanzia unsicher.

»Was für ein Problem?« fragte Sulu.

»Es wird kaum möglich sein, Ihre Bedingungen zu erfüllen.«

»Ich verstehe nicht«, sagte Sulu leicht ungeduldig. »Wenn wir auf Ihre Bedingungen eingehen, warum sollte es dann nicht möglich sein ...«

»Das Problem besteht darin«, erwiderte Stanzia, »daß Shondar Dorkin tot ist und Captain Kirk, Dr. Daystrom und Commander Spock in einer Kommunikation festsitzen und aller Wahrscheinlichkeit nach sterben werden. Sie sehen also, daß wir nicht alle zurückschicken können. Werden Sie mit den Überlebenden zufrieden sein?«

»O mein Gott«, sagte McCoy leise. Ecmas Kinnlade sank herunter, und Sulu verfluchte sich, weil er das Gespräch nicht hatte verschlüsseln lassen.

»Mr. Sulu!« rief Chekov plötzlich alarmiert. »Die *Kampfeslust* setzt Kurs auf den Riß!«

»Uhura, Verbindung nach Calligar kappen!« sagte Sulu. »Ich brauche eine Verbindung zu den Tellariten! Chekov, Kurs auf Abfang der *Kampfeslust!* Alle Mann auf Posten, Alarmstufe Rot! – Verlassen Sie die Brücke!« befahl er Ecma und McCoy.

»Ich wollte doch nicht ... Ich wollte doch ...«, stotterte Ecma. McCoy faßte sie sanft am Arm und begleitete sie in den Turbolift.

»Ich habe die *Kampfeslust*«, rief Uhura über den Alarm hinweg. »Und Botschafter Fox möchte wissen, ob er etwas tun kann, um uns zu helfen.«

»Ja – er soll sich auf den Daumen setzen! *Enterprise* an *Kampfeslust!* Bitte melden!«

Der Bildschirm veränderte sich, man sah das wütende Gesicht Khunds. »*Enterprise*«, sagte er, »ich sag's nur einmal: Macht die Bahn frei, verdammt!«

»Wir können nicht zulassen, daß Sie den Riß durchqueren. Die Felder Ihres Warpantriebs werden ...«

»Warum sollten wir Ihnen das glauben?« brüllte Khund. »Sie haben gesagt, Sie hätten alles in der Hand! Alles sei unter Kontrolle! Sie haben aber nichts unter Kontrolle! Der Shondar ist tot, und alle Tellariten an Bord schreien nach Rache!»

»RACHE!« brüllte die Mannschaft hinter Khund. »RACHE!«

»Es ist mir gleichgültig, und wenn Sie nach Maoam schreien würde«, sagte Sulu spitz. »Wenn Sie sich dem Riß nähern, eröffnen wir das Feuer.«

Uhura wandte sich um und sagte: »Mr. Sulu, ich habe die *Schleicher* auf einem anderen Kanal. Man bietet uns Unterstützung an.«

»Und die Andorianer werden ebenfalls schießen«, sagte Sulu schnell.

»Sie sagen, daß Sie uns *moralisch* unterstützen«, meldete Uhura, »weil sie glauben, daß die *Enterprise* ohnehin siegen wird. Sie entfernen sich nun außer Reichweite.«

»Danken Sie ihnen für ihr Vertrauen«, sagte Sulu.

»Commander, die *Kampfeslust* ist auf Kurs zum Riß. Geschätztes Eindringen in dreizehn Sekunden.«

»Ballern Sie einen Warnschuß vor ihren Bug«, sagte Sulu.

Die Phaser der *Enterprise* zischten und verlangsamten das Vorankommen des tellaritischen Schiffes. Die Reaktion der Tellariten bestand aus einem rasch geänderten Kurs – schneller, als die größere und weniger leicht manövrierbare *Enterprise* hätte umschalten können – und einer heftigen Wendung auf das Raumschiff zu.

Die Phaser der *Kampfeslust* erwachten brüllend zum Leben und trafen die *Enterprise* mittschiffs. Sie erzitterte unter der Attacke.

Die Brücke bebte, so daß Sulu nach den Lehnen des

Kommandosessels griff. »Zielt auf ihre Warpgondeln«, sagte er grimmig. »Photonentorpedos – Feuer!«

»Torpedos Feuer«, sagte Chekov.

Die *Kampfeslust* wendete wieder, und die Torpedos explodierten knapp unterhalb ihrer Gondeln. Das tellaritische Schiff wurde für einen Augenblick langsamer, doch dann jagte es in einer waghalsigen Wendung, während es einer neuen Phasersalve auswich, durch die Leere auf den Riß zu.

»Traktorstrahlen!« rief Sulu. »Packt sie!«

Die Traktorstrahlen durchstachen die Dunkelheit des Alls und umfaßten augenblicklich das davonjagende tellaritische Schiff. Doch die Traktoren waren dazu gebaut, antriebslose Schiffe abzuschleppen, nicht dazu, Schiffe, die einen Fluchtversuch machten, in ihrer Bewegungsfreiheit zu beeinträchtigen. Die Traktoren hielten es nur für einen Moment fest – genug Zeit für Chekov, um die Phaser aufs Ziel zu richten –, doch als die mächtigen Waffen der *Enterprise* feuerten, hatte sich die *Kampfeslust* von den Traktorstrahlen losgerissen.

»Volle Phaserbreitseite!« schrie Sulu. »Feuer!«

Phasersalven hüllten das tellaritische Schiff ein, aber die Tellariten waren eifrig bei der Sache. Die *Kampfeslust* überstand mehrere bösartige Treffer, auch wenn einer ihrer Heckdeflektorschirme durchbrannte. Aber für die Tellariten war dies nicht genug. Dazu bedurfte es mehr.

Mit einem letzten, arroganten Aufbrüllen der auf Warp fünf justierten Triebwerke sprang die *Kampfeslust* in den Riß hinein und verschwand.

Auf der Brücke der *Enterprise* herrschte für geraume Zeit Totenstille, die schließlich von zwei Ereignissen unterbrochen wurde: Das erste war Lieutenant Newman an der wissenschaftlichen Station, der meldete, daß die Sensoren eine Feldunterbrechung in der temporalen Struktur des Risses registrierten. Er war vor seiner Zeit instabil geworden. Laut Newmans Schätzung würde der Riß innerhalb von neunzig Minuten zusammenbrechen.

Das zweite Ereignis war Uhura, die meldete, daß die Andorianer sich gemeldet hatten, um zu kommentieren, daß sie von der Vorstellung der *Enterprise* schlimm enttäuscht waren. Sulus Antwort ist nicht überliefert.

25

Kirk sah nichts, aber davon eine Menge. Und dann fiel alles krachend auf ihn.

Aus allen Richtungen. Von überall her. Geräusche und Bilder, Millionen Informationseinheiten. Es war kein Angriff. Es war ein Überfall. Er wußte nicht, wohin er zuerst schauen, was er zuerst denken sollte.

Logik. Er mußte alles auf die Reihe kriegen. Er mußte die Informationen verarbeiten, aussortieren, ihnen entnehmen, was er brauchte, den Rest links liegenlassen. Aber es ging nicht. Es waren zu viele Details. Er kam sich vor wie jemand, der in einem Schneesturm eine Schneeflocke im Auge behalten muß.

Alles waberte um ihn. Er war Philosoph, er war Heiler, er war Forscher, er war Architekt, Bildhauer, Sänger, Autor, Wissenschaftler, Versager, Erfolgsmensch. Alles. Alles und nichts. Und … O Gott … O Gott … O Gott … Aufhören *Aufhören AUFHÖREN …*

Tränen liefen über sein Gesicht. Nur, daß er kein Gesicht mehr hatte. Er spürte, daß es schmolz, und sein linkes Bein schwebte fort, er löste sich buchstäblich auf. Dann sein rechter Arm. Er winkte ihm zu …

Und die Felder winkten ihm zu. Er war daheim. Zu Hause, in Iowa …

Heim. Er war heimgekehrt. Nachdem er sich Monate auf Vulkan versteckt hatte. Und da war Carol Marcus, sie wartete auf ihn, kam jetzt auf ihn zu und kreischte wie nie zuvor im Leben: »Du hast ihn sterben lassen du hast ihn sterben lassen du hast so viele gerettet du hast

Spock und McCoy gerettet und alle anderen so viele Male und immer wieder aber du hast deinen Sohn sterben lassen du Schweinehund du Dreckskerl du verdienst es nicht zu leben du verdienst es nicht verdienst es nicht verdienst es nicht …«

Carol schrie ihn an, und er hörte die Schreie aller, die unter seinem Kommando gestorben waren, all die Männer der Schiffswache, all die Männer, die ihm vertraut hatten, und er schaute auf einen Leichenstapel im Maschinenraum der *Enterprise,* sie lagen da, wie ein Holzstapel, von Phasern verbrannt oder gegrillt oder ihres Blutes beraubt, ohne ihre roten Blutkörperchen, von eisernen Fersen zu pulverigen Fragmenten zertreten, auf so viele Arten umgekommen, und doch waren sie allesamt gleichermaßen tot, und man schaufelte sie ins klaffende Maul der Triebwerke, die so heiß brannten wie die Feuer der Hölle, denn dies war die Hölle, und dann sah er Davids Arm aus dem Leichenberg herausragen, er sah sein Gesicht, das ihn in einer letzten Verzerrung des Schmerzes ansah, und er lief auf David zu, schrie in der Klanglosigkeit und riß an seiner Hand, und die Hand riß ab. Er warf den Leichenstapel durcheinander, und er prasselte auf Kirk hinab und begrub ihn, der Gestank des Todes war überall, die Toten lasteten auf ihm, wie sie es immer getan haben und immer tun würden, denn war er nicht an allem schuld? Hatte er nicht alles vollendet? Worum ging es überhaupt, worum, verdammt, ging es überhaupt, es würde sich alles endlos nur wiederholen, nichts Neues, nichts Andersartiges, nichts, das auch nur entfernt in Beziehung zu der Zeit stand, als alles noch frisch und aufregend gewesen war, als das Abenteuer in der Ferne ihn gerufen hatte, nun gab es nur noch Tod und Tod und Tod, und er war überall, in seinen Augen und seinen Nasenlöchern, er erstickte ihn, er war in seinem Mund, er konnte ihn schmecken, und der Tod schmeckte süß, viel süßer, als er angenommen hatte, und die Triebwerke des Raumschiffes brüllten lauter und lauter, denn sie wurden vom Tod gespeist und angetrieben, seiner Geliebten, seiner allesverzehrenden Geliebten, die so viele umgebracht hatte, seine Leute, seinen Sohn, sich selbst, aber sie war zurückgekommen, weil sie noch mehr wollte, und er auch, deswegen hatten sie sich gegenseitig verdient, mein Gott, es ist so klar, nur hör auf damit, Gott, bitte hör auf damit, denn das Ende würde gut sein, wenn eine Schaufel tief grub und ihn anhob und die Leichen hoch hoch hoch, über die Maschinen hinweg, die Flammen leckten an ihnen, und er würde endlich ein Teil des Schiffes sein, endlich und vollständlich körperlich verzehrt, wie er sein gesamtes Leben lang geistig verzehrt worden war und ...

Eine Hand faßte die seine und zog an ihm, riß ihn los, und im gleichen Augenblick verschwand auch der Leichenhausgestank ...

Und er war von Sternen umgeben.

Seine Arme und Beine waren wieder da, und auch sein Gesicht. Er war wieder *ganz*. Er wandte sich um, und da war Daystrom, Richard Daystrom, der ihn mit einem besorgten Blick ansah. »Ich hätte Sie beinahe verloren«, sagte er mit tiefer Stimme.

Das hämmernde Gefühl, der Eindruck, von allen Seiten angegriffen zu werden, war noch immer da, aber er nahm ab, war nun kontrollierbar, und Kirk schaute Daystrom verwundert an. »Was ist ...«, sagte er.

»Wir befinden uns im Großrechner des Weltgeistes«, sagte Daystrom, »in seiner Datenbank. Alle hier abgelegten Informationen sind nur willkürliche Informationseinheiten. Und falls Sie nicht fähig sind, die Daten zu kanalisieren, befürchte ich, daß sie – wie man früher gesagt hat – nicht ›benutzerfreundlich‹ sind.«

»Wie ... Wie gelingt es Ihnen?« Kirk legte eine Hand auf seinen Kopf und bemühte sich, das heftige Hämmern abzuschirmen.

»Es ist ein Computer«, erwiderte Daystrom. »Ich bin in meinem Element. Ich habe ... alle möglichen Dinge gesehen. Aber nichts war so grauenhaft wie das, dem ich mich bei meinem Nervenzusammenbruch gegenübersah.«

»Ich war ... fast gelähmt«, sagte Kirk. »Ich ...«

»Je tiefer man sein Unglück vergräbt, desto schmerzhafter wird es, wenn der Weltgeist darauf stößt«, sagte Daystrom. »Und was mich angeht, so steht mir mein Elend ins Gesicht geschrieben. Es ist nicht annähernd so anstrengend.«

»Wenn ich je ein Argument für geistige Ausgeglichenheit gehört habe, dann ist es das.«

»Außerdem«, sagte Daystrom, »können wir, wenn wir uns konzentrieren, aus einander Kraft schöpfen. Allein ist es schwerer, doch in dem Wissen, daß noch jemand da ist, kann man seine Verteidigungskräfte zusammenlegen.«

Kirk schaute sich um. Er kämpfte darum, seine Vernunft zu behalten. »Bevor wir irgend etwas verteidigen, müssen wir Spock finden.«

Sie standen auf Nichts, doch plötzlich tauchte Spock rechts von ihnen auf. Vielleicht war es auch links. Es war schwer zu sagen.

Ein bösartig aussehendes Messer – irgend etwas von eindeutig vulkanischer Herkunft – ragte aus seinem Rücken. Er deutete vage darauf und bemühte sich, es zwischen seinen Schulterblättern herauszuziehen.

»Spock!« keuchte Kirk.

Er rannte auf ihn zu und brauchte volle dreißig Sekunden, bis ihm klar wurde, daß er nicht näher kam, so sehr er sich auch anstrengte. Daystrom war dicht hinter ihm, und als es ihnen klar wurde, blieben sie stehen und schnappten nach Luft.

»Es ist wie bei jeder anderen Datenbank«, sagte Daystrom. »Man muß die zur Verfügung stehenden Daten nur verarbeiten. Sie kommen aus unserem Umfeld und unseren Köpfen. Sie beantworten das, von dem man glaubt, daß man es weiß.«

Und dann kam aus allen Richtungen ein leises Gelächter. Es wurde immer lauter, erfüllte Kirks Kopf, und er legte die Hände über die Ohren, um es abzublocken. Aber es war unmöglich, weil es so aussah, als arbeite es sich aus dem Inneren seines Schädels nach außen vor.

»Ich rufe den Weltgeist!« rief Kirk. »Ich spreche im Namen Ecmas! Ich spreche im Namen Spocks! Wenn du so verflucht gütig bist, warum tust du das? Warum willst du uns vernichten? Warum willst du dein eigenes Volk vernichten?«

Doch das Lachen wurde lauter, und plötzlich entstand, wenige Schritte von Kirk entfernt, die Gestalt eines Calligariers. »Der Weltgeist ist gütig«, rief er. »Für den Rest Calligars hat sich nichts geändert. Aber es gibt nun eine kleine Nische des Weltgeistes, die … bearbeitet wurde. Niemand weiß etwas davon. Auch nicht der Weltgeist. Ich habe die Existenz dieser kleinen Nische viel zu gut getarnt. Und dort seid ihr, und dort bin auch ich, und ihr werdet diesen Ort nicht verlassen. Ihr habt es euch selbst zuzuschreiben.«

»*Wer* sind Sie?«

»Ich bin Regger, Föderationsidiot!« fauchte der Calligarier mit wutverzerrtem Gesicht. »Ich bin Ecmas Sohn! Ich bin der nächste Baumeister! Und Sie sind der Sabotage meiner Pläne so nahe gekommen, daß es mich nicht einmal mehr milde erheitert. Ich habe dies schon vor langem geplant, und Sie hätten mit Ihrer Pfuscherei fast alles ruiniert. Eins muß ich sagen: Ich hätte nicht geglaubt, daß Sie so lange überleben. Aber weiter werden Sie nicht kommen.«

»Was haben Sie mit Spock gemacht?«

»Er hat keinen Angriff erwartet«, sagte Regger einfach. »Er rechnete mit Interaktion auf einer Ebene des Intellekts. Als er auftauchte, war er leicht zu beseitigen.

Ich konnte nicht zulassen, daß er den Befehl zur Verringerung meiner lieben Mutter zu gründlich sondierte.«

»Natürlich!« sagte Kirk. »Sie wollten es nicht, weil der Befehl nicht gesetzmäßig war. Sie ist noch gar nicht an der Reihe. Sie haben den Weltgeist unterwandert und den Befehl gegeben.«

»Es hat mich Jahre meines Lebens gekostet, so weit zu kommen«, sagte Regger stolz. »Ich habe mich eingeschlichen und alle meine Spuren verwischt.«

»Es war perfekt«, sagte Kirk. »Sie haben es arrangiert, daß Ihre Mutter zu der Zeit zur Verringerung anstand, als Sie wußten, daß sie sich mit uns treffen würde. Sie hat zwar gemerkt, daß ihre Zeit noch nicht gekommen war, aber sie hat den Weltgeist zu sehr respektiert, um auf die Idee zu kommen, er könnte von außen manipuliert worden sein. So hat sie die Sache nie hinterfragt. Und so wußten Sie, daß zwei Dinge geschehen können: Sie würde ihrem Schicksal entweder entfliehen und um Asyl bitten, so daß man Sie zum Baumeister machen würde – oder sie würde sich ihrem Schicksal ergeben und in den Tod gehen. Auch dann wären Sie Baumeister geworden.«

»Ich habe ihr eine Gelegenheit zum Glücklichsein gegeben«, sagte Regger. »Könnte ein Sohn noch gerechter sein?« Er hielt plötzlich einen Phaser in der Hand. »Erkennen Sie das hier? Es entstammt Ihrem Bewußtsein. Sie werden hier sterben, und niemand wird je argwöhnen, was wirklich passiert ist. Sie haben sich wirklich bemüht, Captain, das muß ich sagen. Aber Sie können nicht immer der Held sein.«

Er hob den Phaser, legte an und schoß.

Und Kirk dachte buchstäblich mit Lichtgeschwindigkeit: *Schutzschirm aktivieren!*

Und der Schutzschirm schaltete sich ein.

Er war rund und groß, und in seiner Mitte befand sich ein Dorn. Lateinische Buchstaben umrundeten seinen Rand, und in der Mitte befand sich das große Abbild eines Adlers. Der Schirm war ein Schild aus Metall, den er am Arm trug, und der Phaserstrahl prallte wirkungslos von ihm ab.

Kirk schaute Daystrom überrascht an.

»Es ist alles subjektiv«, sagte Daystrom. »Das Ganze. Hier geht's nicht um Körper gegen Körper. Hier geht es um Geist gegen Geist. Ich bin bei Ihnen. Packen Sie ihn.«

Kirk dachte gar nicht bewußt darüber nach. Im gleichen Moment saß er auf einem prächtigen Schimmel. Die Augen des Pferdes leuchteten rot, und es richtete sich auf und wieherte so laut, daß es bis zum Himmel hinauf zu hören war. Das Pferd war mit einem Panzer ausgestattet, der den oberen Teil seines Kopfes und seine Mähne schützte, und auf dem beschlagenen Eisen befanden sich, so natürlich, als wären sie schon immer dort gewesen, die Buchstaben NCC-1701A. Und dann erkannte Kirk, daß er ebenfalls gepanzert war. Er glitzerte und funkelte, und eine Lanze klemmte unter seinem Arm.

»Jahhh!« schrie er, und das Pferd stürmte vorwärts.

Es donnerte über die Nichtexistenz des Weltgeistes, und Regger feuerte erneut seinen Phaser ab. Kirk schob seinen Schild nach unten und ließ die Ladung erneut an sich abprallen. Dann metamorphierte Regger mit einem Brüllen.

Er wurde immer größer, sein Maul so weit wie das All, seine Augen heiß wie die Sonne, und er verlor sämtliche Menschenähnlichkeit.

Das Pferd scheute, wieherte vor Furcht, und Kirk gab sich alle Mühe, es zu kontrollieren. Das Ungeheuer machte einen Schritt nach vorn, das Nichts bebte unter seinen Füßen. Dann noch einen, aber Kirk übernahm das Kommando, weil er, verdammt noch mal, der Kommandant war und sich die Kontrolle nicht nehmen lassen wollte. Er wollte siegen und alle und jeden retten. Und dann waren da noch McCoys ätzende Kommentare über das Ritterdasein und Prinz Eisenherz. Er hatte es so geringschätzig gesagt, aber er hatte recht gehabt, in jeder Hinsicht.

Kirk stürmte voran, die Flagge der FVP flatterte am Ende seiner Lanze. Das Ungeheuer schlug mit seinen bösartigen Krallen nach ihm, und Kirk duckte sich, entging dem Schlag, der seinen Kopf hinweggefegt hätte, nur knapp, spornte das Pferd an und schrie trotzig auf, als die Lanze vorwärts und auf den Brustkorb des Ungeheuers zuflog.

Die Lanze traf, und das Ungeheuer brüllte, taumelte zurück, verkrallte sich in seine Brust. Kirk ließ das Pferd wenden, riß das Schwert aus der Scheide und führte den nächsten Angriff aus.

Das Schwert fegte knapp über den Kopf des Ungeheuers hinweg, es duckte sich und holte erneut mit den Krallen aus. Sie fetzten über den Bauch des Pferdes, und das prächtige Tier schrie einmal auf und ging zu Boden; sein Gedärm hing heraus. Als Kirk sich über den Boden rollte, warf er das Schwert weg, um nicht Gefahr zu laufen, sich selbst aufzuspießen.

Er hielt an und stand auf, und David Marcus kam auf ihn zu. Verzweiflung lag auf seinem jungen Gesicht. Kirk erstarrte, als David ausrief: »Vater – ich will dir helfen!«

»Du bist nicht real!« schrie Kirk. Das Schwert lag ein paar Schritte rechts von ihm, außerhalb seiner Reichweite.

»Doch, ich bin's! Siehst du es denn nicht? Ich entstamme deinem Bewußtsein. Deinem Unterbewußtsein! Ich möchte dir helfen. Ich möchte dir verzeihen. Bitte, laß mich! Wende dich nicht wieder ab. Laß mich nicht noch einmal sterben. Bitte! Ich möchte dir doch so gern helfen!«

Alles an seiner Stimme und seinem Erscheinungsbild war aufrichtig, und Kirk zögerte einen Augenblick. David kam auf ihn zu, streckte die Hände nach ihm aus …

Kirk machte einen Satz nach rechts, packte das Schwert und riß es mit einer schnellen Bewegung hoch – genau in dem Moment, als David nach ihm griff und sich sein Gesicht geringschätzig verzog. Das Schwert spaltete David Marcus vom Brustkorb bis zur gegenüberliegenden Schulter und zerteilte seinen Torso.

David kreischte, und sein Gesicht verwandelte sich wieder in das Gesicht Reggers.

Und irgendwo, in Reggers Heim, in einem sehr privaten, äußerst persönlichen Gemeinschaftszentrum, das er sich für seinen persönlichen Zugang zum Weltgeist konstruiert hatte, sackte Regger im gleichen Moment nach vorn, und sein Geist verflüchtigte sich, bevor sein Körper auf den Boden schlug.

Und dann zerschmolz alles, auch der Nicht-Boden unter Kirks Füßen. Er hörte einen Schrei Daystroms, und dann fiel er, fiel, streckte die Arme aus, um sich irgendwo festzuhalten, aber da war nichts, gar nichts …

Nichts
Gar nichts
Und er
fiel und
fiel und
fiel und

Hielt an.

Er setzte sich hin.

Er war in seiner Kabine.

Daystrom war da. Und auch Spock, der äußerst verwirrt dreinblickte.

Kirk schaute auf. Die Kabinendecke war verschwunden. Statt dessen sah er dort einen funkelnd blauen Himmel und die Sonne der Erde, die auf ihn hinabschien.

Und einen Calligarier, den er nicht erkannte. Spocks Gesichtsausdruck sagte ihm jedoch, daß er ihm nicht unbekannt war.

Bevor Kirk irgend etwas sagen konnte, ging die Tür der Kabine zischend auf, und seine Mutter kam herein, um ihnen Gebäck anzubieten. Auf ihrer Schulter hockte ein gelassener Tribble. Kirk lehnte das Angebot freundlich ab. Sie lächelte, erklärte ihm, wie nett sie seine Freunde fände, sagte, daß sie bestimmt gut miteinander auskämen, und ging wieder hinaus.

Spock schaute hinter ihr her. Dann richtete er den Blick wieder auf Kirk. »Ihre Mutter wirkt recht sympathisch, Captain«, sagte er.

»Sie hätte Ihnen gefallen«, erwiderte Kirk, noch immer leicht verblüfft.

»Das glaube ich auch. Captain ... Dies ist Zyo. Es war sein Entschluß, die Beziehungen zwischen der Föderation und Calligar zu eröffnen, die ...«

»... den ganzen Ärger eingeleitet haben«, sagte Zyo ruhig. »Ich bin außerdem Ecmas Vater. Freut mich, Sie kennenzulernen. Ihre Bemühungen zu Ecmas Gunsten waren äußerst erfreulich.«

Er streckte die Hand aus, und Kirk schüttelte sie fest. »Sie wissen, was passiert ist?« sagte er.

»O ja«, bestätigte Zyo. »So widerlich ich es auch finde, so muß ich doch einen gewissen Grad an Bewunderung für meinen Enkel eingestehen. Daß es ihm gelungen ist, unsere Grundlagenwahrnehmungen zu verändern, ohne in der Lage zu sein, es zu verraten. Er hatte es verdient, der nächste Baumeister zu sein. Es stand ihm wirklich zu. Sein Intellekt war ungeheuer. Eine Schande, daß sie seinen Geist zerstört haben, Captain.«

»Soll das heißen, daß er ... tot ist?«

»O ja. Ziemlich. Und was das allerschlimmste ist: Von seinem Geist, seiner spirituellen Seite, ist nichts zurückgeblieben, das man bergen könnte. Es wird ihm auf ewig verwehrt bleiben, sich zu uns zu gesellen.«

»Das Privileg, das er Ecma zu früh verleihen wollte.«

»Es wäre nett gewesen, sie zu sehen«, sagte Zyo.

»Aber ich verstehe nun, daß es egoistisch von mir gewesen wäre. Ihre Zeit wird jedoch kommen.«

»Was meinen Sie, die Zeit wird kommen?« fragte Daystrom. »Wollen Sie nach allem, was geschehen ist, noch immer verlangen, daß sie zurückkehrt?«

»Aber natürlich«, sagte Zyo. Er klang erstaunt, als hätte er nie mit dieser Frage gerechnet. »Sie gehört noch immer zu uns. Sie ist noch immer eine Calligarierin. Es kann ihr nicht erlaubt werden zu gehen.«

»Sie sind ungerecht. Warum kann sie nicht gehen?«

»Weil sie dann nie ein Teil der Ehre sein wird, der Schönheit, der Harmonie des Weltgeistes«, sagte Zyo. »Verstehen Sie denn nicht? Liegt Gerechtigkeit darin, ihr dies zu verwehren? Wenn sie eine normale Zeitspanne lebt und einfach stirbt, ist es das Ende für sie. Dann ist sie auf ewig für uns verloren. Sie wird allein leben und allein sterben. Das Elend, diese Qual ... Wir können es keinem von uns gestatten. Dafür lieben wir die unseren zu sehr.«

»Wenn Sie sie wirklich lieben«, sagte Kirk ruhig, »müssen Sie sie gehen lassen.«

Zyo lachte leise. »Ein alter Spruch der Menschen. Sie entschuldigen sich damit, wenn sie eine Beziehung auflösen, statt darum zu kämpfen, sie aufrechtzuerhalten.«

»Manchmal muß man kämpfen«, sagte Kirk. »Manchmal muß man aber auch nachgeben. Manchmal muß man sich den Unterschied zwischen wahrer und egoistischer Liebe klarmachen. Nur weil Sie seit vielen Jahrhunderten an etwas glauben, bedeutet es noch nicht, daß Sie recht haben.«

»Aber weil die Menschen einfach etwas anderes glauben, bedeutet auch dies nicht, daß sie recht haben.«

»Stimmt«, sagte Kirk. »Aber hat Ecma nicht die Gelegenheit verdient, für sich selbst zu entscheiden?«

»Dazu wäre sie nicht in der Lage«, sagte Zyo. »Wenn wir sie gehen lassen, und sie erkennt, daß es ihr nicht gefällt ... Sie kann nie zu uns zurückkehren. Wenn sich der Riß das nächste Mal öffnet, ist sie wahrscheinlich längst tot.«

»Das ist möglich«, sagte Kirk. »Aber die Entscheidung liegt bei ihr.«

»Wir haben andere Pläne mit ihr.«

»Sie hat eigene Pläne.«

Zyo lehnte sich zurück. »Ich muß sagen, ich bin nicht ganz davon überzeugt. Unsere Methode ...«

»... besteht darin, nicht zu leben«, sagte Kirk.

»Wir haben Zugang zu allen Aspekten des Lebens!« protestierte Zyo.

»Zu allen außer einem«, gab Kirk zurück. »Der Chance weiterzuleben. Etwas Neues zu erfahren. Sie haben schon vergessen, wie es ist, wenn man lebt. Luft zu atmen, den Druck weiblicher Lippen auf den eigenen zu spüren. Ein Neugeborenes in den Armen zu halten, oder gar – Gott, steh uns bei – ein Kind zu begraben, das gestorben ist. Auf der Brücke eines Raumschiffes zu stehen und sich zu fragen, was da draußen ist, was als nächstes kommt. Was wir finden werden. Dieser Wert kann nie vermindert und die Herrlichkeit dieses Abenteuers kann, darf nicht vergessen werden. Glück und Unglück zu empfinden, Freude und Kummer, das Recht zu haben zu wählen, ob man diese Dinge empfinden will – das will sie. Und das müssen Sie ihr geben.«

Zyo wollte wohl eine Pause einlegen, denn nun sagte Spock: »Sie haben es begonnen, Zyo. Sie haben die Dinge in Bewegung gebracht. Nun haben sie eine Richtung eingeschlagen, die Sie nicht erwartet haben. Aber Sie müssen zulassen, daß diese Ereignisse stattfinden. Ihre Ideen waren gute Ideen. Lassen Sie nun neue an ihre Stelle treten.«

»Lassen Sie sie gehen«, sagte Kirk. »Bitte.«

Zyo musterte Kirk. »Ich muß den Rest des Weltgeistes konsultieren. Ich bin mir sicher, daß es eine lange, erschöpfende Diskussion werden wird. Bitte, warten Sie hier.« Und er verschwand.

»Warten Sie!« rief Kirk. »Wir haben keine Zeit für lange und erschöpfende …«

Zyo war schon wieder da. Er seufzte tief. »Ich hatte recht. Es war wirklich erschöpfend.«

Kirk schaute Spock und Daystrom an. Dann fiel sein Blick auf Zyo. »Sie sind schon fertig?«

»Ja.«

»Sie haben doch gesagt, es würde lange dauern.«

»Captain«, sage Zyo lächelnd, »wenn man Teil eines Bewußtseins ist, das innerhalb von Perioden, die so kurz sind, daß es nicht einmal eine Maßeinheit für sie gibt, Entscheidungen fällen kann, ist eine Diskussion, die länger als eine Sekunde dauert, eine Ewigkeit.«

»Und wie sieht die Entscheidung aus?«

Zyo lächelte, und es sah so aus, als sei sein Lächeln mit Schmerz gemischt. »Nehmen Sie sie mit. Sagen Sie Commodore Tyler, er soll gut zu ihr sein. Und sagen Sie ihr, daß ihr Vater sie liebt.«

»Sie werden es nicht bedauern, Sir«, sagte Spock ernst.

Zyo schaute ihn traurig an. »Ich bedauere es schon jetzt. Wenn Sie gehen, sagen Sie Alt bitte, daß er sofort kommunizieren soll, damit ich ihm die Ansichten des Weltgeistes überbringen kann.«

»Das tue ich gern«, sagte Kirk. »Darf ich fragen, wie wir gehen können?«

Dann spürte er festen Boden unter sich.

Das Licht war erloschen.

Das Atmen fiel ihm plötzlich schwer, und er wußte fast sofort den Grund dafür. Spock und Daystrom lagen auf ihm. »Kann mir jemand hier raushelfen?« rief er.

Er wurde sofort auf die Beine gezogen und stellte fest, daß er in das erleichterte Gesicht Montgomery Scotts blickte. Der Ingenieur staubte ihn ab, und Kirk sagte: »Wie lange waren wir bewußtlos?«

»Etwa fünfundvierzig Sekunden, Sir.«

»Kam mir wie eine Ewigkeit vor.« Kirk schaute sich

um. Auch Daystrom und Spock standen auf. Spock reckte leicht die Gliedmaßen, als müsse er sich von Kreuzschmerzen befreien, und Daystrom schüttelte Arme und Beine aus.

Dann war Alt bei ihnen und sagte drängend: »Nun, Captain?«

»Der Weltgeist möchte gern mit Ihnen sprechen. Und Zyo läßt Sie grüßen.«

Alt riß überrascht die Augen auf, dann nickte er und machte einen Schritt zurück. Das Licht fiel sofort vom Himmel auf ihn herab, und sein Gesicht wurde schlaff.

»Alt erhält seine Anweisungen. Wir sind frei und können gehen.«

»Die Sache hat zwei Haken, Sir.«

»Welche?«

»Die Calligarier haben uns gerade informiert, daß ein tellaritisches Schiff durch den Riß kommt und uns angreift. Und der Riß wird sich früher als erwartet schließen. Wenn wir nicht innerhalb einer Stunde hier raus sind, müssen wir als permanente Gäste bleiben.«

26

Als McCoy und Ecma am Transporterraum vorbeikamen, blieb Ecma stehen, wandte sich zu McCoy um und sagte: »Es tut mir sehr leid, Doktor.«

»Was tut Ihnen leid?« fragte McCoy.

Der Aufwärtshaken, der ihn umhaute, kam so schnell, daß er ihn nicht mal sah.

Ecma ließ ihn liegen und ging in den Transporterraum. Tooch stand an der Steuerung. Sie bestätigte gerade die Aufhebung der Alarmstufe Rot und die Meldung, daß die Schirme deaktiviert waren. Dann schaute sie Ecma überrascht an.

»Tut mir sehr leid, junge Frau«, sagte Ecma.

»Was denn?« fragte Tooch.

Die *Kampfeslust* schwebte über dem Weltennetz dahin, feuerte wütend auf die Kuppelstädte und erreichte nicht das geringste. Woraus die Kuppeln auch bestanden, sie waren für die Waffen der Tellariten eindeutig undurchdringlich.

Khund drosch zornig mit den Fäusten auf die Lehnen seines Kommandosessels ein. »Wir müssen sie vernichten!« schnaubte er. »Wir müssen den Shondar rächen! Und wenn wir sie nicht vom Weltraum aus vernichten können, beamen wir durch die Kuppeln hinunter und erledigen einen nach dem anderen!«

»Herr!« rief der Funkoffizier. »Eine Nachricht von den Callig … Nein, Moment! Sie kommt über die Frequenz eines Starfleet-Kommunikators!«

»Sichtverbindung herstellen!« knurrte der Tellarit.

»Hier ist Captain James Kirk von der *Enterprise*«, sagte eine Stimme über das System. »Ich rufe das tellaritische Schiff, das momentan auf die Calligarier schießt!«

»Hier ist Khund von der *Kampfeslust!* Unsere Herzen schreien im Namen von Shondar Dorkin nach Rache!«

»RACHE!« brüllte die Mannschaft aufs Stichwort. »RAAACHE!«

»Die kriegen Sie hier nicht«, sagte Kirk. »Sie können feuern, bis Ihre Phaserbänke leer sind. Es macht den Calligariern nicht das geringste aus.«

»Wir sind auch auf einen Bodenkrieg vorbereitet! Eine Stadt nach der anderen!«

»Sind Sie auch darauf vorbereitet, für immer hier zu leben? Tasten Sie den Riß ab. Er schließt sich.«

»Lügner!« fauchte Khund. »Schon wieder eine ...«

»Herr, er hat recht«, sagte der Wissenschaftsoffizier erschreckt. »Die temporalen Fluktuationen nehmen zu. In einer Stunde ist der Riß geschlossen. Vielleicht sogar schon früher.«

Khund krakeelte schäumend: »Das ist *Ihre* Schuld, Kirk! Shondar Dorkin ist tot, und Sie haben die Verantw ...«

»Er ist nicht dafür verantwortlich«, sagte nun eine andere Stimme, die eines Andorianers. »Ich war dabei, als Dorkin starb. Er ist tapfer und edel gestorben. Zwei Dutzend Gegner wurden von seinen Fäusten zerschmettert, und als es ihn traf, hatte er in jeder Hand eine Gurgel und focht bis zum letzten Atemzug. Er ist gestorben, um uns zu retten, und wenn er nicht gewesen wäre und dieses edle Opfer gebracht hätte, wären wir jetzt alle nicht hier.«

Khund musterte seine Offiziere. Sie waren sichtlich beeindruckt. Andorianer und Tellariten waren noch nie gut miteinander ausgekommen. Aber wenn ein Andorianer so gut über den verblichenen Shondar sprach ...

»Vielleicht lügt er«, sagte Khund langsam.

Sein Erster Offizier stierte ihn an. »Er sagt, einer der unseren sei als Held gestorben, und *Sie* bezichtigen ihn der Lüge?«

»Ist auch ein Argument«, gab Khund zu.

Nun wurde Kirks Gesicht wieder sichtbar. »Es soll kein sinnloses Opfer gewesen sein«, sagte er. »Sein Leichnam ist bei uns, an diesen Koordinaten. Beamen Sie uns alle hinauf, und lassen Sie uns verschwinden, bevor wir hier festsitzen.«

Khund nickte langsam. »Wir haben Ihre Koordinaten«, sagte er. »Bereithalten.« Dann drückte er einen Knopf und sagte mit großer Befriedigung: »Transporterraum ...«

Kirk und die anderen standen da. Kirk hielt einen Kommunikator in der Hand. Auch Alt war bei ihnen. »Sie holen uns rauf«, sagte Kirk zuversichtlich. »Es ist sicherer als eine Fähre. Die Fahrt durch den Riß war härter als erwartet, und wenn wir es vermeiden können, uns auf den Warpschlitten zu verlassen ...«

»Aye«, sagte Scotty. »Bevor alles anfing, wollte ich Sie darüber unterrichten. Aber nun werden wir ...«

Dann hörten sie das Summen eines Transporters. Kirk bereitete sich darauf vor, an Bord des tellaritischen Schiffes zu materialisieren.

Er brauche einen Augenblick, um zu erkennen, daß seine Annahme ein Irrtum war. Die Leiche Shondar Dorkins verschwand, doch die anderen blieben, wo sie waren.

»Khund!« rief Kirk. »Sie haben gesagt ...«

»Nein«, sagte die Stimme Khunds. »Sie haben es gesagt. Ich hab's nie gesagt. Außerdem verstehe ich nun ... Ihre blumigen Worte und Ihr Lob sollten nur dazu dienen, Sie hochzuholen. Nun, meine Freunde, ich fürchte, es hat nicht geklappt. Genießen Sie Calligar. Sie werden eine ziemlich lange Weile dort verbleiben.«

Die Verbindung wurde abgebrochen. Kirk drehte sich sofort um und sagte: »Gehen wir zur Fähre. Wir müssen sofort hier raus. Wenn sie noch einmal durch den Riß fahren, schließt er sich in wenigen Minuten.«

»Das ist sehr wahrscheinlich«, sagte Spock.

Sie rannten los.

»Mr. Sulu!« rief Chekov. »Jemand hat gerade den Transporter benutzt!«

»Was?« sagte Sulu erstaunt. »Wo will er denn hin?«

Chekov warf einen Blick auf die Koordinaten. »Ecmas Schiff«, sagte er.

»Wache zum Transporterraum! Einen Kanal zu Ecmas Schiff öffnen. – *Enterprise* an Ecma. Sind Sie an Bord gegangen?«

»Ja«, erwiderte Ecma. »Ich entschuldige mich für die Mittel, die ich eingesetzt habe. Ihre Sensoren sagen Ihnen bestimmt das gleiche wie mir die meinen. Der Riß schließt sich. Ich bin ihre einzige Hoffnung für eine Rückkehr. Und außerdem weiß ich nicht mehr, ob ich mein Volk wirklich verlassen möchte. Ich habe es zuerst geglaubt, aber jetzt… weiß ich es nicht mehr. Ich bin mir nicht genau im klaren, und so lange es so ist, kann ich mich nicht von ihm abwenden. Ich kann es einfach nicht.«

Alle Anwesenden auf der Brücke schauten Sulu an. Er schwieg eine Weile, dann sagte er sehr leise: »Tun Sie, was Sie tun müssen. Viel Glück. *Enterprise,* Ende.«

In diesem Moment kehrte das tellaritische Schiff aus dem Riß in den Normalraum zurück. Ohne irgendeine Anfrage zu beantworten oder zu verlangsamen, ging die wackere *Kampfeslust* auf Warp sechs und war Sekunden später verschwunden.

Hinter ihr befand sich eine temporale Anomalie, die man umgangssprachlich Pikes Riß nannte. Und aufgrund aller sie beeinflussenden Warpaktivitäten würde sie sich nun in weniger als fünf Minuten schließen.

Die Raumfähre heulte mit Warp drei durch das temporale Getöse. Es sah so aus, als sei das sie umgebende Universum verrückt geworden.

Die erste Passage war schon anstrengend genug gewesen, doch in dem Augenblick, bevor der Riß Anstalten machte, sich zu schließen, schien es, als tue die bizarre Verwerfung alles in ihrer Macht Stehende, um die letzten Flüchtlinge am Entkommen zu hindern. Die Zeit wand sich, und Kirk, der genau hinter Spock und Scotty saß, sah Dinge, die um ihn herumwirbelten und keinerlei Sinn ergaben.

»Captain, der Energiepegel fällt rapide!« rief Scotty. »Wir haben nur noch zwei Minuten für Warp drei!«

»Volle Kraft voraus, Mr. Scott. Seien Sie die kleine Fähre, die es schafft.«

Rings um sie herum stand das All in Flammen. Feurige Bilder umtanzten sie, und aus den zwei Minuten wurde eine.

»Geschätzte Austrittszeit eine Minute zehn Sekunden«, meldete Spock.

»Wir haben doch nur noch eine Minute!« schrie Thak von hinten. »Wir schaffen es nicht! Bei Impulskraft werden wir zerschmettert!«

»Selbst wenn der Warpantrieb aussetzt«, sagte Spock ruhig, »braucht das Warpfeld noch fünfzehn Sekunden, bevor es um uns herum zusammenbricht.«

»Dann haben wir also ein Guthaben von fünf Sekunden?« sagte Thak.

»Guthaben ist vielleicht etwas übertrieben«, erwiderte Spock.

Die Zeit rannte ihnen davon, und der Zeiger des Meßgeräts, das den Warp kontrollierte, sank immer tiefer. Und blieb stehen.

Der Riß brüllte um sie herum, heulte seine Wut hinaus, und Spock sagte: »Warpfeld löst sich auf. Zehn, neun, acht, sieben …«

Die Fähre taumelte in den Normalraum und blieb stehen.

Vor ihnen, lebensgroß, ungeheuer gern gesehen, schwebte die *Enterprise.* Thak bemerkte auch das kilometerweit entfernte andorianische Schiff.

»Fünf«, sagte Spock gelassen.

Und dann erblickten sie Ecmas Schiff, das auf sie und den Riß zujagte. »Was hat das zu bedeuten, verdammt?« rief Tyler.

»Achtung, calligarisches Schiff.« Spock nahm Verbindung mit ihm auf. Tyler hatte sich losgeschnallt und war schon hinter ihm. »Ecma!« rief er.

Ihre überraschte Stimme meldete sich. »Joe?«

»Ecma, wir sind hier! Es geht uns gut!«

»Sie … Sie haben dich gehen lassen? Aber was ist mit der Verringerung?«

»Es war ein sorgfältig ausgearbeiteter Trick von seiten Ihres Sohnes«, sagte Spock. »Sie sind gar nicht …«

»SPOCK!« sagte Tyler entsetzt.

»Ich … Ich brauche gar nicht zu sterben?« fragte Ecma.

Tyler erdolchte Spock mit einem Blick und erwiderte: »Nein … brauchst du nicht. Und … du kannst bei mir bleiben.«

»Aber ich kann jetzt bei meinem Volk leben! Ich brauche nicht vor ihm wegzulaufen!«

»Du läufst gar nicht weg«, sagte Tyler verzweifelt. »Du läufst … zu mir. Ecma! Hör mir zu …«

»Zwanzig Sekunden bis zur Schließung des Risses«, sagte Spock mit einem Blick auf die Instrumente.

»Ecma! Bleib bei mir!« schrie Tyler. »Bitte! Nach allem, was war, bitte, geh n …«

Und Ecmas Schiff verschwand im Riß. Ein kleiner Funke blitzte auf, als sie in ihn eintauchte, dann verschwand sie.

Für lange Zeit herrschte im Inneren der Fähre Schweigen, dann sagte Tyler finster: »So ein Luder.«

»Joe«, sagte Kirk leise. »Nun machen Sie mal halblang …«

»Sie hat mich benutzt, James. Verstehen Sie denn nicht? Jeder muß es sehen. Sie hat mich benutzt, bis sie mich nicht mehr brauchte. Und dann ist sie abgehauen. Sie hat mich nicht geliebt. Sie hat mich nie geliebt. Es war für sie alles nur ein Spiel!« Als der Riß schmaler wurde und immer mehr zusammenschrumpfte, nahm sein Zorn zu. »Es war gar nichts dahinter! Nur irgendeine … Erinnerung an einen tollen Augenblick in unserer Jugend! Mehr nicht. Die Erinnerung an einen Augenblick, in dem es so schien, als verbinde uns irgend etwas. Aber so war es eigentlich nicht. Na ja, sie hat mir ohnehin nie irgendwas bedeutet! Sie hat mir leid getan, und sie hat mich benutzt, na schön! Wir sind einander los, und …«

Und der Riß schloß sich.

Doch in einem Sekundenbruchteil bevor dies geschah, spuckte er irgend etwas aus.

Und eine Stimme drang knisternd an ihre Ohren.

»Joe?«

Tyler hechtete zum Mikrofon und schob Spock beiseite. »Ecma?«

Ihre Stimme klang belegt, sie konnte vor Rührung kaum Luft holen. »Was du für mich getan hast … Was Sie alle für mich getan haben … Ich dachte, ich wäre nun allein. Und ich hatte Angst, denn … ich möchte nicht allein sein. Aber es gibt ein Zusammen. Wenn auch von anderer Art.«

»Es wird großartig werden«, sagte Tyler lächelnd. »Du und ich. Ich habe keinen Moment daran gezweifelt. Ich wußte, daß wir zusammenkommen würden. Ich liebe dich, Ecma.«

»Ich dich auch, Joe.«

Spock schaute Kirk an. »Er hat keinen Moment daran gezweifelt?« fragte Spock.

»Woran soll er gezweifelt haben, Mr. Spock?« fragte Kirk. »Ich kann mich nicht daran erinnern, daß der Commodore irgend etwas bezweifelt hat. Sie etwa?«

Spock schaute Tyler an, dann Kirk. Und dann sagte er: »Angesichts der großen Anzahl emotionaler Haken, die Menschen zu ihren Lebzeiten schlagen, ist es ein Wunder, daß sie anstelle von Füßen nicht mit Trampolinen geboren werden.«

EPILOG

Die Trauung von Commodore José Tyler und der ehemaligen Baumeisterin Ecma wurde von Captain James T. Kirk vollzogen, als sich die *Enterprise* auf dem Weg nach Vega befand, um dort neue Anweisungen entgegenzunehmen.

James Kirk klärte in aller Stille eine Anzahl von Ungewißheiten und Zweifeln hinsichtlich seiner Argumente im Kampf ums Überleben mit den Calligariern. Er fand es zwar komisch, hatte aber nicht den Mut, es irgend jemandem auf die Nase zu binden.

Die tellaritische Regierung legte amtliche Beschwerde bei der Föderation ein und erklärte den Calligariern den Krieg. Die Erklärung wurde zehn Jahre aufrechterhalten. Da in dieser Zeit nichts geschah, erklärten die Tellariten schließlich, da die Calligarier eindeutig zu feige waren, sich zu zeigen und zu kämpfen, ihren Sieg in Abwesenheit des Gegners. Shondar Dorkin wurde im Heldensaal von Tellar aufgebahrt, und man benannte einen nicht sonderlich wichtigen Feiertag nach ihm.

Der Föderationsrat für Galaktische Studien verhörte gründlich alle Angehörigen der Kontaktgruppe und sprach die Empfehlung aus, die Calligarier bei der nächsten Öffnung des Risses erneut zu besuchen. Doch als die Zeit kam, in der er sich wieder öffnete, war die Föderation in einige größere Feindseligkeiten des klingonisch-romulanischen Krieges verwickelt und nicht in der Lage, eine Forschungsgruppe auszuschicken. Der Riß öffnete und schloß sich ungestört.

Der Andorianer Thak schrieb ein beliebtes Musical über die Calligarier und wurde dafür im gleichen Jahr mit dem Zankar-Bowles-Preis für kreatives Schreiben ausgezeichnet.

Indem Dr. Richard Daystrom Elemente einer auf Gedanken reagierenden Umwelt mit seiner zuvor aufgegebenen M5-Forschung verband, entwickelte er ein theoretisches Computerprogramm, das denkfähige Bilder erschaffen und sie auf menschliche Weise reagieren lassen konnte. Es wurde als Daystroms Comeback bejubelt und zur Grundlage, auf der die Holodeck-Technologie entstand.

Als Macro aus Tylers Phaserlähmung erwachte, erfuhr er, daß er der neue Baumeister war. Man erzählte ihm außerdem, der Grund für diese große Ehre läge darin, daß seine Schwester für immer gegangen war und sein Sohn nicht mehr lebte.

Als er dies hörte, fing er an zu weinen.

Und hörte bis zu seinem Todestag nicht mehr damit auf.

STAR TREK™

in der Reihe
HEYNE SCIENCE FICTION & FANTASY

STAR TREK: CLASSIC SERIE

Vonda N. McIntyre, Star Trek II: Der Zorn des Khan · 06/3971
Vonda N. McIntyre, Der Entropie-Effekt · 06/3988
Robert E. Vardeman, Das Klingonen-Gambit · 06/4035
Lee Correy, Hort des Lebens · 06/4083
Vonda N. McIntyre, Star Trek III: Auf der Suche nach Mr. Spock · 06/4181
S. M. Murdock, Das Netz der Romulaner · 06/4209
Sonni Cooper, Schwarzes Feuer · 06/4270
Robert E. Vardeman, Meuterei auf der Enterprise · 06/4285
Howard Weinstein, Die Macht der Krone · 06/4342
Sondra Marshak & Myrna Culbreath, Das Prometheus-Projekt · 06/4379
Sondra Marshak & Myrna Culbreath, Tödliches Dreieck · 06/4411
A. C. Crispin, Sohn der Vergangenheit · 06/4431
Diane Duane, Der verwundete Himmel · 06/4458
David Dvorkin, Die Trellisane-Konfrontation · 06/4474
Vonda N. McIntyre, Star Trek IV: Zurück in die Gegenwart · 06/4486
Greg Bear, Corona · 06/4499
John M. Ford, Der letzte Schachzug · 06/4528
Diane Duane, Der Feind – mein Verbündeter · 06/4535
Melinda Snodgrass, Die Tränen der Sänger · 06/4551
Jean Lorrah, Mord an der Vulkan Akademie · 06/4568
Janet Kagan, Uhuras Lied · 06/4605
Laurence Yep, Herr der Schatten · 06/4627
Barbara Hambly, Ishmael · 06/4662
J. M. Dillard, Star Trek V: Am Rande des Universums · 06/4682
Della van Hise, Zeit zu töten · 06/4698
Margaret Wander Bonanno, Geiseln für den Frieden · 06/4724
Majliss Larson, Das Faustpfand der Klingonen · 06/4741
J. M. Dillard, Bewußtseinsschatten · 06/4762
Brad Ferguson, Krise auf Centaurus · 06/4776
Diane Carey, Das Schlachtschiff · 06/4804
J. M. Dillard, Dämonen · 06/4819
Diane Duane, Spocks Welt · 06/4830
Diane Carey, Der Verräter · 06/4848
Gene DeWeese, Zwischen den Fronten · 06/4862
J. M. Dillard, Die verlorenen Jahre · 06/4869

STAR TREK™

Howard Weinstein, Akkalla · 06/4879
Carmen Carter, McCoys Träume · 06/4898
Diane Duane & Peter Norwood, Die Romulaner · 06/4907
John M. Ford, Was kostet dieser Planet? · 06/4922
J. M. Dillard, Blutdurst · 06/4929
Gene Roddenberry, Star Trek (I): Der Film · 06/4942
J. M. Dillard, Star Trek VI: Das unentdeckte Land · 06/4943
David Dvorkin, Die Zeitfalle · 06/4996
Barbara Paul, Das Drei-Minuten-Universum · 06/5005
Judith & Garfield Reeves-Stevens, Das Zentralgehirn · 06/5015
Gene DeWeese, Nexus · 06/5019
D. C. Fontana, Vulkans Ruhm · 06/5043
Judith & Garfield Reeves-Stevens, Die erste Direktive · 06/5051
Michael Jan Friedman, Das Doppelgänger-Komplott · 06/5067
Judy Klass, Der Boacozwischenfall · 06/5086
Julia Ecklar, Kobayashi Maru · 06/5103
Peter Norwood, Angriff auf Dekkanar · 06/5147
Carolyn Clowes, Das Pandora-Prinzip · 06/5167
Diana Duane, Die Befehle des Doktors · 06/5247
V. E. Mitchell, Der unsichtbare Gegner · 06/5248
Dana Kramer-Rolls, Der Prüfstein ihrer Vergangenheit · 06/5273
Michael Jan Friedman, Schatten auf der Sonne · 06/5179
Barbara Hambly, Der Kampf ums nackte Überleben · 06/5334
Brad Ferguson, Eine Flagge voller Sterne · 06/5349
Gene DeWeese, Die Kolonie der Abtrünnigen · 06/5375
Michael Jan Friedman, Späte Rache · 06/5412
Peter David, Der Riß im Kontinuum · 06/5464
Michael Jan Friedman, Gesichter aus Feuer · 06/5465
Peter David/Michael Jan Friedman/Robert Greenberger, Die Enterbten · 06/5466
L. A. Graf, Die Eisfalle · 06/5467

STAR TREK: THE NEXT GENERATION
David Gerrold, Mission Farpoint · 06/4589
Gene DeWeese, Die Friedenswächter · 06/4646
Carmen Carter, Die Kinder von Hamlin · 06/4685
Jean Lorrah, Überlebende · 06/4705
Peter David, Planet der Waffen · 06/4733
Diane Carey, Gespensterschiff · 06/4757
Howard Weinstein, Macht Hunger · 06/4771

STAR TREK™

John Vornholt, Masken · 06/4787
David & Daniel Dvorkin, Die Ehre des Captain · 06/4793
Michael Jan Friedman, Ein Ruf in die Dunkelheit · 06/4814
Peter David, Eine Hölle namens Paradies · 06/4837
Jean Lorrah, Metamorphose · 06/4856
Keith Sharee, Gullivers Flüchtlinge · 06/4889
Carmen Carter u. a., Planet des Untergangs · 06/4899
A. C. Crispin, Die Augen der Betrachter · 06/4914
Howard Weinstein, Im Exil · 06/4937
Michael Jan Friedman, Das verschwundene Juwel · 06/4958
John Vornholt, Kontamination · 06/4986
Mel Gilden, Baldwins Entdeckungen · 06/5024
Peter David, Vendetta · 06/5057
Peter David, Eine Lektion in Liebe · 06/5077
Howard Weinstein, Die Macht der Former · 06/5096
Michael Jan Friedman, Wieder vereint · 06/5142
T. L. Mancour, Spartacus · 06/5158
Bill McCay/Eloise Flood, Ketten der Gewalt · 06/5242
V. E. Mitchell, Die Jarada · 06/5279
John Vornholt, Kriegstrommeln · 06/5312
Laurell K. Hamilton, Nacht über Oriana · 06/5342
David Bischoff, Die Epidemie · 06/5356
Diane Carey, Abstieg · 06/5416
Michael Jan Friedman, Relikte · 06/5419
Michael Jan Friedman, Die Verurteilung · 06/5444
Simon Hawke, Die Beute der Romulaner · 06/5413
Rebecca Neason, Der Kronprinz · 06/5414

STAR TREK: DIE ANFÄNGE
Vonda N. McIntyre, Die erste Mission · 06/4619
Margaret Wander Bonanno, Fremde vom Himmel · 06/4669
Diane Carey, Die letzte Grenze · 06/4714

STAR TREK: DEEP SPACE NINE
J. M. Dillard, Botschafter · 06/5115
Peter David, Die Belagerung · 06/5129
K. W. Jeter, Die Station der Cardassianer · 06/5130
Sandy Schofield, Das große Spiel · 06/5187
Lois Tilton, Verrat · 06/5323
Diane Carey, Die Suche · 06/5432